遍地葵花

陈怀国◎著

中国言实出版社

图书在版编目(CIP)数据

遍地葵花 / 陈怀国著 . -- 北京 : 中国言实出版社 , 2022.5

ISBN 978-7-5171-4147-1

Ⅰ . ①遍… Ⅱ . ①陈… Ⅲ . ①长篇小说 - 中国 - 当代 Ⅳ . ①I247.5

中国版本图书馆 CIP 数据核字 (2022) 第 071325 号

遍地葵花

责任编辑：薛　磊
责任校对：李　岩

出版发行：中国言实出版社
地　址：北京市朝阳区北苑路180号加利大厦5号楼105室
邮　编：100101
编辑部：北京市海淀区花园路6号院B座6层
邮　编：100088
电　话：010-64924853（总编室）　010-64924716（发行部）
网　址：www.zgyscbs.cn　电子邮箱：zgyscbs@263.net

经　　销：新华书店
印　　刷：北京温林源印刷有限公司
版　　次：2023年1月第1版　2023年1月第1次印刷
规　　格：710毫米×1000毫米　1/16　17.25印张
字　　数：284千字

定　　价：88.00元
书　　号：ISBN 978-7-5171-4147-1

目录

第一章 / 1

第二章 / 38

第三章 / 79

第四章 / 125

第五章 / 175

第六章 / 212

第一章

秋天，我在那片像荒原一样辽阔的葵花地里找到他时，他正平静地坐在那儿，仿佛在等待我的到来。他的平静，他的从容和看到我时那种漫不经心的神态，与静穆的秋天和无边无际的金黄的葵花有一种自然的和谐。他像是在那儿已经有很多年了。他的声音也那么平静，他说你为什么要来找我呢？然后他不再看我，吹起了口哨。那是我熟悉的一支曲子，是一首军歌。他的嘴像一管笛子，把那首平常的军歌吹得忧伤而动听。吹得很慢，原有的节奏被拉长了。他的脚缓慢地一起一伏地踩着，打着拍子，曲子就像是被他那么轻轻地踩出来的。

吹了很久。那支曲子被他反反复复地吹了许多遍。然后他再一次问我，你为什么要来找我呢？没等我回答，他就愤怒了，对我吼着：你找我干吗？你吃饱了撑的么？你他妈的干吗跑到监狱来惹我？

泪水从他眼里爬出来时，他又平静下来。温和地对我点头，有些抱歉地看着我，眼里的愤怒像是被泪水浇灭了。我知道你来干什么。他说。他伸手摘了一片枯黄葵花叶，念成末儿，卷成一支喇叭筒，叼在嘴里吸起来。他凶狠地吸着，沉醉地眯起眼，不再说话，也不再看我。他的样子像个地地道道的农民。

他就是那个团长么？

是那个有过战功的英雄么？

我不敢再看他。我举起沉重的目光看他头上的那片天空，看无边无际的葵花。葵花就要熟了。一群黑色的鸟在白云和金色的葵花之间穿过。

说起来话长了，我家兄弟四个都当过兵。这是命。命里该吃当兵这碗饭。

可都吃不长，吃不到底。这也是命。这碗饭数我吃得最长，吃到团长，吃了二十多年。我以为我能吃到底的，没有！临了把饭碗砸了。连锅也砸了。吃到这来啦。

别打断我。

我就抽这个。

这烟劲大！

当兵前我还抽过芝麻叶呢。

我当兵那年，老三刚回去。老大老二早回去了。都没混好，像出了几年河工，连个党员都没混上。你别皱眉头，我现在不是团长了，是犯人！就这么说话，咋想咋说。这儿可不是装腔作势的地方！你辛辛苦苦跑到这儿来，不就是想听我说真话么？

老大老二回去后，照样种地，照样受人欺负，照样娶媳妇都困难。没混好不说，倒混出一身臭毛病。爱较真，动不动就给队长提意见。我爹恨得牙痒痒，可就是没办法。老二还学了一口半生不熟的普通话，村里人都骂他放洋屁。在家里也说，一家人都懒得理他。可他照样说。

那天，下着雨，我记得那姑娘打了一把油纸伞。伞边破了，贴着胶布。她爹披的是棕蓑衣。媒人是剃头的刘麻子顶一块塑料布，在雨地里一跳一跳地勾着腰走路，像一只淋湿的鸡，他们是来相亲的。到这时候，老二还管不住他那条破舌头，还跟人家姑娘放洋屁。我妈在灶房里做饭，我爹陪着刘麻子和姑娘的爹在屋前屋后转悠。姑娘的爹看得很仔细。看圈里猪肥不肥，看毛坑里满不满，看菜地伺候得咋样，用手扎量一棵棵树的粗细。最后两只眼像两只灰蛾落在我爹的脸上，看我爹的脸色。我爹的脸呈菜色。但诚实，厚道，一副地道的庄稼人本色。

姑娘的爹还算满意，接过我爹的旱烟吸了一锅。可这一锅白吸了。我爹他们一进屋，姑娘拉着她爹就走了。

刘麻子追出去。

我爹傻了眼。

我妈灰着脸。

老二也发呆了。

刘麻子在雨地里和姑娘说了几句话，一跳一跳地回来了。也不进屋，塑料雨布也不要了，站在院子里跺脚，看看我爹，看看我妈，看看老二，又跺脚：老二，你放洋屁的毛病咋就不改呢！

老二不说话，紫着脸，眼神虚飘飘地追着雨中的父女俩。姑娘的油纸伞斜撑着，如一朵开在雨中的蘑菇。老二想哭。这一下他哑巴啦，不放洋屁了。

刘麻子走了。

我妈叹着气。

我爹说：杂种！

老二突然叫了一声。

我爹一烟袋锅砸在老二头上。

他还是改不了。连他那声叫唤还是怪腔怪调。这是病。邪病。没法治的病，病侵到他骨子里去啦。

都有病！

老大也有病。

老大的病惹了更大的祸。

我怕说这事，说了心口疼。

给我掐片油葵叶子。

谢谢！

老大其实是个老实人，老实得有点傻。后来我当连长、当营长、当团长，我手下就数老大那样的兵多。他们让我一天也忘不了老大。我是又气又恨又心疼他们。他们老实能干，不怕吃苦，吃苦的本事天下第一。他们死心眼，一根筋，指东他决不看西，只要你吆喝一声，他们一窝蜂朝上涌，刀山火海连眉头也不皱。就像这油葵，你注意这油葵了么？大的小的胖的瘦的，只要是脑袋，都朝一边垂。他们和这油葵真是一个德性，浑身哪儿都硬，梆梆硬，就是脖子软！我一看见这油葵就想起那些兵，就心酸，可我喜欢看他们。对，你不说我也知道，不止你一个人这么说，都这么说：是悲剧！这我比你体会深。所以我心酸，心口疼。可我从来不说悲剧这两字，我说不出口，说了心口更疼。你们是站着说话不腰疼！吼着叫着让他们服从，绝对服从！条令上也这么写。可又笑他们是悲剧！这他妈公平么？你能说这油葵也是悲剧么！

油葵的学名叫向日葵！

年年老兵退伍我都要大哭一场。都说我对兵有感情，这话不假。可是没人知道我为什么哭。我是一只眼睛哭老大，一只眼睛哭那些兵，我担心他们落个老大那样的下场。

老大才叫悲剧呢。

老大死得一钱不值。

村里人把老大的死当笑话，笑了这么多年。

你知道村里人怎么笑他吗？二球，二杆子！现在的说法叫傻冒。老大是傻，不傻他就死不了啦。但老大不认为自己傻。

悲就悲在这儿。

起初是老大和队长吵了一架。那年发大水，村里很多人家的房屋被水冲了，鸡鸭猪狗密密麻麻漂了一村。洪水过后，全村连只打鸣的公鸡也找不出来。队长家的房子地基高，淹了一半，但没垮。队长自己把厢房推倒，厨房也拆了。队长的爹骂，队长的老婆哭，都说队长疯了。队长嘿嘿直笑。队长的老婆是塌鼻子，哭起来声音像面破鼓。厨房拆了，灶台还在。队长一不做二不休，几脚把灶台踹了。塌鼻子老婆用几块破砖在屋檐下支口锅，边哭边做饭，一把鼻涕一把泪。上面来调查灾情时，队长家就成了重灾户，和别人家一样分木头。队长家分到的木头，清一色楸树，脸盆一样粗，被队长拦腰锯了给他爹打棺材。塌鼻子老婆不哭了。队长的爹却骂队长：你杂种的心黑透了！

队长说：心不黑，你死了能睡这棺材么？

队长爹说：留着你杂种自己睡！

队长不怕他爹。队长谁也不怕，队长是土皇帝。队长家的厢房和厨房很快又盖起来，用的都是队上的材料。村民看在眼里，憋在心里，谁都不说啥，谁都不敢说。工分、口粮都在队长手里攥着，敢说么？那杂种狠着呢，六〇年闹饥荒，一村的女人被他睡了一多半。

只有老大不怕队长。

老大要让队长把木头分给真正的重灾户。

我爹说：你疯了么？要让全家跟你倒霉是不是？你要敢跟队长放个屁，我拿刀劈了你。

我爹没拿刀，拿一把铁锹拦在屋门口。

我妈浑身直哆嗦，劝老大：听你爹的话。

老大长长地叹了一口气。全家都以为老大想明白了。午饭时，我爹的脸色平和多了，声音也软了，像和老大拉家常一样说，躲还躲不急，巴结还巴结不上呢，你惹他干啥？从解放到现在，多少人想搬倒他，搬倒了么？他和支书是蹶过屁股的拜把子兄弟呢。队长对咱家也不赖，我妈说，让你们兄弟仨去当兵，你不报答人家也算了，逞什么能？老大埋头嚼着饭，不说话。老二一摔碗站起来走了。我妈又叹气，我爹无可奈何地摇摇头，说：早知道是这样，老子送你们去当兵干球呢！

我爹这话我一辈子也忘不了。

他老人家是真伤了心。

下午，老大还是去找了队长。我爹我妈跑去时，老大和队长正在吵，正在骂，围了一大片人看热闹。

队长骂，狗娘养的王八蛋，你想翻天么！

老大说：这是救灾的木头，你不怕犯法么？

队长骂：放你娘的屁，老子犯啥法？

老大说：国法。

队长说：犯就犯，你能把我球啃了么？老子还是个强奸犯呢，问问你妈去？

老大的脸紫了，握着拳头朝队长逼过去。

一个老人过来拦住了老大。老人说老大，别二球！快给队长认个错。老大像是糊涂了，眨着眼睛看老人。老人说队长起早贪黑，操心几百口子人容易么。老大真是一根筋，不明白老人是在给他找台阶下，还以为老人真糊涂了。

老大说：二叔，你没看见么，他那两间破房子是自己推倒的，他那些木头是沾大家的，也有你一份，你不想要么？

二叔的脸一下就白了，慌忙退到一边去。老大像是没料到这结果，站在那儿发愣。队长幸灾乐祸地紧盯着老大，脸上的肉哆哆嗦嗦地乱跳。他是老啦，没有力气了，知道老大是个二杆子，不然，早把老大收拾了。

我爹我妈呼呼地喘着气跑来了。队长的眼睛一下又瞪圆了，像两把锥子朝我爹我妈扎过去。众人呼啦啦地闪开了，让出一条道。我爹妈一辈子还没这么显眼过，从没有这么多人给他们让过道。我爹跑得快，边跑边喘气，边喘气边骂老大。我妈跑得慢，跌跌撞撞，踉踉跄跄，脸上一点血色都没有了，嘴张着，一口白沫像刚刷过牙。我爹像条狼一样朝老大扑过去。我妈离队长老远腿就软了，扑通一声半跪半爬在队长的面前。

我爹吼一声：杂种！

一耳光扇在老大的脸上。

我妈说：队长，你别理他，他是个疯子。

我爹说：你个混账东西！

又一耳光扇在老大的脸上。

那时候我爹快六十了，腰不好，有劳伤，逢阴天下雨就哼哼，挑担空粪桶腰和腿都打哆嗦。不知他哪儿来那么大的力气，一巴掌下去老大的脸上就五条印。再一巴掌下去时，老大的脸上印叠印，模糊了，鲜红的一片。那声音现在还震得我耳朵疼。真清脆，真瓷实，像半空里冷不丁炸开俩响炮儿。

老大走了。

我爹累了。

我妈还跪在队长的面前。

队长眯着眼，两把锥子变成了两把刀。

我爹满脸都是汗。

我妈一把鼻涕一把泪。

我爹说：队长，你治他，儿大爷难管，求你帮我治治他，朝死里治！

我妈说：队长，你大人大量，别理他。他疯了，两年兵把他当疯了。

队长哼了一声，眯着眼睛笑。

我爹的手肿了好几天，连筷子也拿不住。老大好几天没在桌子上吃饭。他的脸也肿着，一边脸通红，一边脸苍白。

老三从部队上来信了。知道家里遭水灾，老三寄来一包旧军装，还在军装里夹了几十块钱。包裹取回来，我妈挑了一套半新的军装给队长送过去。队长没要。我妈在队长家肯定又哭过，回到家眼泡还肿着。

我妈整夜整夜地叹气。

提心吊胆地等着，等着队长的收拾。

我妈的眼睛放在哪儿都发怯，一只老鼠蹿出来也把她吓一跳，仿佛大祸要临头了。

我爹说：妈的，该死球朝天！怕他？！

我爹总算说了句硬话。

老二对老大说：你把情况朝上反映去。

我爹翻一眼老二。

我妈说：你们再发疯，我就一绳子吊死给你们看。

老二说：你们为什么要怕他呢？他犯了错误还有理么？

老二说话仍然有些怪腔怪调。

我爹很重地叹口气。对老大老二他只有叹气的份了。叹罢气，我爹像哭一样对我说：老四，爹说啥，也不能让你去当兵了！

那年冬天，我爹我妈都被派到村外去修大堤。修堤是重活。我爹像年轻人一样在结着冰茬子的水沟里挖泥，腰腿疼得龇牙咧嘴吸凉气，每天回家用烧酒在浑身的关节上搓。老三寄回家的钱全用来买烧酒了。但我爹硬挺着，一声不吭，脸上连点软气也不露。队长故意在我爹面前走来走去。我爹不看他。我妈也不看他。队长在等着，等得很有耐心，等着老大当着众人的面给他认错。那杂种放出话来，只要老大低个头，服个软，他就放我们全家一马。

这一下我妈倒放心了。我妈是担心儿子，怕队长跟老大老二来阴的。队长的一口恶气出在我爹妈的身上，他们俩心里倒踏实了。

我妈甚至暗暗高兴，有她和我爹在，老大和老二就不敢造次。用我妈的话说，那俩二杆子就不敢发疯了。其实，我妈的担心有些多余。我说过，老大是个老实人，他像把和队长吵架的事忘光了。工地上谁也不理他，怕和他说话遭队长的恨。老大干活一点也不吝力气，土筐堆得山一样，白衬衣束在裤腰里，倒显出一股英武之气。老大像匹健骡子一样，仿佛一点也不累，呼呼地重担子去，悠荡荡地轻筐子来，连长队也不得不佩服他。队长袖着手冷得嗦嗦地在大堤上走来走去，瞅着虎背熊腰的老大，脸就白了，眼也眯了。

他有些害怕。

谁都看出来队长在害怕。

连我爹我妈也看出来了。

只有老大自己蒙在鼓里。他那双大脚片子仍旧吧叽吧叽地蹚在冰水里，他连眉梢儿也不动一下。他肩上的担子仍旧咔嚓嚓地响着，弯得像弓，让人担心随时嘣地一声就会断。老大还吹口哨。悠荡荡地挑着空筐时，他噘起嘴，像管笛子。老大的口哨很有节奏，有板有眼，听起来都觉得耳熟，却不记得是在哪儿听的了。休息时，老大吹得更专心了。他板板正正地坐在一个土堆上，离扎堆的人好几丈远，背对着人，大脚片子一踩一踩地为自己的口哨打着拍子。

队长的俩眼袋子一抖一抖地跳。

我爹我妈被老大的口哨弄得心烦意乱。

我妈用一块鸡蛋大的土坷垃朝老大扔过去，我妈的力气小，没扔到老大跟前坷垃就落下来。老大正沉醉着，忘情着，连土坷垃落在背后的声音也没听见。我爹跑到远处去撒尿，回来时就在老大面前停住了。用眼睛剜老大。

老大像是没有看到爹，仍然吹。

我爹小声吼：杂种，你嘴上挂着夜壶么！

老大不吹了，莫名其妙地看着爹。

过一阵，老大的脚又一踩一踩地动起来。

老大在心里吹。

都摇头。

都叹气。

都不明白。

只有老二理解老大。

老大吹的是军歌！

老二像是被感动了，又像是想起了什么。忽然像吃了忘狗子屎一样，半张了嘴，苍茫了一张脸，眼珠子直得弯儿都不会拐了。可是就那么一会儿的功夫，眼皮子就塌了，收回来的目光没处搁了。那眼睛就像一只受伤的没处落脚的灰鸟一样，呼扇呼扇地拍打着翅膀。没处落也得落。老二像灰鸟一样的眼睛落在了老大的脊背上。鸟翅膀打湿啦，飞不起来啦。老二潮乎乎的眼睛可怜巴巴地看着老大，可怜巴巴地在心里叹气。

知道叹气知道伤心就好啦。

就明白了。

可惜明白得太晚了。

我是没当兵就伤心了。

一当兵就明白了。

所以我比他们有出息。

所以我能当排长、当连长、当营长、当团长。

我可怜他们。

除了我没人可怜他们。因为我懂他们，我能把他们的屎肠子都看穿。我带过的兵中老大老二那样的人太多了。我和他们心连心，气通气，骨子里都一样。只是我明白得比他们早。老大老二是我的老师，是我的镜子，是我的前辈，他们跌了跟头，爬起来的却是我。我一入伍，我就知道该怎么干！

别人没资本可怜他们。

别人只是笑和恨他们。

我爹我妈是心疼。也恨。

那天歇完气又干时，有人挖出来一个大木箱。开始以为是棺材。有七八尺长，两人合抱那么粗，齐头齐脑的，的确像棺材。木板很厚，很结实，铁锹砍在上面咚咚直响。木头已经乌黑了，有人说是枣木，有人说是楸木。一堆人围着，里三层外三层。有人用铁锹开始撬，另一些人眼巴巴地等着，拉开了动手抢的架式。古人的棺木里爱放东西，金镏子，玉镯子，银耳环什么的，最不济的也有一串铜钱。连穷酸秀才也有一架笔梁攥在手里。古人图的是这个，活着穷得叮当响，也要死要活地攒几个带进棺材里。正撬得有劲时，队长来了。队长搓着手，用脚踹了踹木箱骂了一句：我日你先人的！

队长一高兴就这么骂。

队长说：快过年了！

队长接过锹亲自动手。木箱嘎吱嘎吱地打开了，一股冷气冒出来，死人味儿，活人们却像死了，像中了魔法，一张张脸纸一样白在冬日里，眼珠子像要掉出来。

你能想像他们看到了什么吗？手榴弹！满满一木箱手榴弹！

队长的手松了，铁锹落在手榴弹上，滋啦啦碰出一溜儿火花。一个年轻人先醒过来，惊叫一声拔腿就跑。其他人这才想起来跑，爹呀妈呀地大呼小叫，一窝蜂地跑，像有鬼在后面追。众人爬出土坑又跳下水沟，溅起满沟的泥点子，摸爬滚打地逃到大堤的背后。没人顾得上队长了，他在水沟里倒下又爬起来。是被人挤倒的。等他最后爬过大堤时，浑身上下满是泥巴，连眉眼也认不出来了。队长又愤怒又害怕又伤心，竟然有人敢把他挤倒了。队长的眼睛在人堆里找老大，他怀疑是老大推倒的他。老大站在人堆里，筐还挑在肩上，看看这个，问问那个，没人理他。魂还没回到身上呢，都顾不上理他。没人理，老大不问了，皱着眉头莫名其妙地朝远处那个土坑看。

土坑龇牙咧嘴地裸露着，一块木板高高地翘在那儿，手榴弹没响。

老大走到队长跟前，问：叔，怎么啦？

老大还把那王八蛋叫叔呢。

队长摸一把脸上的泥巴，没理他。

有人说：手榴弹！

老大说：真是手榴弹么？

又说：那你们跑什么呢？

老大把乱哄哄的人都问哑巴了。他这话说得太不应该，让人太不舒服。跑什么，还用问么！他的口气像在嘲笑人家，好像幸灾乐祸，好像他巴不得人家都炸死。人们惊魂未定地站在大堤上，吹着风，抖抖索索地像在打摆子。队长冻得缩成一团了，脸上的泥巴结了痂，像破墙皮一样一块一块往下掉。老大在人堆里走来走去，他可能是想告诉人家手榴弹不会自己爆炸。可是没人理他。都用眼睛横他，想朝他脸上吐痰。老大把众人都得罪了。有人抱来了稻草，有人砍来干树枝，在大堤上生起火，烤起来。一堆火不够，又燃起一堆。干树枝烧得噼里啪啦，半丈高的火苗子在风里也噼啪作响。

老大大摇大摆地走近那箱手榴弹。

我爹我妈在后面大喊大叫他也不理，连头也不回。我妈追了一阵，摔倒了，被我爹拉回大堤上。

我爹说：别管他，想死让他杂种一个人死！

老二脸色苍白地看着老大。

过了一阵老大回来了。老大用事实告诉了众人手榴弹不会爆炸。他一看到那些手榴弹，先是愣了一会，接着就勾了腰用手去摸，然后拿起一颗，很仔细地看着，像在研究。大堤上的人看得心惊肉跳，我爹张着嘴，汗珠子爬了一脸。我妈浑身乱抖，想喊不敢喊，想叫不敢叫，想哭哭不出来，生怕一出声把老大手里的铁疙瘩弄响了。

手榴弹是木柄的，把儿很长，不是用机器车的，刀削的痕迹还依稀可见，很不规则，有的地方凸，有的地方凹。和老大在部队上见过的手榴弹没法比。前面的弹壳上已经生锈，密密麻麻像长出一层痱子。老大摇摇头，很费劲地把屁股上的铁盖拧开了。里面也不一样，没有防潮纸，也没有拉环，只有一根黄麻搓的拉绳。老大不再研究，顾不上了，好像有些手痒了。他从土坑里走出来，连看也不看大堤上的人，站在土坑的沿上，眼睛找了一片开阔地，左手提着手榴弹，右手摆一摆，胳膊抡了几圈，然后弹交右手，就像电影上那样，用牙齿拽掉拉绳，把弹投了出去。在空中划着弧线的手榴弹，又沉又稳，不翻跟斗，只到快落地的一刹那，老大一纵身跳进了土坑里。

手榴弹没响。

老大爬起来又扔了一颗，还是没响。

老二说：有六十米！

一直站在大堤上的老二自言自语。他一直注视着老大的一举一动。只有他懂老大的那几个动作是下苦功才练出来的。出手有力，爆发力强，弹在空中飞行的姿态尤其漂亮，平稳得如一只滑翔的鸟。弹着点也好！两颗弹都落在一个桌面大的小土丘上。那一定是老大选好的。老二更佩服的是老大的臂力，这么久没练了，没投了，老大连助跑也没要，出手就那么远！以老二的经验，至少有六十米。老大手榴弹出手的一瞬间，老二对距离的感觉仿佛一下就恢复到从前。

老大朝大堤上走来时，首先看了看老二。就那么一眼，老二连头也没点，老大心里就明白了，踏实了。老大有些害羞似地笑了。

老二想哭。

但哭不出来。

他是没把老大和自己全闹明白。

只糊糊涂涂明白了一点。

全明白，痛痛快快哭一场也许就好了。

老大是一点也不明白。他站在大堤上看着众人还在笑，微红着脸像个傻瓜。

老大对众人说：不拉环，怎么会炸呢？

众人很复杂地看着老大。

老大又说：一堆过期的铁疙瘩，你们跑什么呢？

老大走到父母跟前：看你们吓的，我还不懂么？

老大从来没有这么快活过。从退伍回到家乡，他的脸他的心都从没有这么豁朗透亮过，像憋着什么东西，现在终于放出来了。他背着手在大堤上走来走去，眼睛却始终被远处的那个土坑牵扯着。脸上的红晕一层覆着一层，越来越重，越来越深邃。也不走了，站住了，双手卡在腰上，像个大人物一样看着那个土坑，样子很庄重。成群的冬雀从村子里飞过来，高高地在火堆的上空，在人们的头顶上盘旋。太阳不知在哪儿，天空厚实昏黄。火快灭了，又添过新柴，重新噼里啪啦地燃起来。人们烤着火，看天空，看冬雀，看老大和土坑，被老大那庄重的样子弄糊涂了。

我爹妈也糊涂了，他们从没见过老大这副样子。老二明白，老大和老二在那一会儿心有灵犀。老二皱着灰巴巴的脸，甚至有过某种不祥的预感。但老二明白后又糊涂了，他被老大感染了，和老大一起掉进一个看不见的窟窿里，挣不出来啦。

我也明白，我是后来才明白的。我当排长、连长、营长、团长时，衣锦还乡、荣归故里，卡着腰在村里走来走去时，就是老大站在大堤上的那副样子。我比老大强不了多少！说到底我和老大是一样的货色，我们是从一块地里长出的庄稼。只不过我长得壮实，他长得瘦弱。我有一副好胃，我把雨水肥料都吸到我身上来啦。但种错不了，该是什么种就是什么种！

你听听老大说什么。

老大问队长：叔，你看咋办？

队长蜷在火堆旁，一身干泥巴，像只刚出土的蛹，眨巴着眼睛瞪老大。

队长说：咋办？你杂种不是能么？你是复员军人，倒有脸问我咋办，想拿老子一把么！ 老大说：我不是这个意思。

队长豁地从地上站起来，指着老大说：那好，你把它埋了，埋深些！一个工不够，老子再给你派一个，老二去！

老大说：埋了可惜。

队长说：是可惜，拿回家能当个锤锤用，药粉子能治肚子疼，闹农会时老子吃过。有本事你把药粉子抠出来，给生产队的牛治肚子，你敢吗？

老大说：当然敢！

队长说：你有种，算我看走了眼。

老大盯着队长笑。

队长又说：算你两个工。

老大说：这便宜我不要，我不像你。

队长的脸紫了，结结巴巴说不出话来。

老大再一次大摇大摆地朝土坑走去。

我爹像炸雷一样吼了一声。老大站住的同时，我妈横在他面前。我妈没来得及说什么，看到我爹已经拿着铁锹走到队长面前去了。队长也气势汹汹地捡起一把铁锹。我爹啐口痰在队长面前，扔了铁锹，说：老子有四个儿子，你杂种地里缺苗啦，绝种啦，劈死你，是绝你的门，打你也算欺负你。

队长冷笑了一声。

我爹说：治人，不是你这个治法。

队长说：他杂种自找的，我没让他去。

我爹说：你把他给我叫回来。

队长说：是软蛋他自己朝回走。

又说：生产队送你家三个儿子去当兵，这点球事干不了，白送了！

这一下轮到队长吐痰了，很响的一口吐在我爹的脚跟前。我爹酱紫了脸不说话，打闷嗝。队长不屑的眼神看我爹，轻蔑的眼神瞅老二，嘲笑的眼神盯住老大不动了。 老大叹口气，对我爹妈说：你们刚才不是看到了么？一堆臭弹，怕什么呢，难道我还不懂么？

说完，老大摇摇头，很沉重地朝那个土坑走去，仿佛爹妈把他的事给搅糟了。老二追过去，跟在老大身后悄声说：哥，掏什么药粉子，把弹全扔了。老大不理他。老二接着说，你小心，队长是在给你下套子。要不，我和你一起扔。老大说，不用，你回去吧。老二没听，还跟着老大一起走。老大站住了。

老大指着大堤说：滚回去！

然后从容地走进土坑里。老大在土坑里用脚踢出一块平地，坐下来开始抠药粉子时，太阳在西边昏黄厚实的天空里爬出来，一出来就烧红了半块天。大堤上的人都站在半块红天里，屁股像着了火，脸还在昏黄里，长长的影子朝老大投过去。老大头上的天依旧昏黄着。老大背对着大堤，将手榴弹凑在眼前朝木柄里看时，木柄里的火药面子就变得闪闪烁烁了。老大没有抠，是朝外倒。倒一阵，站起来左手拉绳右手投弹，把空弹都远远地扔了。老大这么做是为了保险。投出去的弹都没响。火药粉仍有些呛鼻子， NFDC3 皮块那么大，有的是黑色，有的是蓝色，有的是铁锈色，老大很小心地把它们倒在摊在地上的军装上，不一会就招来了蚂蚁。

老大干得如痴如醉，越干越顺手，越干越麻利。细麻绳子扔了一地。药面子堆起了尖，被太阳一照，把大堤上人们的眼睛都耀花了。投出去的空弹挤成堆，黑乎乎一片，再扔时弹砸弹，火花四溅。老大仿佛有些累，投出去的弹开始翻跟斗。老大从木箱里朝外取弹时，腰勾得很低，很吃力，沾满泥巴的屁股高高地翘起来。木箱里的手榴弹不多了。取完弹再坐下后，老大半天没起来。太阳已经烧到村沿上，一村的枯树上像跳跃着火苗子。一群冬雀从老大的头顶上飞过，朝村子里飞去。

沉闷的爆炸声仿佛是大堤上人们意料之中的。那堆药粉子变成了一个大火球，把几里长的大堤都照亮了。泥块子飞起来又落下去，几块布片飘飘荡荡。几只冬雀一头栽下去，羽毛像雪花一样纷纷扬扬落下来。

我是七三年入伍的，是春天。是老大死后的第四年春天。那时候都是年前验兵，年后才走，让新兵换完衣服在家里过年。那个年过得可真够呛。农民们一年四季就这几天快活日子，就这么几天心里舒坦。我把这个年给糟踏啦，搅和得乱七八糟。我记得老大当兵的那一年，家里杀了一头猪。老二当兵时，家里卖了一只羊换回几十斤猪肉。老三当兵时，我爹求大队会计开了一个假证明，说我奶奶死啦，到县副食品厂拎回一个猪头和一副猪大肠。那时候吃肉凭票，农村人没肉票，就说死了人。死了人可以照顾。我奶奶解放前就死啦。我爹拎回猪头和猪大肠时，对老三说：你得争口气，不然连你奶奶也对不起！

我当兵时连根猪毛也没见着！

我爹什么也没跟我说。他懒得说了，他连看也不想看我。他差一点把我那身军装烧掉了。直到临走的前一天，我也没敢换上军装。我把军装藏在三嫂屋里，把入伍通知书掖在裤头的一块补丁里。那些天我像做贼一样，像闯了大祸，像做了什么辱没祖宗的不光彩的事，还有点像扒了自家的祖坟。我不敢看爹的脸，也不敢看妈的脸。我爹的脸上凶巴巴的有一股杀气。我妈的脸上是痛苦，是绝望，是悲哀，那样子就像是眼睁睁地看着我要朝火坑里跳一样。我到现在还内疚，我让爹妈一下老了好几岁。就那么几天功夫，我爹的腰彻底塌了，就像条垂死的老狼一样，连走路骨架子也嘎吱嘎吱乱响。我戳到他们最要命的地方，我那身藏起来的军装散发出的呛人的樟脑味，把老大的死亡气息一下又招回来，把全家都压得透不出气来。

我连老二也不敢看，我像揭了他致命的伤疤一样浑身不自在。他也不看我，走路时头埋得很低，在路上遇到鸡狗或跟在牛屁股后面下地时，突然地就摇一阵头，悲怆而又无奈的样子。我知道那头是对我摇的。老大被手榴弹崩死后，老二就蔫了。老二结了婚，是刘庄的一个二茬寡妇，男人和人赌被捅死了。二嫂不在乎老二放洋屁。放洋屁也比赌强，不致于被人捅死。除了说话不顺耳，老二没毛病，是个让女人称心如意的好男人。二嫂捡了个大便宜，乐得美滋滋的。老二不像其他男人那样牛一样揍老婆，也不骂。老二说有啥缺点指出来，让人改么，打，不解决问题的。二嫂一听这话就软了，泪汪汪的，一边抹泪一边伺候老二。村里男人们骂孩子，张嘴就是：妈的 ×，杂种！这是恶习，改不了啦，现在还这样。老二不。老二说：他妈的，浑蛋！老二一骂孩子，我二嫂就在一边笑。二嫂笑起来像一朵花。

老二还喜欢叠被子，叠得像豆腐块。二嫂就这一点不满意，说被子没盖破就给叠破了！但老二走路不像从前了。依然把胳膊摆得很大，步幅也很大，但极缓慢的。跟在牛后边，牛的四只蹄子都动一遍，他的两条腿才动一次，像是一步一叹。眼神儿被前面的牛蹄瓣晃得飘飘摇摇，一脚一脚踩在牛蹄窝里，看上去又滑稽又让人心酸。

那年春节，我看到老二就是这么一步一叹地跟着二嫂和孩子去了二嫂的娘家。老二怕看到我，怕和我说话。在一起说什么呢？直到我走，老二也没回来。

老三在家。

我当兵的前一年他回来的。老三也是悲剧，跑不了的！但他把悲剧当成一出喜剧在演。演给爹妈看，演给全村的人看，最重要的是演给三嫂看。演到后来连他自己都糊涂了。

老三说：林秃子把我害了！

老三逢人就说，逢人就骂。他说他连血都抽了，身体都检查好了，差那么一点点就当上干部。林秃子突然摔死了，提干被冻结了。他说得活灵活现，有鼻子有眼。他整天把林彪挂在嘴上，给骂惨啦。他说我日他妈，日他祖宗、日他先人、狗娘养的王八蛋早不跑晚不跑，偏偏在我快提干的时候跑！他骂得眼睛都红了，牙咬得吱吱响，又愤怒又沮丧。老三深深地进入了角色，他把自己的话都当成真的了。但没人信他的故事，都当笑话听。连我爹也嘲笑他，有气无力地碎痰，用灰蒙蒙的毫无生气的死牛一样的眼睛悻悻地斜他，懒得用正眼看他了。

我爹说：你杂种自己没扑腾好，拉不出屎怪茅坑！林秃子跟你球相干！

知子莫如父，我爹把他的几个儿子都看透了，看死啦。

我打心眼里瞧不起老三，连同情也不同情他。他不像我大哥和二哥，他们让我又心酸又心疼。老三是让我恶心。根据我多年带兵的经验，老三在部队肯定不是个好兵，什么提干，他是在做白日梦！就他那点道道儿，他那点玩意儿，还想成气候？别丢人现眼啦！身上就那点憨劲朴实劲儿还值几个钱，让他给丢啦。我常对手下的兵们说：要要就要大聪明，在心里要，狠劲用在心里，用在点子上。别一脸聪明，一肚子臭狗屎，还自以为是。老三就是这种人。我手下只要有这种人，发现一个，我让他滚蛋一个！

我是说为人要诚实。这是我们的本钱。老三还干了一件缺德的事。复员前一年他回家探家的时候，穿着四个兜的干部服到处乱窜，四乡八邻地去看望战友的家。别人以为他提干了，他不肯定，也不否认，只笑。老三是在钓鱼，那件四个兜的军装是他的鱼杆和鱼钩，他那脸看上去诚实的甚至有些害羞的笑容是他的鱼饵。他那套把戏还真把不少人给骗了。他像牵条羊那么容易就把三嫂牵回家来，把三嫂睡了。那是什么年代？我三嫂真够大胆、真够脸厚的。她是豁上了，赌了一把，把女人最金贵的东西押上了。她生怕别人不知道，在我们家睡不说，还大摇大摆地站在门前晾她和老三的裤衩子，她要让人都知道她已经是老三的人了，她怕老三以后甩她。

老三的阴谋得逞了。

老三复员后三嫂不想嫁也不行了。

老三在三嫂面前骂林秃子。

三嫂就骂老三：去你妈的，别给我演戏！

三嫂骂完，一口痰吧叽一声就贴在老三的脸上。开始老三还张狂，后来慢慢就蔫了。女人有女人的手段，不声不响把老三治蔫了。在三嫂面前，老三像一条夹着尾巴的狗一样，灰头土脸，一说话就陪笑，又不敢笑，龇牙咧嘴地似笑非笑。他完了，他在自己的女人面前就直不起腰来。他这是自作自受，他不但兵没当好，连人也没做好。

老三也是我的老师。他们是订在一起的一本书，我把他们翻烂了。我成年累月地看他们，孜孜不卷，看得心潮滚滚，看得泪水横流。那些泪又被我吞了，咽了，它们浸泡着我正在拔节的骨头。

种子在悄悄地发芽了！

我当兵是一个传说，在我老家方圆几十里地流传了这么多年。开始是笑话，把我放在老大老二老三一起笑了好几年。他们笑的时候，很响地嘬着牙花子，要不就边剔牙边说笑。他们像是已经看到了我的结局。笑我们家又要出一个二杆子，出一个疯子。他们最同情的是我爹，四个儿子怎么都吊死在一棵树上呢？后来都不笑了。我的官越当越大，笑话变成了传奇，笑我的那些人开始感汉，咂舌头，还有惋惜，好像当年的那份苦差事落到他们头上，当团长的就不是我而是他们了。真他娘的可笑！到现在他们还蒙在鼓里。我把我爹妈、把队长，把所有人都欺骗了。

那是我酝酿了很久的一件事。

那时候我已经二十岁。人生的许多事，除了女人，我什么都不生疏了。我读了半截高中，十七岁，老大死的第二年，一场摆子打了两个月，辍学开始下地时，我软得连个女人都不如，站在六月的毒日头下割着麦子，晒得头昏眼花。我抬头看天，看着看着有一块锅底大的云朝我移过来，眼看那片荫凉要罩到我的头上，队长猛地一脚朝我踢过来。他说杂种，你个懒驴！再继续割麦子，我二嫂一镰刀扫到我的小腿肚子上。我明白那一刀。没有那一刀，我打摆子已经打垮的身体会在那个夏天彻底毁了。后来我成了生产队专门派到外面出工的劳力。我在林场里挖“鱼鳞带”，扛木头，种茶树。到一个新开的铜矿挖矿渣。参加民兵集训。再后来我去了水库工地，在那儿整整干了两年。打眼、放炮，当专门点炮的“引手”。第一次点炮时，我浑身直打哆嗦，满脑子都是老天炸飞起来的情景。后来我不怕了，干油了，能一口气点燃十几炮。吸一口烟，把烟头朝导火索上戳一下，最后一炮点完，烟头只剩下指甲盖那么大了。我当了领班的，当爆破组组长。但凡是个领头的角色都不那么好干，都得讲点领导艺术。就是得想办法震住他们，让他们服你。我那个爆破组有五个人，有不要脸的，有不要命的，可他们都服我。说白了，我比他们更不怕死。当然还得有其它的招数。后来我组里的一个小伙子排哑炮崩死了。他也是个点炮的老手。真应了那句老话，淹死的都是会水的！我想，再那么干下去，早晚我也会被崩死。我不得不好好想想我的出路了。一辈子才刚开了个头，我凭什么不想？人掉在河里淹死之际还得扑腾扑腾呢，我凭什么不扑腾！我读过书，我懂奋斗那俩字，说穿了不就是拼命往高处扑腾么！

想去想来，还是只有当兵这条路。这条路被老大老二和老三他们走成了死胡同。死胡同我也得走！这是照在我前方的唯一的一盏还亮着的油灯了，没准真能被我走通了，走出一条金光大道来。我这才明白想当兵的那条心我是一直就没死过，也明白我为什么那么孜孜不倦地读我的三个哥哥了。

我不是他们的好兄弟。

我是我爹妈的不孝之子。

可是我顾不了那么多了。

我得扑腾，至少我得试试！

我知道该怎么做。

你知道我们那儿的干部冬天坐什么？排子车！当然是大干部，县长、书记，还有下乡的工作队员什么的。现在有的地方还这样。路也还是那样，黄土泥巴路，有坡的地方能碰到鼻子。四个轮的车跑不了，自行车也别想骑。好天气也不行。一入冬夜夜下大雾。那鬼雾比雨细，比雨密，比雨贼，旯旮旯缝都能钻，一层层落下来，落地就成冰，嘎嘎嚓嚓响一夜。到天明雾散了，遍地一层白毛子，像柳絮，像毛片雪，看上去毛茸茸，软绵绵，一脚踏上去却像玻璃渣子硬，连牛蹄子也不敢沾。但却化得快，太阳一出，眨眼的功夫就没啦，在路上坑坑洼洼里汪成水，一脚下去粘乎乎的黄土泥巴能没到脚脖子。

那年的冬天，一入冬就下大雪。没日没夜地下，一场接一场。地沟里的雪有半人深，路面上的雪踩实还有尺把厚。雪茬子也是从没有过的艰硬，一镐下去酒盅大个窝。这是我没料到的，比我想象的还要好。真是老天有眼！

我终于把他们盼来了。两个接兵干部一个姓冯，一个姓李。听他们自我介绍，我知道了是冯参谋和李连长。他们穿着棉大衣，戴着棉帽，脚上的黑皮鞋上缠着草绳子，样子有点狼狈。他们没坐排子车，肯定是不好意思坐。邻村送他们来的排子车空荡荡地跟在他们后面。车夫是个看上去有六十岁的老头。老头喘着气，嘴唇的胡茬子上一层白霜，细长的乌黑的颈脖上流着一道道汗水，不断地呼噜着鼻子。那架排子车也破烂不堪，胶轮上打着补丁，辗在雪上发出噗哧噗哧的声音，车圈上的铁条断了几根，发出古怪的嗡咔嗡咔的响声。队长看着那架破车和老头说：曲三，回去告诉你们那个狗娘养的王八蛋队长，就说老子骂他，日他妈，派你拉车，解放军同志好意思坐么？这破车，他也不嫌寒碜！

冯参谋尴尬地解着皮鞋上的草绳子，李连长很客气地走到曲三面前，掏出烟递一支给曲三，说：大伯，谢谢您送我们。

队长在一边说：谢他个球，拉趟空车，挣了工分，还赚你们的烟吸，便宜他！按规矩，曲三到此为止，由我们村把客人送到下一站。

那一年部队上大换血，招的兵多，想当兵的人用不着挤啦。村里所有的适龄青年聚在一起等了大半天，在稻场上“赶老牛”。老牛是一个圆圆的碗口大的鹅卵石，赶的人站一圈，一人抱一根大棒子，戳在脚下的冰窝里。冰窝比人少一个，赶一次重新抢一次冰窝，抢不上就站在中间赶老牛。冯参谋和李连长一到，赶老牛的青年们都住了手，棒子却没丢，抱着棒子把冯参谋和李连长团团围住了，那样子像逮住了两个贼。

冯参谋和李连长都“噫”了一声。

队长说：小杂种们，还没玩够么！

都扔了棒子，傻瓜一样站在那儿。

我没扔，我把棒子扛在肩上从队长面前走开了。他用眼睛横我，仿佛我没听他的招呼使他难堪了。我装着没看见一样，在心里得意，这和我想象中的情景差不多一模一样。我一个人玩开了。我把老牛赶得满场飞。我的棒子又准又狠，我的虎口都被震麻了。老牛的身上出了一身汗，白乎乎地滚了一层冰。我也出了一身汗。我不知道他们是什么时候离开的，队长领着他们进了队里的破会议室。我开始打慢了，有些心不在焉，我怕队长那个老杂种瞧破了我的心思。王五的老婆进进出出，一会儿端水进去，一会儿拎着暖瓶出来，在廊道里扭来扭去，两条又粗又黑的辫子在腰里荡来荡去，辫梢子在两瓣大屁股上一颤一颤地乱抖。她要算我们队最能撑面子的女人了，上面来人都是她当招待。有人说她那两瓣屁股，一半是队长的，一半归王五。王五死活不认账，很自信地说：那副老爪子最多也就是摸两把！摸就摸吧，跟我一点关系也没有。我在等！我又出了一身汗，汗珠子冰凉！

王五的女人又进去时，队长出来了。队长叉着腰，肩垮着，样子有点倦，像是被火烤蔫了。我实在忍不住，偷偷地看了他一眼，看到他像张撑开的狗皮一样晾在那儿。屋内两颗绞在一起的榆树疙瘩噼里啪啦地烧着。冯参谋在讲，李连长在喝水，王五的女人撅着屁股勾着腰朝一个杯子里续水，呆头呆脑的青年们在点头。我一棒子打在老牛上。

下手太狠了，棒头有些低，一簇冰茬子五颜六色地溅起来，老牛跳了一跳。

王五的女人出来了。

队长对女人说：喊他过来！

女人朝我喊：老四，队长让你过来。

我没听见！演戏得像个演戏的样子。

可惜，我还是走神儿了。

我那一棒子打空了，差一点棒子要脱手飞出去。我恶狠狠地骂了一句老牛。我是骂自己。我听到队长对女人说：这杂种！他有些不高兴了，气冲冲地朝我走过来，站在我背后。

他说：耳朵眼让球毛给塞住啦！

他说：你他妈聋啦？

我说：我不想当兵！

他耸了一下肩膀，像是在笑。

我又说：我不想当兵！

他终于笑起来，唾沫星子溅了我一脸。

他说：我知道你不想当！想当也没你的份！他妈的，好事能让你们家全占了！

我黑着脸，不说话。我想听他说。

他说：给你个好活，套排子车送他们。

我心里咯噔一声。可我不能答应得太痛快了，我不能有一丝一毫的大意。我太了解这个老杂种了，他太精，太贼，比泥鳅还滑。他能把上千口子人管教得服服帖帖，一管就是几十年，他的道行深着呢！不能小瞧他，不能让他看出一点破绽来。他瞪着我。我鼓着眼珠子，也瞪他。我早把他琢磨透了。我得惹毛他，我得让他在我面前好好抖抖他的威风。我得装得像只老鼠，让他好好戏弄戏弄我，得让他像猫一样快活。

我说：我不去！

他说：小杂种，想翻天？老子就让你去！

我说：一村人都闲着，为啥让我去。

他说：不为啥，老子高兴。

我说：我胶鞋破了。

他说：光脚丫子你也得去！

我看着他，乱眨眼睛，眼泪像包不住了。

我装得真像，我的样子可怜巴巴的。

连王五的女人也同情我了，我一看她那眼神就知道她同情我。她接过队长从裤腰上解下来的钥匙，去仓库帮我套排子车。她走得很快，不理我，两瓣屁股扭来扭去，把我的眼睛塞得满满的，我一下就想到了王五，替王五感到不平。我还有这份闲心，说明我心里高兴。一拐过墙角，她就走慢了，等我跟上去。她打开门，用扫把网着排子车架上乱七八糟的蛛网，拍着尘土，我把车把举起来，她低着头把一对胶轮塞到车架卡眼的时候，叹了一声。

她说：你跟他顶啥，你不知道那老家伙心狠手黑？你好歹读过初中，咋像你几个哥一个样子，找亏吃么。

我不说话，我不能把底儿露了。

她又说：老四，你听我一句劝，好汉不吃眼前亏，他还能当一辈子队长？

我把排子车拉出仓库时，听她又叹了一声，交待我：老四，路上你慢点。

我还是什么都不说。我像个傻瓜一样仿佛不知道她在关心我，连句感谢的话也不说，脸上连点感谢的意思也不露出来。我还不摸她的底儿，就算摸她的底儿，我也不会露。

可我的鼻子有点酸。

不管摸不摸底儿，不管是真是假，这是第一个关心我的女人。

还是一个漂亮女人。

我把这个女人记在心里啦。

我们老家有这样一句话：三伏不能操，三九不拉套！拉套就是拉排子车。我回家取套绳时，我妈劈头盖脸先把我骂一顿，怪我不该去打老牛，更不该和队长硬顶。骂完我，我妈又恶狠狠地咒了一顿队长。

我对我妈也什么都没说，我得把所有人都瞒住。我一个人悄悄地干！我爹妈都发过毒誓不让我再当兵。我还没想好怎么说服他们，我得一步一步来。我已经开了个好头，我得沉住气，一切都得看我自己的了。我妈要让老二或者老三替我，我恶狠狠地说不！她以为我在和队长较劲，又把队长祖宗八代地骂了一通。我妈真冤枉队长了。我也没穿我妈拎来的新胶鞋，那是老三给我的军用品。我不是舍不得穿，我得穿一双又破又烂的旧胶鞋！一切都是想好的。我把我爹早年的一副脚蹬子套在脚上，略有些显大，被我勒得很紧，就像从我脚上长出来的一副铁牙齿。我把我的床单悄悄地缠在腰里，又剪了一盘草绳子。我家的草绳子有很多，都是我爹没事的时候搓好的，预备来年攀瓜架搭凉棚用。我爹要是知道我用这些绳子去干什么，他肯定会从床上跳起来，能用扁担把我砍扁了。

一切准备好之后，我坐在家里等着，等队长叉着腰站在稻场里吼我去。他肯定会吼的，我把他琢磨透啦。我计划得滴水不漏。我妈在火盆里烤好了两个红薯，凉了一会，被我揣在袄襟里。我妈唠唠叨叨地交待我很多该注意的事，我一句也没听进去。我妈的声音轻飘飘稀瘪瘪的，嗓子像破了。我突然有点心酸，想哭。不为别的，我只是觉得我正在做的事对不起我爹妈。我把搭在椅背上的我爹的旱烟取下来，学着我爹的样子，在烟布袋里挖了一阵，然后把烟锅扣在火盆里一口就吸燃了。这是我一生第一次吸旱烟。在我妈面前吸。我妈看着我，不再唠唠叨叨了。我爹在里间的床上翻身，哀声叹气，咝咝吸凉气。木床嘎吱吱响了一阵，我像听见了我爹一身老骨头也在响，他的腰腿疼又犯了。我在火盆沿上磕了烟灰，又挖出一锅，吧嗒吧嗒地吸着，用鞋底压压烟锅里鼓起来的烟花儿，一招一式都那么熟练，也不呛得咳嗽了，我一下子觉得我长成人了。我妈袖着手，埋头坐在那儿，一句话不说，就像平时坐在我爹身边那样。我妈的样子有点悲哀。就从那会儿开始，我妈看我的眼神儿不一样了，她最小的儿子成人了。

队长的吼声把我妈吓了一跳。

在我妈眼里我毕竟还是个孩子。

队长说：你杂种磨蹭啥！

我不理他，不卑不亢地从他面前走过去，把草绳子扔上排子车，看看冯参谋，又看看李连长，他们的样子有点难为情。队长却被我不卑不亢的神态惹毛了，他受不了这个。

他说：路上你杂种别给我犯刁！

我不理他，连看也不看他，让他继续吼。

他说：让首长们走一步路，看我收拾你！

他是真毛了，他没想到我会变得这么软，像个外圆内瘪的皮球，一脚踢上来，我连噗也不噗一声，我让他尴尬，让他那张老脸有点挂不住了。他眨巴着眼睛朝我走过来，对我一下一下点头，在我面前有半尺远的地方站住了。

他说：你杂种这贱嘴，别赚首长的烟吸！

他想用这句毒话把我击垮，让我难堪。

难堪的不是我，是冯参谋和李连长。他们那样子就像当众被人扇了耳光一样。冯参谋脸色铁青，李连长脸色乌紫。

冯参谋说：老李，咱们自己走吧？

队长说：那怎么行呢？上车，首长们上车。

李连长摇摇头，看着我。

他说：老冯，入乡随俗吧，别难为人家了。

队长说：路上别客气他，他有的是力气！

他又对我吼：肉货，你还不动弹。

我还没动，李连长朝我走过来，拍拍我的肩膀，对我说：小伙子，辛苦你啦。我憨厚地冲他笑一笑，拉着空车先走了。我很会体谅人，在这么多人面前，怎么能让他们上车呢。我听到队长在后面骂我，他说你们看看，这不懂规矩的货，客人还没上车，他就跑了！我不理他，没停下来，我走得很快。胶轮的气很足，在坚硬的冰雪地上蹦蹦跳跳，把我的心抖动得直痒痒。冯参谋和李连长的皮鞋上没套草绳，我把他甩下了好几丈远。但我不担心他们，该在哪儿停下，该在哪儿让他们上车，我心里有数。

但队长又把我叫住了。

队长说：你停下！

我不知道他要干什么。

冯参谋和李连长也回头看他。

他总算说了一句人话。

他朝我喊：好好拉，给你两个工！

我终于说话了，我得让李连长他们知道我是个什么样的人。

我说：该多少，是多少，多的老子不要！

你想像不出队长说了一句什么话。

连我也没料到他能说出那么有意思的话来。

他说：行！老母猪追火车，你杂种精神可嘉！

一片嘎嘎的笑声。连冯参谋和李连长也摇头苦笑了。

我也笑起来，笑得很憨厚。

我是笑给冯参谋和李连长看的。我得让他们知道，我是个憨厚的没有心计的好孩子。

离开村子有半里远，我把排子车停下了。冯参谋和李连长追上来时，我已经用草绳子把座板缠好了。我的排车停在一个低洼处，一个慢斜坡把村子遮得严严实实。冯参谋和李连长走在雪地里的样子，让我看了就心疼，他们一定是在不下雪的什么地方长大的，他们走不惯我们那儿的冰雪路。他们想走得很快，但有劲儿却使不到点子上，像在跳舞一样，脚下一弹一弹的，两条腿显得慌慌张张，两条胳膊张牙舞爪的样子。他们走得很兴奋，领口的扣子都解开了，脸上冒着一层热气。从慢斜坡上下来时，他们都闪到了路边。路边的雪没人踩过，不滑，但一脚下去没到了腿弯儿。快下到坡根时，冯参谋又走到路中，边走边跺脚上的雪，劲使大了，那么一颤一滑，一屁股墩下去。他“哎唷”了一声，紧接着哈哈大笑，边笑边顺着道就那么躺着滑溜了一段。停下了他还不起来，眼睛一眨一眨地看着天。不知看到了什么，挺入迷挺醉人的神态。我去拉他他也不起来，眼睛对我闭了一下又睁开了，继续看。我从没见过一张大人的脸有他那么明朗，那么无忧无虑过。过一阵，他吹着口哨自己爬了起来。

他一爬起来就看我，脸上不那么明朗了。

李连长也盯着我看，仿佛是无意地他又回头朝村子的方向看了看。村子被那道慢斜坡遮得很严实。我想，他一定很满意。

我也很满意，我还得意。

我从腰里解开床单，哗地一声抖开了。

我把床单叠成一块长条铺到座板上。

我做得麻利极了，一点也不拖泥带水。

我显得很平静，不能让他们察觉我的企图。

我说：首长，你们把鞋里的雪倒出来。

他们倒雪，我站在路边撒尿。

我连撒尿也麻利极了！

老大说过部队上干什么都麻利！

我撒完尿，他们还在系鞋带。

我站在排子车前，一句多余的话也不说。

老二说过部队干部最讨厌多嘴多舌的兵！

但正确的意见还得发表，这是老大说的。

我得发表我的意见，在他们的注视下我看了看天。天色已有些苍茫了。

我说：首长，天色不早了，咱们走吧！

他们坐上了我的排子车。

我一起步就跑起来。但跑得不快，这才刚开始呢，我得悠着点，得慢慢加快速度。再说我这是第一次拉排子车，我得先慢慢跑着把窍门找出来。我要找的窍门不是怎么省力气，是看看怎么跑着顺，车轮子辗在什么地儿不颠。力气算什么，算个屌！我不吝我的力气，但我不能让坐在我车上的人颠着了，我要让他们坐在我的排子车上感到又稳又快，又舒服又放心。我还得注意我的动作，我不能跑得太难看了。我不能大口大口地喘气，那样他们肯定要心疼我。他们一心疼就会下来走，我不能让他们下来走！那天他们已经跑了三个村，我是送他们回公社。村子离公社二十华里，小意思！再远一点才好呢。我不慌不忙，跑得悠哉悠哉的，胶轮辗在雪地上滋啦啦的声音，听起来心里舒坦极了。我知道过了聂家滩刚好是一半路，我已经计划好了，过了聂家滩的石拱桥就加快速度。他们就等着瞧好吧。

刚跑一会，我就摸出点门道了。不能在路的正中间跑，那样车轮子刚好辗在别人跑过的老辙上。老车辙上硬，不平，就像跑在搓板上一样让车上的人不舒服。我暗中一用力，不知不觉，边跑边把排子车顺到老辙的外边，一只胶轮骑在路中间，一只骑在路一侧的干雪上，我自己跑在一条坑坑凹凹的老辙上。这样一来明显地吃力了，可我一点也没慢下来。我做得很自然，像是生怕车上的人察觉到。但我相信他们肯定已经看出来了。我还是没忍住，不争气的汗水一会就流出来，裆里湿了，脊背上湿了，头发和脖子也湿了，汗水顺着脖子往下流，热气却乎乎地从领口往外冒。闲了一个冬天，一身的皮闲僵了，闲懒了，狗杂种的力气也闲得金贵了！我正在心里骂自己，车上的人对我说：小伙子，你慢点，我们下来走一会。

我没听出是谁说的，但我猜是李连长。

我没听他的话，没让排子车慢下来，也不停车让他们下来走。我边跑边回过头对他们憨乎乎地笑了一下。我很会笑，我的笑不在嘴上，不在鼻子上，也不在眼睛上，是均匀地在一盘脸上，就像一把阳光突然地洒满了我的脸，灿暄暄热乎乎，干干净净的，让人一看心里就舒坦。

我笑着说：首长们，坐稳当了！

听听我这话，严丝合缝，让两人都舒服。就多带了个“们”字！别看我脸上在憨乎乎地笑，心里可不憨！那个“们”字我咬得一点也不重，又自然又流畅，不能让人听出别扭来。小聪明要不得！

我老老实实地用衣袖抹脸上和脖子上的汗水，该怎么抹就怎么抹，流汗不丢人，抹汗也不丢人。汗是好东西！但我不瞎抹。你是不是瞎抹，内行人一眼就能看出来。我也不忍了，遇到坑凹颠排子车，该吭哧就吭哧，怕什么呢，我得放得开一些，太拘谨倒容易露出毛病来。

我听到李连长感叹了一声。

他说：这孩子。

他对我弓着的脊背感叹这孩子了！

我本来就是个孩子么。

可我的鼻子有点发酸。

可惜我看不到李连长的脸。

他们跟我说话了，我得留点神。我真不想跟他们说话。我得跑，不能慢下来，一会还得加快速度呢。我的嘴得呼呼地喘气，得偶尔吭哧一家伙，啥时候吭哧可由不得我，那得看路的情况了。心无二用，我怕我的臭嘴出毛病。可我又盼他们能跟我说话。

我把他们的声音分辨出来了。李连长在我的右边，冯参谋在左边，一样的普通话，腔调却有区别。李连长的腔软、绵，还有些缓，入耳时像有一股热风逼过来。冯参谋的腔略硬，豁豁朗朗，叮叮当当就穿过耳朵眼钻到脑瓜里去了。右边的李连长：小伙子你姓什么？我脖子朝右边歪：许。左边的冯参谋：哪个字？我脖子朝左边转，右手摸了一把汗：言午许。李连长：噢，小许。排子车蹦一下，我：吭哧。李连长：小许，放我们下来走一会。我没听见！脚下一紧，加快了速度。冯：你家的成份没问题吧？我：硬着哩，梆梆硬！冯：他妈的！

你们队长对贫下中农也这么凶！李：搭眼一看，就不是好鸟！我抹了一把汗。冯：这样的干部该稍息！李：那架式，比咱师长还牛×！冯：小许，你们怎么不造他的反，把这老家伙拉下马！李：别扯蛋，你太幼稚。我回头对他们一笑：首长，你们坐稳当了。

一路上，我说得最多的就是这句话。

然后他们都不说话了，在我的排子车上沉默着。我听见他们在点烟，火柴皮子嚓嚓地响了半天也没点着。我就放慢了步子，等他们点好烟又跑起来。我的后脑勺上像长着眼睛，连他们的神情我仿佛都看得清清楚楚。他们抽着烟，看着我，皱着眉头。但他们心里是怎么想我的我就不知道了。我只知道他们同情我，因为后来他们都从我的排子车上不声不响地跳了下来。我远远地就看到了那个石拱桥，车子的重量也让我感觉出来了。拱桥很陡，远看像一口大锅扣在那儿。很长的慢斜坡像一条尾巴慢慢拖下来。我腿一紧，一鼓劲飞快地跑起来。一个挑筐的人慢慢从桥下晃下来。我一直没看见他，我撅着屁股，腰勾得很低，脸快贴到雪地上了，直到排子车和他擦身而过时，我才看到他的脚和两只筐一闪而过。他可能没料到上坡的排子车会那么快，给我让道时差点让自己的筐绊一跤。我听到他又吃惊又愤怒地骂了一句我祖宗。听声音好像是本村的，但我来不及想他是谁了。冯参谋说快停下，快停下！我把排子车顺到路中间，一下感到轻多了。我又扭头对他们笑一下。这一次笑得调皮而得意，像是在和他们开玩笑。我捺起长腔吼了一嗓子：坐稳啦——声音飘了很远，桥洞里一群麻雀扑扑楞楞飞跑了。李连长一叠声叫着：这孩子，这孩子！就在这时候，他们跳下了车。

我站在石拱桥上，看着他们，傻呵呵地笑。他们站在桥上抽烟，我从怀里掏出烤红薯，慢慢剥皮，慢慢吃。吃几口，抓把干净的雪填进嘴里。李连长有些生气地看着我。我狼吞虎咽的样子让他直摇头。我不担心他生我的气，这种气我不怕他生。他生气说明他在同情我，心疼我。我做得有点太过火啦，接下来我要做的就是让他们怎么不怀疑我的动机。我知道该怎么做。就像唱戏，锣鼓镲子响一阵，就该是胡琴，是慢板了，得有张有弛。我抹了抹嘴，很响地拍着手上的红薯皮和雪粒子，对他们说：你们先走吧，我在这儿歇一会。

我身上的汗还没止住，还在往外冒。

我说：出透了。狗日的汗这下出透了！

又对他们说：僵了一冬的皮松活啦。

我坐下来重新绑脚蹬子，笑着挥挥手让他们快走。我一脸正经地对冯参谋说：你别又摔倒啦。他一点也不尴尬，和李连长一起哈哈地笑起来。我指着远处的坡底儿说：你们在那儿等我吧，撒泡尿的功夫我就到了。

我不怕我的话粗。

我说的是实话，不信他们可以试试。

他们走了很久才到坡底。他们走在冰雪路上的样子，就像在赶一群鸭子。他们站下来之后，我开始下坡。

我把排子车倒过来，车屁股翘起来对着他们，我站在两条车把上，手里挽着套绳，身子微微向后仰着。我一只脚轻轻蹬了一下，排子车就滑起来，越滑越快。我看到他们对我乱挥了一阵胳膊，然后就不挥了，伸长脖子看我。风呼呼地刮着我耳朵，两边的枯树向后倒。路不直，弯都不大，曲里拐弯。我紧紧地提着套绳，用两条腿掌握方向。朝左拐，我松右腿，把身体的重心压在左把上。朝右拐就松左腿。两条车把在我屁股后面犁出两道沟，胶轮上飞起来的雪粒，旋成两道白色的光环，我就像一个乘风破浪的人。

排子车刚好在他们跟前稳稳地停住。

我抖抖套绳，喊了一声：吁！

他们松了一口气。

我朝他们扮了个鬼脸，冯参谋笑了，眼睛很深地看我。李连长没笑，他说：你这个熊孩子！一听这话，我不笑了，心里一热，泪水差点涌出来。他骂我了，骂我“熊孩子”！我听出了话中的分量。心里感觉得到，嘴上说不出来，这是天底下最中听的骂人的话了。

我听老大老二都说过，部队上首长们喜欢谁，就爱骂谁“这熊兵！”

我乖乖地抬起车把，请他们上车。他们刚坐稳，我就跑起来，跑得飞快，两腿生风，我爹的脚蹬子在我脚下嚓嚓地响着，让我浑身有使不完的力气。他们让我慢点，让我停下，一遍遍说这么跑要累坏了。我告诉他们，我一点也不累。我是真不累！跑得更快了，排子车在路边的干雪上，跑得又稳又快。就是真累了我也不觉得累，有李连长那句话，我豁上了。他们不管对我说什么，我都回头说那句话：首长，你们坐稳当了！我心里只有这句话，我说不出别的了。我咬着牙，浑身都憋着劲，一口气跑完了十里地。我分不清脸上的泪水和汗水，流进嘴里都是咸味儿。流进嘴里的我吞了，流不进嘴的，被我一把把抹了，叭叭地甩在雪地里。

天快黑时我们到了公社。

离公社还有半里远，我让他们下来了。

我让他们走一会，跺跺脚，暖暖身子。

我停下排子车，恋恋不舍又可怜巴巴地看着他们。

李连长说：把你累坏了吧？

我摇摇头。

他又说：天快黑了，就在公社住。

我又摇摇头。

冯参谋说：和我们一起吃晚饭，好么？

我说：首长，让我明天还拉你们行么？

那天晚上我没回家，也没在公社住。我把排子车弯在公社的大院里就走了。公社武装部长一听说还要让我拉车，高兴得不得了。他亲自给我们队摇了电话，还让队里转告我爹妈。我说我晚上到亲戚家去住，李连长似乎不太相信，追问我亲戚在哪儿，叫什么名字。我胡说了一个名字把他骗了。离开公社时李连长塞给我两个馒头，冯参谋拍了拍我肩膀。我走了很远，还听到李连长在喊：小许，好好用热水烫烫脚！

我背对着他，泪眼模糊地点了点头。

又下雪了，雪花扑簌簌地落下来。

我转了几圈，天黑下来时，钻进了离公社不远的一个牛圈里。牛圈里暖烘烘、臭烘烘的。没有灯，黑咕隆咚。牛圈一劈两半，一边是牛，一边是满满的稻草。一条牛站着，几条牛卧着。站着的老牛头勾在烂里吃稻草，吃几口，头抬起来嚼一阵，白花花的牛牙一闪一闪的。看着老牛慢慢嚼着稻草，我突然就饿了。腮帮子发酸，流出口水，肚里空荡荡的，一跳一跳的肚皮仿佛要挨着脊背了。我这才想起来李连长塞给我的两个馒头，三口两口就吞掉了。

我跳进稻草堆里深深地把自己埋起来，只留两个出气的鼻孔在外面。我把脚蹬子解下来，和胶鞋一起放在头旁边。那一夜天真冷，差点把我的脚冻坏啦。十个脚指头尤其冷，像有一窝老鼠在啃它们。脚背和脚踝骨也冷。脚板不冷。

脚板上全是泡，火烧火燎地疼，痒！像有一窝蚂蚁钻在心里那种痒。我褪了褪裤子，不敢多褪，褪多了腰和屁股就要挨冻了。我把脚缩回裤腿里，用稻草塞住了裤脚。那天我也真累坏了，不累是假，王八蛋才知道累！白天我是鼓着劲，像头不知道累的疯骡子。可一躺下就蔫了。软得像滩泥，连点放屁的力气也没有了。我有点晕，还有点恶心，我是跑狠了！躺在草堆里还像在跑，腾云驾雾，飘飘忽忽地跑。就那么跑着飘着我睡着了。

醒来的时候，我已经尿了！

我指的不是一般的尿。

这是我第一次。

想起来真悲哀，我尿在稻草堆里了！

我真给累惨了。也吓坏了，以为累出了什么病，打摆子一样在草堆里哆嗦。天亮之后，我还有些晕乎，从稻草堆里爬起来时半天才站稳。可我到底是站稳了！喂牛的老头半夜就给牛上过豆饼，我从草堆里钻出来时，细嚼慢咽的牛还没把豆饼吃干净。我抓一把喂到我嘴里，又抓一把，一把一把地把自己喂饱了。雪还在下，满天的雪越看越深，早晨的雪天像黄昏一样模糊着。远远近近响着鸡狗瞌睡未尽的叫声。李连长和冯参谋在公社前面的稻场里跑早步。跑得很慢，边跑边看天，看周围开始升起炊烟的农舍，一副很新鲜的样子。我远远地躲开了。李连长他们刚刚吃过早饭时，我出现在我的排子车跟前。

我对他们笑，一副酒足饭饱的样子。

我确实是饱了，肚子有些胀。

我已经在井台上洗过脸，喝过水。我对着水中的倒影已经把我头上的稻草捡拾得干干净净了。我精精神神的样子，就像在亲戚家睡了个好觉，吃了顿好饭，我又是昨天那个无忧无虑的好孩子了。我的排子车拉得一点也不比昨天差。他们待我倒是比前一天更随便。但我还是说很少的话。我知道我是谁。我知道该怎么干。跟他们说话的时候，我把嘴扭在一边，我不能让他们闻出我满嘴的豆饼味。

第三天，李连长给我买了一双新胶鞋。

我没穿，我把胶鞋挂在车把上。

我说：我留着过年穿！

我好像连想也没想到要当兵的事。

冯参谋给我的手套我戴上了。我不用再戴手套的爪子抹脸上和脖了上的汗水。我用衣袖蹭。

冯参谋说这孩子还真是个细心人。

一切顺利。我再想下一步该怎么办。

关键是时机，就看我能不能逮住了。

我太大意了！只顾想怎么逮时机了。

我竟然在又一个牛圈里舒舒服服地打起了呼噜。

喂牛的老头用木杈把我捅醒时，我扭着身子笑起来。他的木杈捅在我的腰眼上，开始轻，我痒，忍不住笑。后来一下比一下重，我疼醒了。我有些恼，深更半夜谁他妈在捅我呢？我迷迷糊糊用手在腰眼上扒拉了一下，扒空了，木杈缩回去，又更重地捅到我屁股上。我的头嗡一下大了，明白了是怎么回事。

我想从草堆里爬起来。但爬不成，连动也动不了。老头的木杈罩在我头上，我动一下，他的木杈跟着动一下，杈尖对着我鼻尖。我眼屎巴啦又可怜巴巴地看着他，想哭。我可怜的样子让他一点也不同情，他翻着比牛眼还圆还大的眼珠子瞪我，我稀溜溜地喊他大爷他也没软下来，连眼皮也不跳一下。他一手提着马灯，一手握着木杈，那架式有点像电影上的老赤卫队员。马灯拧得很大，火苗子快把灯罩要撑破了。

他说：小杂种，说！

我说：大爷。

他说：少来这一套，躲在这儿干啥？

他把马灯又举高了一点，照了照两边的墙角。墙角里堆着犁铧和耙耧之类的破烂。他又看了看他的牛，嘴动着，在心里一头一头地数。他把我当成了贼。

我说：我没偷东西。

他说：狗日的不打自招！

我说：我真没偷。

我把胶鞋和脚蹬子给他看，他警惕地用木杈拍了一下我的手，不让我乱动。他把马灯挂在墙上，换成了双手握木杈。他松了松气，但马上更精神了，指着我鼻子的木杈一抖一抖地，警告我放老实些，不然一杈把我脑袋扎破。他嘲弄地盯着我手里的破胶鞋，用杈尖挑起来甩到了一边，我爹的脚蹬子从鞋里掉出来。我真后悔，把鞋给他看什么呢？一双鞋一双脚蹬子能证实我不是贼么？难怪他嘲弄我，难道贼不穿鞋？有谁走冰雪路不套脚蹬子呢？我看着那双让我在冰雪地里跑得飞快的鞋和脚蹬子，想把它们捡回来。可我不敢动。我心虚、发怯，流了一头汗。人们说，没做亏心事，不怕鬼敲门！这是屁话！鬼还管你是好人坏人么！我遇到了一个蛮不讲理的老鬼。可我还得一遍一遍地把老鬼喊大爷。

我说：大爷，求求你，我不是贼。

我又说：大爷，我要是贼我还睡在这儿么？

老东西根本不跟我讲道理，我说我的，他讲他的。他说：前年我丢了一头牛，杂种们怀疑我和偷牛贼是通的，嘴上不说，可眼睛说了，我能看不出来么？去年卸了我三片犁铧片子，偷了我一盘牛缰绳，杂种们还疑我！说家贼难防。我是家贼？我凭啥要偷？要偷我偷他杂种们家里的女人偷有趣儿的东西！我要绳子干啥？我偷绳子上吊么！我琢磨这几天贼该来了，你杂种还真来啦！他的样子又委屈又愤怒，还有一种马上就能洗清不白之冤的激动之情。他横了心，认定我就是今年的贼了。

天快亮了，鸡在叫第二遍。没下雪，下了大雾，雾锁了牛圈的栅门。新结的冰在收口，吧啦吧啦地脆响。我一边流汗一边打哆嗦。我没别的招了，我看那些牛。它们要是能说话就好了，它们能给我作证。大多数牛睡着了。有一头牛看着我，麻木的长脸上一副事不关己、高高挂起的神态，甚至有些幸灾乐祸。那头最老的牛也在看我。到底是母牛。世上的东西，只要是母的就比公的要心软。它看着我，老眼里闪着蓝色的慈祥的光芒。可是它说不了话！看来，这些哑巴畜牲帮不了我。

我豁上了，只好实话实说，告诉老头我在给公社招兵的人拉排子车。我还告诉他我偷吃了他喂牛的饼。过去偷饼渣，现在偷饼块吃。饼渣是牛吃剩的，不干净。我把嘴上没抹净的饼渣给老头看。又把脚板子伸给他，让他看那些叠在一起的两脚烂泡。他半信半疑，眯着眼睛想了半天，终于想明白了。

他说：他们不管你饭，不管你睡么？

我没法回答他。

这是决定我一生命运的一个大阴谋！

不仅是我，还有老大、老二、老三。还有我爹妈。我不仅为我个人。我不能告诉他是为什么？这个老东西不配知道！我突然愤怒了，我不就是睡了睡牛圈么，不就是吃了你一把豆饼么，就凭这我就该把什么都告诉你么。我心里充满了仇恨，恨不得一下跳起来把老东西给掐死。老东西竟然得意起来，他说：你还想骗我！

我是真想掐死他。

那年我如果没当上兵，肯定会把他宰了！

可当时不行。我一下就想到了老大，我不能要这个二球。不能跟那个老东西一般见识，不能为一口气坏了我的大事。我想起了人们常挂在嘴边的一句话：小不忍则乱大谋！我当时觉得这话简直就像毛主席说的，太对了！不是这句话，我差点要坏事。

我坐在草堆里，不说话了。只要老家伙不把我杈死，我就有办法。捉贼拿赃，捉奸拿双，我没什么可怕的。除了嘴上的豆饼渣，我什么把柄也没让他抓着。我只是有点急，怕天亮了他还不放我，耽误我拉排子车。

可是我却哭了，眼泪吧嗒吧嗒往下掉。

不是怕，也不是急，是心酸。

我的眼泪让老头有点动心了。

他手中的木杈耷拉在草堆里。

他说：你真不是小偷？

我不理他。眼泪流得更快了。

他说：我还是得去问问，真像你说的，我再放你走。

他把我的鞋提走了。天已经大亮，我脑子里乱糟糟的，我不知道他要去问谁。我不知道会有什么样的后果。李连长给我的那双鞋，我掖在怀里，睡觉也没拿出来。我穿上了就能跑的，可我没跑，也不能跑，一跑我就真是个小偷了。老头回来了，嚓嚓的脚步声不止一双脚，有好几双。脚步声里夹杂着老头的说话声，像响在风中的破锣一样。我听到他说：我夜里起来给牛加料，听到呼噜声，把我吓一跳！

我真想扇自己的嘴巴子。

那几双脚有冯参谋的，李连长的，还有武装部长的。我盯着他们的脚，不敢看他们。一认出那些脚，我连看也不敢看了，把头勾在裤裆里。没听到他们说什么，也不清楚他们的表情。他们肯定有些发呆。该死的牛还在嚼草，咯吱咯吱嚼得很慢。

像在嚼我的心。

别问我那会儿想什么。

你自己去想吧。

想你这一辈子最尴尬最怕人知道的事。

李连长在我面前蹲了下来。我还是不敢看他，还怕他说话。他像是看穿了我，什么也不说，连口气也没叹。他把我头上的稻草一根一根捡干净了。我的头就那么低着，让他捡。他把我怀里的那双新鞋取出来，解开带往我脚上套。我想朝回缩，但动不了，脚脖子被他紧紧地握着。他还把我破得稀烂的脚板抬起来，看了好一阵。

突然响起来的声音把李连长和我都吓了一跳。噗噗！很短促，很瓷实，很闷，像一面湿透的皮鼓被捶了两下。声音是喂牛的老头弄出来的，他在扇自己的脸。

他把所有的人都弄愣了。

他竟然呜呜地哭起来。

他哭什么呢？

他哭起来可真像个孩子。

整个冬天，我爹大部分时间都躺在床上，要不就起来搓草绳子，或者打草鞋。草鞋一串一串地挂在墙上，像晾了满屋的干鱼。年关一天天逼近了，我妈看着那些草鞋心烦意乱，说我爹大冬天你打啥草鞋呢。我爹说不打草鞋我还能去打老牛么？生气地扔了半截草鞋，又躺到床上。雪还在断断续续地下，我爹像是很高兴，我喊他起来吃午饭时，他扶着门框，看着一天迷茫的雪说：下吧，下大些，一直下到明年才好！

我爹是怕过年，过年麻烦事太多。

我怕我爹，我躲着他。

我已经提前领了入伍通知书，提前把军装领回来了。我用给李连长和冯参谋当座垫的床单把军装严严实实地包起来，悄悄扛回家，锁在三嫂的衣箱里。李连长还给了我一管药膏，让我好好敷敷脚上的伤。我连体检也没参加。那天我跟着他们到公社之后，李连长说，跟我当兵去吧！就一句话，就那么简单！

我费尽心机的事让他一句话给轻而易举地办了。我把排子车送到仓库时，队长还蒙在鼓里。

他说：听说你杂种干得不错？

又说：武装部长来电话了，表扬你。

我说：多亏你啦！

我得先把这话垫给他，让他慢慢后悔吧。

他说：谁给谁拉车不一定呢！

队长的老眼瞪着我，好像不认识我了。

我把排子车扔在仓库门口，说我累啦，你自己推进去卸了吧，然后转身就走了。我把队长那杂种气坏了，他扯着嗓子又吼又骂。我回过头定定地看着他，眯着眼，一副根本不把他放在眼里的样子。我真有点可怜他了。想想吧，一个还是孩子的我把他给耍了，可他还蒙在鼓里，还在那儿又吼又叫地耍威风呢。

可一回到家，我心里又沉下来。我想象不出我爹知道后会是一副什么样子。这一回，我是把我爹妈的心伤定了，说不定我会把他们中的哪一个给活活气死。我试探性地告诉我妈，说接兵首长想让我当兵，我妈一下就跳起来。

她说：除非他们抓壮丁！

我说：要是我想去呢？

我爹不知什么时候从床上下来的，趿着鞋，披着棉袄，搓板一样的胸脯子露在外面，瞪着眼珠子看了我半天。

他说：杂种的，你说啥？

我什么也不敢说了，低眉低眼地站在他面前。我不敢看我爹，也不敢看我妈了。那几天我一直躲着他们。躲在我的小床上，翻眼看着黑乎乎的屋顶。夜里我又悄悄起来，在屋外的雪地里一站就是半天。我下决心告诉他们，但一回到屋里，我又犹豫了。

第二天是小年，一家人围着吃祭完灶王的饼子。我爹最先吃完了，坐在那儿吸烟。二哥、三哥和两个嫂子都在。三嫂对我眨了眨眼，我明白她的意思。全家只有她知道我当兵的事，我让她连三哥也没告诉。我点点头。三嫂很甜地喊了一声爹，说爹你再多吃一个么。我看到三嫂的脚轻轻踢了踢二嫂，二嫂有些莫名其妙，但还是紧跟着三嫂也喊了爹，并拿了一块饼递给爹。爹很高兴，儿媳们这么叫他真是太难得了。爹摇摇头，咝咝地吸烟，脸上少有的慈祥。

在我爹最高兴的时候，我在他心上捅了一刀。

我说：爹，我已经当上兵了！

我很低的声音里带着一点倔犟。

我没有细说，不敢说下去了。

我爹被一大口烟呛着，但他没咳出来，死死地憋着，脸紫得像茄子，眼泪和鼻涕都出来了。他把那口烟整个吞了下去，烟杆被他扔了。他闭了一会眼睛，连看也不看我，脸色变得腊黄了，站起来时被火盆绊了一下，差点一头栽倒。我妈扶了他一下，被他一把推开了。

我说：爹，你听我说。

他不听，也不理我。

都不说话，老二老三低头坐在那儿，像死人一样木着脸，好像是他们做错了什么事。二嫂三嫂紧张地看看这个，看看那个，等着，等一个炸雷劈下来。

我又喊了一声爹。话音还没落，我就听到了声音，隐隐地感到一根扁担朝我刮过来。我没躲，只缩了缩脖子，嗡地一声扁担砍在我脊背上。扁担反弹回去时，我看到我爹踉跄了一下。挨过那一扁担我才感到我爹真的老啦，没有多少力气了。老二老三这才站起来，但木桩一样戳着，不动。二嫂一下从火盆上迈过来，把爹手中的扁担抱住了。我妈的巴掌噼里啪啦地落在我头上，很响，却不疼。我知道我妈是想护着我，她边打边把我朝一边推。

二嫂说：爹，您消消气。

我爹说：杂种们！

二嫂被爹的扁担扫到了一边。

我爹像疯了，儿媳妇也拦不住他。

又一扁担砍在我背上。

我妈说：死人，你还站着！

我就站着！我要让爹打。我用胳膊把我妈搂在面前，我怕爹的扁担扫到她。爹的扁担一下比一下轻。可爹的扁担没朝我头上落，再轻，砍在头上我也完了。我爹呼呼地喘着，扁担落在我腰上，屁股上，腿上。我一下软了，身不由已地卧下去。我爹的最后一扁担落在我脚踝上。

扁担咣当一声掉在地上。

我突然感到一阵轻松，心里踏实了。

那天夜里，我一直跪在我爹的床前。

一阵悲凉爬上我的心头，爹老了，他已经没有能力管住他最小的儿子了。

爹一直不理我，连正眼也不看我。可到最后一刻他终于忍不住了。临走的那天早晨，我到床前去看他，他靠在那儿，闭着眼睛。

我说：爹，我走了。

泪水刷刷地从他的眼角流出来。

他说：行，爹豁上了！你走吧！

第二章

那一年我们生产队，也就是现在的自然村，一共走了六个。除我之外，有剃头家的大孙子刘社会，会计的小舅子孙国庆和黄家三兄弟：黄福田、黄福地、黄福山。三兄弟不是一个爹，是堂兄弟，一个爷。本来是七个人要走的，孟小虎没走成，死了。我们走的那天，刚好是小虎死的第三天，赶上他家里人给他圆坟。

按照以往的老规矩，生产队要用排子车把我们送到公社去集合。但这一年没送。也没像往年那样敲锣打鼓。队长说家伙坏了，锣破了，鼓皮上沾了猪油，让老鼠舔了个洞。他没说咬，没说啃，说舔！谁都听出他话里有话，可谁也不明白到底为什么。我明白。我妈也明白。不明白的人乱哄哄地吵了起来。

剃头的刘麻子说：队长，这么大的事，孩子们走这么远，一走好几年，怎么能没有个锣鼓家伙呢？图个吉利么！过去抓壮丁，人走了，家里还借个锣敲它一阵子呢。好好的锣咋破了呢？啥老鼠能把鼓皮给舔破了？

黄家三兄弟的爷爷说：排子车也破了么？人家的孩子当兵就光荣，就坐车，轮到我家就狗熊啦！欺负人么！没锣鼓家伙咱不走了！

老头又气又伤心，边说边跺脚。三个儿子，三个儿媳，三个穿上军装的孙子以及另外一些孙子孙女，都绷着脸站在老头的身后。那时候兴这个，当兵的走时，锣鼓一敲，几挂鞭一放，不光图吉利，还图个光彩，图个热闹。敲锣掌鼓的大多是自家人，没有不下死力的，鼓点子能把一村人都震疯了。当兵的人能不提劲，能不精神么？长竹杆挑起来的“小钢炮”在头顶上噼里啪啦地炸，红纸屑子桃花瓣一样落满身，那是什么心情？我记得老大走时，我爹掌鼓，老二敲锣，老三挑着鞭，我和我妈一边一个夹着老大。我爹流出的汗把半张鼓皮都溅湿了。老二走时，我爹的力气差了。老三的鼓，我爹的锣，挑鞭的是我。一颗脱线的“小钢泡”落在老二的额头上，炸出铜钱大一块疤，老二连眉头也不皱。轮到老三走，我爹本想重新再掌一回鼓，想来想去，怕鼓声太弱了，一狠心买条烟请了一个掌鼓的好手。队长那杂种心眼也太小了，太毒了，为整我一个，把其他人也整了。黄家三兄弟的三个爹，个个膀大腰圆，腰里都勒着绳子，为那场鼓不定憋了多久的劲，人家能不气能不伤心么！

我无所谓，不在乎有没有锣鼓，有没有排子车。不用敲锣打鼓，我的劲也憋足啦。光彩有什么用！热闹有什么用！连吉利我也不想图！不成功便成仁！这话可能不太恰当，但我当时就这么想的，不混出点名堂，我决不回来见我爹妈！

我爹最后那句话也给我提劲。

我爹说他豁上了！

他想了那么久才对我说这句话。

我一下就憋在心里了！

啥时候想起来，腰杆子就猛一挺！

队长在看我了。我也看着他。

我看他时一点表情也没有。

我得让他知道，他根本不在我话下了。

我心说：老杂种，咱走着瞧！

黄家三兄弟的爷没把队长吓唬住。

还得走。不吉利，冷冰冰也得走。

黄家老头依次看了看三个孙子，老眼里流露出慈祥而愧疚的神色，又盯着三个儿子，突然愤怒地吼起来：杂种们，还站着干啥！

三个儿子莫名其妙。

老头说：买鞭去，咱自己买！

又吼道：把代销店的鞭全买了！

三个儿子都没动。

老头说：怕没钱？把老子的棺材抬去卖！

“小钢炮”一挂接一挂在黄家三兄弟的头上炸，村子转完了，鞭还没放完，孙国庆走在三兄弟的后面，他姐姐姐夫也买了几挂鞭。孙国庆没父母，他姐姐姐夫养大的他。他姐姐挑着鞭，在村里放一挂，出村时又放一挂。他姐姐的泪一闪一闪地包在眼圈里，怕不吉利，一直没敢流出来。刘社会走在我前面，他好像也不在乎有没有锣鼓，有没有鞭炮，不断扭头对我嘻皮笑脸做鬼脸。但他的不在乎跟我不一样。路过黄家的三兄弟的门口时，路过一家停一阵，老头亲自接过挑鞭的竹杆放一挂。边放边在三个孙子的头上摇，长长的鞭挂像一条花鞭子在三兄弟的头上摆。老头摇着的竹杆的样子像在赶麻雀。伴着鞭响老头吊着脖子喊：你们仨要听毛主席的话，听共产党的话，听当官的话，小的要听大的话！福田你最大，他俩不听话你给老子揍！往死里揍！上阵父子兵打仗亲兄弟，你们仨要一条心抱成团，往一个壶里尿。要多干活少说话，没人把你们当哑巴，该说的说，不该说的别瞎鸡巴说！舌头长了要招祸。老头吐口痰喘口气，一个看热闹的小伙子喊：福田你小子好好干，当大官，找个穿军装的娘们儿！众人哈哈笑，老头接着说：是这话！借你的吉言，你们仨就得有这股子劲，有这个狠劲儿！铁棒磨成针，功到自然成！啥娘们也是给咱爷们儿们用的！好好干吃香的喝辣的，光宗耀祖，衣锦还乡，高官得做俊马得骑！老头的大儿子说：爹，你歇歇。老头说：滚！你们要谦虚谨慎，戒骄戒躁，多向当官的学习，看人家是怎么当官的，人家行你们也行！干活要下力，世上只有生老病死的，没有干活累死的！莫躲奸莫耍滑，也别傻驴似的干，要苦干加巧干！为人要仗义，莫干缺德事！真遇上打仗莫当蹲着撒尿的娘们儿，当不了英雄也莫当狗熊！遇着鬼子，他不惹咱，咱不惹他，惹着咱，兄弟仨一块上，把杂种往死里整！抠他的眼睛，踢他的卵子，绝他杂种的后！打得过猛打，打不过猛跑，好汉不吃眼前亏，留得青山在不怕没柴烧！爷爷这话给你们当鼓打，去他娘的蛋，排子车咱不坐啦，走！

又走了一阵，快到刘社会家门口时，他爷爷等在那儿，颤颤悠悠地也举着一挂鞭，他八岁的小弟弟一手捏鞭头，一手夹着烟，两挂鼻涕流过河，老练也吸几口烟，熟练地弹烟灰，准确地把明晃晃的烟头往鞭引子上一杵：嘭！啵！嚓！噼里啪啦！刘麻子腰板一挺，满脸闪闪发光了。

刘社会又回头对我挤挤眼：操，他早晨喝了七八两，狗嘴里吐不出象牙来！

他又说：再耽误，公社会餐就赶不上了！

话还没说完，“小钢炮”已经炸到了他头上，刘社会哎唷一声，缩了缩脖子。

刘麻子说：缩你妈那个 ×，站直了！

刘社会挺挺腰，站直了。头上像旋着一个大礼花。我后退了几步。麻子的鞭是放给他孙子的，这个光我不能沾，这个亏也不能让麻子吃，不然他心里一辈子都不舒坦。他连给人掏耳屎也包回家，给自家的公鸡吃。尤其他那张嘴，损人比他的剃头刀还要快，把话把留给他，我爹妈就惨啦。我倒要看看，几挂鞭能把他们嘣出多大的出息来。

刘社会傻愣愣地在听他爷爷说。

我知道他根本没用心听。

他的心早让公社那顿好饭勾跑了。

他的塌鼻子呼扇呼扇的，好像动情了。

狗屁！他是闻到猪肉炖粉条的香味了。

乱哄哄的笑声里夹着刘麻子的话。

刘麻的话把“小钢炮”都淹住了。

果然不是象牙。

是狗屎！

你听听吧：咱家几辈子都给人剃头，到你爹改成了劁猪的。世上就他娘的三颗蛋，一颗蛋朝天，两颗蛋朝地，三个蛋都让咱家给摸啦！辈辈是下九流，辈辈出下三滥。给人家摸蛋的人脏不脏？脏！臭不臭？臭！贱不贱？贱！你杂种不想脏，不想臭，不想贱是不是？好！给老子混出个样子来！从今起，我和你爹都再不动刀子啦，磨快了放在那儿，等着！混好了，割我们的肉给你吃！混不好，用两把刀把你杂种给劁了！

刘麻子就孤零零的一挂鞭，眨眼功夫就放完了。一根鞭引子闪着火花落在刘公社身后的背包上，先是米粒大一个洞，线似的一缕烟。有人看到时洞已经有铜钱大，圆圆的一圈火星儿像红色的花边，呈锯齿状迅速地扩散着。我赶上去把它捏熄了。刘麻子还不放心，鼻子挨在洞上闻一闻，指头伸进洞里往外抠，吐口痰把洞里的火星浇灭了。

刘社会一脸哭像，很厌恶地瞪着他的麻子爷爷。他是麻子的宝贝，宠坏了，在麻子面前很放肆，但谁也没想到他会说出那么一句话来。

他说：这下你快活啦？还要劁我，先把你自己劁了吧！

麻子的脸通红通红。

但不管怎么说，麻子总算为他的孙子放了一挂鞭。我没有，连孤零的一声响也没有。那天只有我妈一个人送我。我妈一直抓着我的手，她连一句话也没说。看到别人为自己的孩子放鞭，她心里难受。我的手被我妈捏得湿漉漉的。

人群里有一双眼睛始终在看我，我感觉到了，但我的眼睛一放到人群里，又不见了，这让我有些不自在。不是队长。比队长的眼低，软，在一窝女人里面。刘社会骂他爷爷时，都看着麻子笑。我突然地把眼睛扫过去，一下就把那双眼睛逮住了。

是王五的女人。

这一下是她不自在了。

像一个当场被人抓住的小偷。

她的眼神有点复杂。

是可怜我么?

可怜我的眼睛可不止一双。

但别人不像她那样看我。

黄家老头真不错，他看到没人给我放鞭，看到我和我妈孤零零地走在最后，他对他挑着鞭的大儿子说，给老许家的孩子头上炸一炸。他那么一喊，招来了许多目光。我的脸色一定难看死了，把那些看我的眼睛都吓跑了。他们看我头上的鞭，看刘麻子，看黄家三兄弟，看女人堆里花花绿绿的棉袄，就是不敢看我的脸。我谁也不看，板着脸。“小钢炮”像一窝马蜂在我头上嗡嗡地乱飞，好像离我很远很远。黄老头的大儿子也是个厚道人，他差不多把整整一挂鞭全放在我头上了。我应该看看黄老头，应该看看他挑着鞭的大儿子，我应该对他们笑一笑才对，应该说句好听的话谢人家。可是我没有。我倔犟地挺着脖子，慢慢地走着，就像一个正在走上型场的人一样。

我妈攥着我，我攥着我妈。

我妈灰色的头发上落满红色和黄色的纸屑。

我紧盯着刘社会的后背。

我在想他背包上那个圆圆的小洞。

真圆！后来我每次打靶，打十环的时候，我一下就想到了那个小洞。它们太像了。子弹穿过的小洞边也是糊的，也是锯齿状，像一副花边。太不吉利了！可刘麻子还在傻乎乎地笑，他一点也没想到以后我会把他孙子背上的那个洞和一颗子弹连在一起。刘社会也没想到。后来他成为废人时，早把那个洞忘掉了。

要是不忘呢?

他会把他爷劁了么?

说不准!

那天早晨，另一件不吉利的事是我们遇到了孟小虎家里的人。小虎死的当天就埋了，这是第三天，他父母、姐姐、姐夫和弟弟妹妹一起去给他圆坟。他们赶在我们前头了，离我们不远，走得很慢。小虎的妹妹拎着篮子，小虎的弟弟从篮子里取出纸钱，一把一把地朝天上洒。落在路上的纸钱，一会儿就打湿了，东一张西一张，我们一跳一跳地怕踩在纸钱上面。

小虎的父母是懂道理的人。远远地听到鞭响就下路了。一家人蹲在雪地里等我们过去。

小虎本来应该和我们一起走的。

但他淹死了。淹死在茅坑的。

听说他是学自行车时和车子一起滑进了茅坑里的。小虎的姐夫是外村人，当过兵，据他说以小虎的机灵劲儿，到部队肯定能当上通信员，能在连长、指导员身边干工作。小虎那孩子也的确机灵，像个女孩子一样招人喜欢。但小虎不会骑自行车。又听他姐夫说通信员要取报、送信或是给连首长办点私事什么的，都要骑自行车。小虎就急了，一家人都急了，他姐夫连夜回家把自行车连拖带扛地弄了来。

我没看见小虎学自行车，我是听人说的。不说我也能想象得到，我见过别人在大稻场里学车的样子。小虎也是在大稻场里学骑车的，场上还有雪有冰有我们打老牛时留下的冰洞。小虎的爹把那些冰洞都填了，把家里攒了一个冬天的灶灰一担一担挑到稻场上，那么大的稻场上全铺满了。但小虎还是不断地滑倒，连他姐姐和姐夫也跟着摔了很多跟头。他们俩轮换着在后面扶车，小虎的爹妈和弟弟妹妹一直站在稻场边眼巴巴地看着。

小虎学得很快。

他怎么能学得不快呢?

他骑在自行车上快飞起来啦！

他肯定把自己当成取报送信的那个兵了。

他一遍一遍地叫着松手，松手！

他姐姐的手就松了。

自行车嗖地从他爹妈面前穿过去时，他爹妈一跳一跳地躲开了，张着嘴笑。姐姐也在笑。姐夫叉着手赞赏地边点头边指点：头抬起来，再抬，看前面！小虎的车呼地又从爹妈面前过去了，弟弟妹妹追着自行车大喊大叫。

很多人都说听到了那喊叫声。

弟弟说：哥，骑快点，再骑快！

妹妹说：哥，你快当通信员了！

弟弟妹妹一起喊：看，哥快飞起来了！

真飞起来了，飞进了稻场边的大粪坑。小虎的姐夫赶过去时，小虎的屁股冲天，头砸破冰壳钻进去，双腿还在一蹬一蹬的。等爹妈跑过去时，小虎的腿已经不蹬了。

我没看见，我是听说的。村里很多人都在说，好像他们都亲眼看见了。但我能想象到那副场景，我现在一闭眼就仿佛能看到。我每次回家都要去看看小虎的爹妈。小虎的妈一见我就哭，小虎的爹不哭，他还在为儿子的前途操心。他说：小虎机灵，是个当通信员的料。

他又说：没准能和你一样当官，当大官。

我点点头，表示同意他的看法。

他摇摇头：命，这都是命。

是命！小虎命该如此。

我常想小虎，说不清为什么要常想他。

小虎的死，就像一道幕拉开了。

后边的戏该我们唱了。

我们赶到公社又赶到县城时，已经是半夜。那句话被刘社会说着了，公社的会餐我们没赶上。装猪肉炖粉条的大木桶还放在场子里，有五六个，都已经见底了，连汤也不剩，那股诱人的香味竟在凝滞不动的寒气中没有散尽。刘社会的塌鼻子遗憾地吸溜着，眼珠子在空木桶里转来转去。这顿饭会让他遗憾一辈子。我这么说一点也不过分。后来每逢节日会餐，吃得要比那顿饭丰盛多了，但刘社会总嘀咕，总忘不了那顿饭，那顿饭成了他的一块心病。一说起那顿饭他的眼里就有一种神往和遗憾的复杂表情，就像我后来遇到的一个人常常念叨“曾经沧海”那句诗一样。我理解刘社会，我和他一起在公社读初中时，每年都要看一回刚穿上军装的新兵们在公社会餐，我们眼巴巴地看着，又羡慕又向往，那种在父老乡亲们面前大碗吃肉的情景我们怎么也忘不了！

刘社会的心窝在这顿饭上了。

黄家三兄弟和孙国庆也马上就成了狗熊。

他们一身的碎鞭屑到这会还舍不得抖掉，就像一窝刺猥挤在一块。连那些和我们一样的新兵也在看我们的笑话，他们嘴上还沾着粉条，嘴头子上还油乎乎的，却幸灾乐祸地讥笑我们。冯参谋不像前些日子那么精神了，他皱着眉头看着我们，有些厌恶的样子。我知道他为什么这样，还没开拔我们就死了一个人，他和李连长都栽到我们这儿了，栽惨了！就像人们常说的，他们得吃不了兜着走。我们偏偏又来晚了，偏偏还是那么一副狼狈样子。李连长的脸色很难看，他有些愤怒，又有些悲怆，还有些怜悯，无可奈何。他先叹气，又咬牙。

他说：为什么不按时赶到？通知书上没写吗！

黄福田说：家里人给我们放鞭，耽误了。

黄福地说：队长不给我们派车，他欺负人！

这个蠢货，他爷爷那话白交待了。他爷爷说，不会说话别瞎鸡巴说。可他没记住。他还觉着挺委屈，他像他爷爷一样，觉得受欺负了。他一定是被他爷爷的鞭给炸晕了。他还梗着脖子，理直气壮。他是个白眼熊，他一点也没看出来气氛不对，他竟然对站在他面前的李连长又补了一句。他说：他也不给我们打鼓！

我听到一边的冯参谋骂了一句。

他说：真他妈农民！

李连长没骂。板着脸把我们六个挨个盯了一遍，又转到我们身后，抠了抠刘社会被包上那个圆洞，在黄家三兄弟身后站了一会。他一定是在看那些碎鞭屑子。最小的黄福山扭头看了一眼李连长，被李连长狠斥了一句：给我站好！就这一句，福山的腿就打哆嗦了。

李连长说：看看你们这样子，像什么玩意？像他妈顶了一头一身的高粱花子！你们是什么？没用车送就是欺负你？让谁给你拉车？让你爹妈？让你兄弟姐妹？哭着喊着要穿军装，没穿时像孙子，刚穿上你就成大爷啦！就想抖威风！我告诉你们，部队不是养爷的地方，我们是人民的子弟兵，想当爷的，现在你就把军装给我扒掉，滚蛋！

这就是我们穿上军装的第一堂课。

我们一百零五个兵就这样走了，咔嚓咔嚓，迈着农民的步子，走得歪歪扭扭，拖拖沓沓，像一群羊、像一群牛走在雪地上，走在雪夜里。李连长不断喊口令，嗓子都喊哑了。可他是白费力气，他是在对牛弹琴！冯参谋走在队伍的前面，他低着头走，连回头看也不想看他领着的这支队伍。这群孩子让他栽了，没准已经断送了他的前程。李连长走在队伍的最后，他像是累了，灰心了，再不喊什么口令了。有一个小个子兵，有点跟不上队伍，李连长默默地接过了他的背包。我走在队伍的中间，走着走着忽然鼻子有些发酸。夜深了，谁也看不清谁，我把绷了一天的脸放松了，揉了揉脸上僵巴巴的肌肉。我想着临走爹对我说的那句话，想着妈早晨攥着我的样子，想着我睡牛圈的那些夜晚，还想到了老大。老大裹着一身军装已经在地下躺了好几年了，那身军装只怕早该烂了，连老大也该烂了吧？我真后悔没有穿上军装去看看老大。我的三个哥哥都是从这条路上走的，又从这条路上回来了。我想：我死也不能像他们一样卷着铺盖从这条路上回来。

我抹了一把冰凉的泪，连想也没想就从队伍里出来了。我对李连长说，冯参谋路不熟，我帮他去带路吧。李连长说：以后出列要喊报告！

我说我记住了。

这句话也不符合规范，但李连长没再计较。

他拍拍我的肩膀：去吧！

我们刚刚在县城里住下，李连长就来叫我。他的脸依然板着，显得心事重重。他站在我的床前，看着我穿好衣服。他想说什么，又没说。我戴上棉帽时，他又取下来，把米粒大的一块碎鞭屑摘了下来。他的眼睛在说话。我感觉得到，但说不出来，就像他有什么为难的事情我去做，又不好意思开口一样。他的手在我的背后拍着的时候，我点了点头。我像是知道他要让我去干什么一样。

冯参谋也在走廊里站着，他看着我什么也没说，但看了我很久。目光很深，像是要把我看进他眼里去。

我有些懂了。

尽管我不知道要让我去干什么。

但我知道我该怎么干了。

我憨厚地对冯参谋笑了笑。

我和他们一起走进了招待所的会议室。一进会议室我就不看李连长和冯参谋了，好像不认识他们，他们俩坐在角落里，一声不吭。看样子屋里的人都比他们官大。两个军人，一个梳背头，一个头发半白了。还有一个军人，很年轻，坐在旁边，握着笔，摊开了本子。不穿军装的也是三个。有一个我认识，是公社武装部的柳部长。他看我的眼神儿也很柔和，对我轻轻点了点头，很客气地指了指凳子，让我坐下。

我也不看他了，只看我不认识的人。

我好像一下成了个重要角色。

可我还不知道我要干的是什么。

我一脸憨厚，一脸哭相，我差一点就要脱鞋了，我想把我的脚板子举给他们看，我以为是为我当兵的事。脊背一下就凉了，又热了，汗毛一根根炸起来，流汗了。我一下就想到了队长，想到是不是他捣了什么鬼。看来他是活到头了，要是让我回去，第一件事我得把他狗娘养的宰了！

我终于忍不住看了一眼角落上的李连长。他很平静。我平静不了。我死盯住了那个梳背头的首长。

他说：小伙子，叫什么名字？

我说：许家忠。

他说：和孟小虎熟吗？

我的汗一下就住了。

我说：熟，光屁股蛋就在一起玩。

他说：他是怎么死的？

我说：栽粪坑里淹死的。

他沉默了一会。

我琢磨着李连长和冯参谋看我的眼神。

他说：换装后有人给你们搞教育吗？

我说：有人搞过。

他说：你说说吧，有什么说什么。

我说什么呢？我是单独领的军装，后来李连长他们又去搞家访时，我爹妈拴了门，根本没让他们进家。我什么也说不出来。可我得说。我不知道该不该说瞎话。我得认真掂量掂量。我一下就想到了李连长在我背上拍的那几巴掌，那几巴掌把什么话都说了。我这身军装也是李连长他们给的，我得讲良心。我豁上了。可我不知道换装那天柳部长在不在，他要是在就毁了，我不明白他刚才看我的那眼神是什么意思。我得试试，我得先把他捎上，堵堵他的嘴。

我指了指柳部长，他愣了一下。

我说：换装那天他好像也在，我认不出了，他让我们回家注意安全。

我用眼睛的余光看到柳部长在点头。

他说：那就是我！小伙子，你接着说。

我说：他让我们回家注意安全，不让我们玩赶老牛，怕伤了人。

柳部长把我的话头截了，他兴致勃勃地向别人解释什么叫赶老牛，连比带划，告诉别人说就像玩冰球，他用两手抱住了他放在桌上的棉帽，朝一起挤了挤，捏实了。

他说：当老牛的石头有这么大！崩在身上那还得了？

我操，他连脸都不红！

看来我挠到他的痒处了。

我听很多人讲过，柳部长随身两杆枪，一支枪吊在屁股上，是盒子炮，红须子，没子弹不通气。另一杆在裆里，黑须子，好走火，一枪一个十环。可这跟我有什么关系呢，我只不过想堵他的嘴，想用他给我后面的真想说的话垫一垫。

我指了指墙角的李连长和冯参谋。

我说：换装那天，他们先是教我们打背包，后来给我们讲话。他们说要注意安全，过年莫喝酒，要喝最多莫超过三成，莫爬高上低，干力气活要当心，莫闪了腰，不要串远亲戚，不玩危险的游戏，还让我们把军装放好，防止小偷偷跑了，让我们睡觉要小心，别感冒。

说到这儿我停下来，我看到大背头和半白头发的首长不断地点头。我没看李连长和冯参谋，眼睛的余光也扫不到他们，但他们并没有打断我。我把脚上的鞋连袜子一下就捋掉了，把一脚板粉红色的肉疤露出来，伸到前面。

我说：接兵首长知道我脚磨破了，给了我药膏，让我天天抹，现在我还在抹，药膏就在我挂包里。

所有的目光都被我的臭脚丫子吸引了，我像给他们照像一样，分别把脚板朝他们的脸对准一会，一个一个聚焦。我的脚把他们都震了，他们对着我的脚板点头的样子让我感动。留背头的首长离我最近，伸手在我的脚板上按一按，扭头看了一眼墙角的李连长他们，满意地点着头，对他们说：光上点药膏不行，要防止冻伤了。

冯参谋说：首长放心，我们马上想办法。

他的声音像蚊子一样轻，就像一只快被捏死的蚊子又飞了起来。背头首长很关心我的脚，让我快把鞋穿起来，告诉我洗脚时别用太烫的水，多泡一会儿。他那张脸可真慈祥，声音也慈祥。有些肿的眼泡里像装满了慈爱。我的鼻子都有点酸了。他一点也不嫌我的脚脏，摸完我的脚之后，那两根又白又胖的手指头摸着烟就吸。我当时就想，给这样的人当孩子可真是太幸福了，我要是有个这样的爹那该多好。不知他有没有孩子，是个儿子还是姑娘呢？他的姑娘一定是个心眼又好又漂亮的人。我真不该对他说瞎话。我不说了。

他说：没人让你们骑车要注意吗？

我说：没有！

我连犹豫也没犹豫，回答得很干脆。话不能说满了，尤其是瞎话更不能说得太满。得留道缝儿，要留得恰到好处。得真真假假，关键的时候得用句真话垫一垫。这一垫那些瞎话才显得有分量。我还告诉他，我们全村连一辆自行车也没有，孟小虎那辆自行车是他姐夫从几十里外给扛来的。

我嘎然止住。不说了。让他们去想吧。

连自行车都没有，注意什么呢？

可我不这么说。我把话茬留给了别人。

留得恰到好处。

柳部长说，这次事故不能怪我们工作不细致，更不能怪接兵的同志！砸破脑袋也想不到的事情吗，一尺多厚的冰雪谁骑自行车呢？发疯了么！何况他们那儿就根本没有自行车，就像我们没有交待别去游泳，别扒火车，别坐飞机，没有必要吗！真他娘的邪门，他完全来了个无中生有，出其不意，闻所未闻！

怪谁呢？怪他那个王八蛋姐夫！

留背头的首长长舒一口气，让我先走。走到门口我又被他叫住了，他指了指我的脚说，小伙子，要搞好安全防事故，再加双袜子！屋里的人都轻松地笑了。李连长和冯参谋也看着我笑，和刚才去叫我时的沉重样子判若两人。我没笑，我憨厚地对背头首长点了点头，轻轻关了门。站在门口，我突然对那间屋子有点恋恋不舍了。

隔着一道门，我开始怀念那个背头首长。

他那张慈祥的脸真好。

他在我脚上按的那一指头我忘不了了。

我还想了些别的。

想他的幸福的孩子们。

我想得入迷了，颠三倒四地走错了房间。回到我们的房间后，躺在床上我又继续想。他们问我什么，我都像没听见一样。我懒得理他们。睡在门边的刘社会拉亮了电灯，他眼睛骨碌碌地看着我，像审问我一样，问李连长找我干什么。他们都还没睡着，都从被窝里勾起头看我。福田的脸板着，像死人。福地说，你他妈敢背后捣我们的鬼你试试！他想说的不是这话，他是想激我说出我干什么去了。他太小瞧我了，我连看都不看他。福山的眼圈还是红的，可怜巴巴地看着我。他还在为回头看李连长那一眼感到后悔。李连长那句“给我站好”把他训懵了。真他妈没出息！冯参谋那句话骂得真到位：真他妈农民！他又哭起来了，他说，我完啦，我完啦！孙国庆也有点沉不住气了。他说，家忠你说么，你不说，大伙心里都七上八下的。

我操！你听听。

李连长找了我一次，他们就受不了了！

他们让我没法再想下去了。

我真不想跟他们睡在一个房间里。

从那会儿，我就把他们几个看死了。

一个也他妈的出息不了！

我说：把灯拉了！

刘社会听话地拉熄灯，在黑暗中酸溜溜地背诵了一句我们学过的课文。声调极长，一字一顿，如一句唱腔。

他说：苟富贵，毋相忘！

他知道自己只配做那个站在田里的角色。

他把我当做那个辍耕垄上的人了。

第二天早晨，刚起床冯参谋就给我送来了两双崭新的棉袜。他意味深长地拍了拍我的肩膀，很和蔼地对我笑一笑，什么也没说就走了。他的巴掌和眼神都告诉我，他很满意我昨天晚上的表现。但他什么也不说。昨天晚上李连长来找我时也什么都不说，也那么拍了拍我的脊背。为什么不说呢？看来世上会说话的不光是嘴巴。什么都能说话，说各式各样的话，说起来都不比嘴巴差。就看你会不会用了。只会用嘴巴说话的人是傻蛋，只会听嘴巴说话的人更傻蛋。

我无师自通，一下就学会了用眼睛听话，心领神会。我的悟性也很高，一下就明白怎么用嘴巴以外的东西说话了。眼神真是个好东西。巴掌也是个好东西。我举一反三，触类旁通。扛谁一膀子，撅谁一屁股，踢谁一脚，甚至弹谁一指头，捏谁一家伙等等等等，都能说出比嘴丰富的话来。剩下的就是技术问题了，要做得自然，做得恰到好处，既让人明白，又让人不太明白，还要让他自以为明白。得根据不同对象，掌握好尺度，深入浅出，浅出深入，含含蓄蓄，含含糊糊。多啦！这里面学问大着呢。人好不容易学会用嘴说话，但有时候就得倒回去，得像哑巴畜牲一样用些最原始最简单最笨的招数。这叫返璞归真！人肚子里的玩意儿可真是太多了，一根肠子九曲十八弯，扯直了听说有好儿公里长，该装多少东西？人脑子里的名堂就更大啦，别小看像核桃仁一样的那些坑坑凹凹，那些坑凹里可尽是智慧、尽是名堂、尽是玩意，世上千奇百怪的事情都是从那里咕咕嘟嘟冒出来的。人的血管子里名堂也不少，听说每一滴血都有些来历，随便挤出一滴来，里面都藏着好几个老祖宗。人为什么都想要儿子？问题就在这儿，怕老祖宗们没处呆！一个人的血管子能把地球缠好几圈，你就数吧，看你有多少老祖宗。那些老祖宗谁是省油的灯？都不甘寂寞呢！都想指手划脚，都想发号施令，都是你的顾问，放个屁你也得听！你说说，人的一条舌头，两片嘴皮子用得过来么？能把肚子里、脑子里和血管子里那些东西都表达清楚么？你敢那么直啦巴叽地俩牙一磕就用舌条子朝外扇乎么？

那你就得学点哑巴畜牲的招数了！

吃早饭的时候我感到了不对劲儿。十个人一堆儿，一盆饭、一盆菜。我们的六个人里又加进来四个。十个人只有一把盛饭盛菜的勺子，一勺饭，一勺菜，一个一个轮着来。福田在掌勺，先给自己，又给福山，再给福地舀。三勺下去，盆里的菜矮下去一半。兄弟仨一点也不讲客气，一人端着堆尖儿的一钵饭和菜，朝后退半步，吃着碗里，看着盆里，狼吞虎咽。福田的勺递给了孙国庆，孙国庆又递给刘社会。刘社会的勺跳过我递给了那四个人中的一个。我的手尴尬地伸在那儿，只好又缩回去。刘社会一边扒饭，一边看着我。

他说：跟咱一起吃什么，到首长盆里去舀么！

那四个兵把剩下的汤汤水水瓜分了。

刘社会看着空盆直嘟囔。

他说：怎么把汤也倒光了，留一点给我们溜缝么！

那四个兵里有高手，叫王光。王光把自己的饭钵放下了，让另外三个兵也放下。我端着空饭钵蹲在那儿，看着刘社会他们狼吞虎咽的样子，脸上直发烧。王光拍拍刘社会，一副很内疚的样子，道歉说：真对不起，咱不知道你们还有溜缝儿的习惯，我去问首长要。

他说完真去找首长了。那三个兵袖了手站起来，一副等着瞧好的模样。我也想瞧好。可我心里又有点说不出的难受，我和他们毕竟是一个村的人，他们把我的脸也丢了。到这会他们还直顾埋头吃，那吃相实在是太难看了，好像从娘肚子里爬出来就没吃过饭。刘社会嚼饭不闭嘴，嘴唇子开着，舌头像搅拌机，菜叶子巴得满牙齿都是。嚼一阵，舌头伸出来，像扫帚一样把嘴唇上的东西扫进去。孙国庆吃饭很响，吧唧吧唧，听得让人恶心。黄家三兄弟真是一条心，吃饭也抱团儿了。福田把一坨肉挑给了最小的福山，福山又把肉还到福田的碗里。

福山说：哥你自己吃，我碗里还有呢！

福田说：让你吃你就吃，别不识好歹！

又把那坨肉挑到了福山的碗里。

冯参谋站在他们身后不声不响地看。

那四个兵看得真有味。

福山感动地把那块肉喂到了嘴里。

我真想扒条地缝钻进去，等他们吃完再爬出来。我还想扇他们。可还没等我扇，王光扇他们了。王光不是用巴掌，是用嘴。

王光说：首长，我们不对，我们把汤全倒了。

那五张嘴这才停止了嚼动，傻呆呆地看冯参谋。冯参谋却不看他们，看我的空饭钵，看地上的空盆和四个装着汤汤水水的饭盒。王光指了指刘社会，依然是诚恳内疚的表情。

他说：这位同志提意见，嫌我们没留点汤，让他一会儿溜溜缝儿。

冯参谋竟然笑起来。他不笑还能干什么呢？训他们，骂他们，扇他们嘴巴么？想一想，冯参谋还只能笑。那时候笑比扇嘴巴厉害，比挖祖坟也厉害，能让人一绳子吊死！但冯参谋错了，他高看了我的那几个老乡。他们听不出他的笑里有什么别的意思来，他们跟着笑了！笑得又纯朴又憨厚。略微的有点脸红，就像当众放了个屁，有点害羞了。

王光那小子也在笑。他的笑就比不上冯参谋那么深刻。他的笑能让人一眼就看穿，他把自己的得意和幸灾乐祸都暴露了。后来我和王光成了最好的朋友。王光太聪明，太过火了，肚子里的那点聪明全挂在嘴巴上。他让自己的聪明给毁了。

早饭后，我第一个找刘社会。不管怎么说，我没必要成为他们眼中的钉子，这让我太不舒服了。我追到厕所时，他正在水龙头上咕嘟咕嘟地朝肚子里灌凉水，歪着头，像只偏头鹅，水从嘴丫子里流到了脖子上。看来，他饭后还真有溜缝儿的习惯。

我想了想，还得用嘴跟他说。

不用嘴巴说出的话他还听不懂。

我先踢了他一脚。

然后说：你他妈真是个笨货！

他勾着头，伸着水淋淋的下巴望着我，眼皮一眨一眨的。我就骂他一句，只踢他一脚，什么也不说，连点好脸色也不给他。对他这已经足够了！我蹲上便池，砰地关上门。

我听到他又咕咕地在灌凉水。后来不灌了，很谨慎地踏上了便池的台阶，笨头笨脑的毛头鞋在我面前的门空里踌躇了一会。打开门，竟然在我面前蹲下了，点着头，塌鼻孔呼扇呼扇地显得很激动。

他说：我明白了。

我不知道他明白了什么。

他说：我真糊涂，人家是哥仨，国庆是会计的小舅子，就咱俩，咱俩是一根藤上的苦瓜。妈的，我真糊涂，我自己给他们当枪使了，咱俩今后得一条心，抱成团，朝一个壶里尿！

这就是只会用嘴说话的人。

我什么都没说。

我只骂了他一句，踢了他一脚。

我又骂了他一句。

我说：滚！让我好好拉。

他小心谨慎地退出去，轻轻又关上门，好像生怕影响了我。

我蹲在厕所里很长时间没起来，我在想要不要跟孙国庆也来这么一家伙。当然不能这么来，国庆和刘社会不是一样的人。我有点同情他，甚至可怜他。国庆五岁死了爹，八岁死了妈，十二岁跟姐姐一起到会计家。国庆的姐姐脸盘好，身腰好，心眼也好。可自觉带个弟弟是累赘，无形中矮人一大截。嫁给会计后处处谨慎，事事小心，把国庆管教得大声说话都不敢。我真不忍心跟国庆耍什么心眼，也不想跟黄家兄弟和刘社会耍。我干我的，他们干他们的，有本事咱们都往高处奔，能拉也拉一把，拉不了我决不会把谁朝水里推！是他们小心眼，眼皮子浅，李连长拍了一下我的脊背，我就被他们恨上了，是他们逼我耍心眼。连国庆那么老实的孩子也逼我。昨天晚上我没说李连长找我干什么，他心里就七上八下了。

我真为难。

我得让国庆和他们都安心了。

找了个机会，我单独对国庆说：国庆，给家里写信时，跟你姐夫说说，对我爹妈多照顾些，队长那杂种老跟我们家过不去。

我说得很诚恳，也是实话。我在队长面前都没服过软，可我把软话垫给国庆了。我知道国庆根本不会跟他姐夫说，他不敢说，说了也没用，可我还得把这个软话垫给他，我得让他知道我有求于他，得让他对我放心了。

国庆很豪爽地拍了拍我的肩膀。

他说：你放心吧！

他拍我的时候我真想哭。我本来想让他说的就是这句话。可他一说出来我心里就不是滋味了。我像偷看了别人的隐私。替别人脸红的同时，我自己也脸红了。

我又单独找到了福田。

福田是个心眼不坏的人。

我直截了当地说：就凭你爷爷给咱放的那挂鞭，我一辈子也忘不了！

福田的脸一下就红了。

他说：日他妈的，咱六个得齐心呢！

我点点头。我被福田的这句话感动了。

那天夜里，我们乘上了一列闷罐车。不知为什么，列车在站台上停了许久也不走。站台被雾锁住了。远处的县城也被雾锁了。我们的整个故乡都被雾锁了。闷罐车里没有灯。也没有声音。有人在巴嗒巴嗒地掉泪，落在当褥子的芦席上。有人扒在铁门缝里朝外看，什么也看不见。过一阵换一拨，继续看。一个检修工用铁锤儿在车轮上敲敲打打，在车罐底下钻进钻出，吹着轻飘飘湿漉漉的口哨。他路过门缝时说了一句什么，没人理他。但那么多人一下都哭起来了。他的和我们一样的声音，一下子就让我们听出了又陌生又亲切的味道。那时候他就是故乡了，他就是我们所有人的爹妈和亲人。我们呼吸着家乡的气息，却挨不着家乡的土地了。就隔那么一丁点，可就是挨不着，我们的心一下没处搁了，空荡荡地悬着。车咣咣当当响了一阵，终于走了。所有人都哭起来。我也哭了，在心里哭。不知道为什么哭。为什么要哭呢？现在当兵可没人哭了，嘻嘻哈哈，打打闹闹，嘻皮笑脸就走了，好像去赶个集，串个门，上趟厕所，一会儿就回来似的。那时候可不一样。虽然也是太平日子，可就是不一样！好像一条腿已经踏到那边了，没人知道自己还能不能活着回来了。

区别就在这儿。

当然得哭！

别理他们，让他们哭吧。

有他们哭够的时候！

哭够了就是个好兵了。

向东。咯噔噔，咯噔噔！

向北。咯噔噔，咯噔噔！

一个狮子大甩头。

向西了。哗啦啦，哗啦啦！

向西。向西。再向西!

要到天边了。

真到天边了。

三月中旬，我们到达了驻扎在戈壁滩上的兵营。兵营扎在水边，水很大，方圆几百里。兵营也大，疏疏朗朗地散在水边。水是好水，冰清玉洁地从天山而来，把一盘兵营滋润得蓬蓬勃勃。水很著名，叫博斯腾湖，我们省略了叫博湖。博湖盛产芦苇和一种叫五道黑的鱼。

新兵团也在水边，离湖岸有一华里。但和其他部队隔开了。最近的是雷达团，放眼望去，能看到那个大锅盖在缓缓地转动。新兵团的营房是部队一个废弃的知青点，每一幢营房后面都有一个很大的泥巴垒成的羊圈。羊没了，羊臊气还在，我们在羊圈里训练了几天后，一个个都变成羊了，身上的羊味臊气熏天。营房的左边是油葵地，很大的一片。再过去是戈壁滩，怎么看也看不到边了，波波浪浪地像伸到了天皮子的外边。油葵头掐掉了，杆儿还在。杆儿已经枯了，乌黑的颜色，乱七八糟地戳在那儿。营房的右边是一条路，一边通部队，一边通湖边。路不宽，两边是几排年轻的白杨树。不远处的湖岸边，除了茂盛的芦苇，还有密密麻麻的红柳，稀疏的老死的胡杨，以及榆刺和骆驼刺丛。

刚到那儿时，很多人都悄悄地皱眉头，傻了。说没想到来到这么个鬼不下蛋的地方，连我们老家都不如。新兵团吃得又差，棒子渣发糕，白菜汤，一勺舀不出一颗油星来。水土还不服，拉肚子，一把一把地吃黄连素也止不住。刘社会个笨货拉在裤裆里了，没裤子换，穿空棉裤。踢正步时，又肥又大的棉裤裆把蛋皮给磨破了，走路时像只企鹅一摇一摇的。

不少人偷偷抹鼻子掉泪了。我不皱眉头，更不用说掉泪了。不瞒你说，我连爹妈都忘记了。我悄悄地乐，心里兴奋得都发痒了。我还悄悄地恨，恨那个地方苦得还不够！再苦些，熬不住的人撒腿就朝回跑才好呢。只要还有一个能顶住的，肯定就是我。第一眼看到那地方，我一下就踏实了。别人瘦，我胖了。夜里我能听到自己的身体滋啦啦拔节的声音，我觉得我简直天生就是这块地里的庄稼！躲在我血管子里的那些老祖宗们开始来教训我了，指手划脚，咋咋唬唬，絮絮叨叨，神秘兮兮。烦死了，我不理他们。

他们那一套我都懂!

老大夜里也来看我了，他那张脸苦兮兮的。

他说：四弟，我不说啥，你就看着我吧。

他身上全是弹片碴子。

我明白他的意思，他是让我吸取教训。

我谢他，可我不看他。

现在再看就晚了。

老二和老三也来凑热闹，一封一封给我来信。老三还跟我摆谱呢，听他教训我的口气：给班长打洗脚水别太烫，也别太凉，自己洗衣服时，顺便在班长床底下翻一翻，裤头啦袜子啦帮班长搓一搓，别怕别人说，自己吃不了亏就行！我当年……他还好意思提当年，也不嫌寒碜人。他再来信我连看都懒得看，划根火柴，点了！

我天生就是这片地里的庄稼。

我太明白庄稼了，庄稼一枝花，全靠粪当家！

我知道该怎么长才能结出又大又饱的穗子来。好庄稼首先得有一把好根须。根须不扎紧，不往深里爬，再好的粪也帮不了你。就像人，得有一副好胃口，不然，天天鸡鸭鱼肉，你还是一张皮！

所以，一有空我就往羊圈里跑。

练齐步，练正步，练跑步。

当兵的人，你首先得把这些玩意练好了。

正规的说法叫打基础。

我不说基础，我喜欢说根。

我得把我的根扎紧了！

班长是湖南人，叫赵德刚，第五年兵，训过好几茬新兵了，很有经验。军事动作也好，在我们那个连的二十个班长中，也算得上是顶尖的好手，常被李连长叫出队列，给我们这些新兵做示范。训练时，赵班长从不像其他班长那样大声嚷嚷，生怕连、排长们听不见他们的喊叫。新课目下来，赵班长站在队列前说，看我的！缓缓地抬腿抬脚甩胳膊，一招一式慢到家了，动作像个木偶。收住势子后，他一个一个问：看清楚了么？他问得可真亲切，声音慈祥得像个父亲，问得谁都不好意思告诉他不清楚了。他一点也不急，他说：再看一遍！

这一次是标准速度，却不那么规范，有意把要领处突出和夸张了，他又问：看出点名堂了吗？他还是那么耐心和亲切，他的动作和声音一起都钻进我们心里了，让我们既感动又生出一种豪爽来。他让我们觉得我们就像在为他走路为他训练一样，不用心，不下功夫真有点对不住他了。我们用微笑和点头来回答他，含了一点让他放心要为他卖命的意思。他也点头，他把我们的心意全领了。可他还不急。他可真沉得住气，他说：我再做一遍！这一遍他完全标准化了。他从我们面前走过去时，既虎虎生风又如行云流水一般自然而流畅。我们既入眼又入心了。我们感到亲切极了，好像看到一个孩子从踌躇学步到走起来，跑起来，眨眼功夫就成个大人了。我们一下就有了自信，一点也没觉出有什么难，好像很容易就能达到他那个程度了。我们有点入迷了，浑身不安地动起来，跃跃欲试地想把刚学到的招式尽快地亮出来。

赵德刚真是个好班长！

我从他那儿连怎么当班长都学会了。

他那几句话成了我的传家宝。

他说：看我的！

再看一遍！

我再做一遍！

他问：看清楚了么？

看出点名堂了么？

他最后说：好，用心体会体会吧！

然后提着他当教鞭用的红柳棍潇洒地走了，跟其他班长去聊天。他的红柳棍儿不闲着。聊着天，眼睛就在人家班长的兵们身上发现了毛病。毛病在哪儿，他的红柳棍儿就在哪儿敲一敲，他说：想想你们班长是怎么做的！

他连看也不看我们。

他很自信。

他能把十二个班长都聊遍。

聊完了，他把十二个班也看完了。

越看他越自信。

可惜，他自信得太早了。

他太高看了我们。

名医遇到了死病人。

伯乐碰到一群瞎马。

我们把他教给我们的动作糟蹋得不成样子了。连我们都感到了别扭，突然变得连路都不会走，胳膊和腿都仿佛不是自己的了。赵德刚的红柳棍儿也傻了，不知道该往哪儿敲。他茫然地看着我们，好像是没料到。我们练得很认真，使出了浑身的牛劲，汗珠子在脸上爬出了一道道的印。黄家的三兄弟围成圈，脸对脸地练。刘社会蛋皮子破了，嘴里咝咝地吸凉气。赵德刚不敢再看了，让停下来。他的样子我们也不敢看。他好像想说什么又说不出，嘴唇憋得都发乌了。有几个看出不对劲，停下来，还有几个练得正来劲，好像停不下来了。赵德刚终于忍不住，在刘社会的一撅一撅的屁股上踢了一脚，用红柳棍儿把黄家三兄弟敲停了。对我们说话前，他的脸突然皱起来，像刚把一个苍蝇吞下去。

他说：别丢我的人了！

又说：干脆你们一人扇我一耳光。

他的眼神里含满了气馁。他在我和王光的后背上一人拍了一巴掌。我和王光都懂他的意思。其他人也懂，再笨的人也该懂了。看来，一个班，就我和王光还让他满意。王光是聪明人，脸上一点喜色也不露。我也藏着。我知道我那几下子还差得远呢。我得练，悄悄地练，得下苦功夫，我得把我的根扎得牢牢的。

吃过晚饭，我又去了羊圈。路上我碰到了扛着铁锹的刘社会。他做好事快做疯了，天天去大便池挖粪。那把铁锹被他藏在荒了的油葵地里，别人谁也找不着。黄家三兄弟有些醒悟了，再不和刘社会比着做好事。到底是人多智慧广，哥仨一商量，就在班门前的场子上练开了步伐。

国庆也跟他们一起练。

班长卧在他的床上不出来，愁眉不展的样子让每个人都提心吊胆。他也不患门，不去和其他班长聊天了。那天是星期六。过去的周六他和几个班长一起聚在排长的小单间里玩“黑吃黑”，一直玩到熄灯，还轮流做东喝几口小酒。我们隔着窗户都看到过。就着酒的是几瓶军用罐头或者烹鸡蛋。班长一手拿牌，一手捏着鸡蛋，在脑门上一磕，蛋壳清脆地一响就破了。班长连玩牌也总是赢家，他捏着牌的那副自信样子，连我们隔着窗户看着都舒服。赢了牌，再 几口酒，他吹着口哨回到班里时就显得特别随和。大脚丫子放在盆里时，他总地吹几下。他这么吹是心里舒坦，其实洗脚水一点也不烫。水是刘社会要么就是其它人给他兑好的，不冷不热，都用手在水里试过。他的脚在水里好长时间不出来，就那么泡。泡一阵，刘社会就提了暖瓶，再往盆里续点水，有时候他也亲自续。续完水他又　地吹，把脚踩在盆边上，控着水，看我们。那时候他看我们的样子很慈祥，就像一个父亲在看着他的一群孩子。可现在他随和不起来，慈祥不起来了，看来，他得败在我们手里了。

那天晚上，我在羊圈里呆到快熄灯时才回去，一进去就听见班长在训人。一只玻璃杯碎在地上，明晃晃的玻璃碴飞得到处都是。地上还有水和茶叶。我一看班长床头的木桌，只有暖瓶，没有水杯。都不说话。耷拉着头，眼睛呆呆地看地上的玻璃碴和班长的脚尖。刘社会在哭，头埋在自己的裤裆里。

后来我听说，刘社会给班长的水杯里续水时，班长盯着他那张脸看，刘社会也看班长，手上就马虎了，续得太满，水溢到外面，刘社会有些慌了，急中生智，勾头在班长的水杯里大喝了一口。结果，班长摔了水杯。

我替刘社会感到悲哀。

他连拍马屁都不会。

他只会在厕所里挖大粪。

我拿了簸箕和笤帚，把地上的玻璃碴和茶叶扫起来。他们都被训傻了，连地都不敢扫了。也可能是班长不让他们扫。我们睡的是地铺，我又脱了鞋，爬到铺上捡玻璃碴。有一颗小碴子把我的手扎破了，我爬着朝前走时，血印在雪白的床单上，像一朵梅花。

我听到班长说：有什么用呢？

他停了一会儿，像和谁吵架一样吼起来。

他说：扫地能扫成个好兵么？

帮厨能帮成个好兵么？

挖粪坑能挖成个好兵么？

他开始软下来，音调都变了。

他说：你们是大爷，我是孙子，我求求你们了。别给我打洗脚水！别给我挤牙膏！别给我洗裤头！别给我洗臭袜子！拍我的马屁没有用！拍谁的马屁都没用！把那点心思花在训练上比什么都管用！

他感叹：你们怎么就不明白呢？

伴着他感叹的是一声悠长的军号。

他说：把床单抖抖吧。

说完他就出去了。我从铺上站起来，抖我的床单。都在抖。使劲抖。十几条白布单子此起彼伏，哗哗啦啦，就像我们老家葬人时在招幡子。不同的是没有人哭。刘社会在哭，但没有声音，塌鼻沟里汪着泪水，一抽一抽的。他也不抖他的床单，死人一样坐在那儿，还越抽越来劲，越抽越伤心了，好像受了多大的委屈。他伤心什么呢？是想不通做了好事还挨批评么？这个蠢货，班长的话都说到那个份上了，还不开窍，还想不明白？我踢了他一脚，让他赶快把他的一股屎臭味的床单抖一抖。我是怕别人都铺好了他再抖。他像头死猪一样挨了一脚还不动，却哇地一声大哭了。

看来他是真伤心了，伤透了。

他哭的样子可真难看，一脸蠢相。

我真想在他那张蠢脸上给一拳。

王光笑起来，噘起两片嘴唇做了一个喝水的姿势。其他人也跟着笑了。王光摇了摇头，耸耸肩膀，认真地说：有你那么给人倒水的么？多就多了，你怎么会想起来要喝那一口呢？

他又说：你是怎么想的呢？

福田说：妈的，连累我们都跟你挨训。

另一个兵说：快熄灯了，你还想害我们一次么？

都开始声讨起刘社会来了。我揭起刘社会的床单，替他抖了抖，又替他铺平了。我剜了黄福田一眼，又瞅了瞅王光和其他人。我受不了他们那种幸灾乐祸、落井下石的劲头。刘社会谁也没连累，他是替罪羊，他把班长的一肚子火引到自己身上了。我们都应该感谢刘社会才对，他一口水换来了班长的那番话。那些话说透了，说绝了，钱买不来，命换不来，磕头都讨不来，却让刘社会那张臭嘴一口给喝来了。可他妈都不知道领情，都是傻 ×，都不去琢磨琢磨那些话，却来琢磨刘社会，都自以为比刘社会聪明，以为被刘社会连累了。真他妈一群不知好歹的东西！刘社会白牺牲了一回，白当了冤大头，班长的那些话像唾沫一样在水里打漂了。我本来不想说，可我实在替刘社会感到不平，忍不住了。

我说：谁也别说谁，咱都是一样的笨货！

我的话戳到每个人的疼处了。

都哑巴了。老实了。

熄灯。睡觉。

都睡不着。

我有点后悔了，我不该说那句话。我不是怕遭恨。是后悔那句话会把他们点拨明白了。也不是怕他们明白，我不是个小心眼的人。我是生气，是恨他们对刘社会落井下石，我觉得我便宜他们了。

我正躺在铺上后悔时，班长回来了。我听到他用膀子推开门，听到他笨头笨脑的毛头鞋踩出的沉重的声音，听到他叹息一声躺到床上了。床咯咯吱吱地响了一阵。没听到他脱衣服，没听到他展被子。没拉灯，看来他也不打算洗脚了。床又咯咯吱吱地响，他坐起来又站起来，不知道他要干什么。他在屋里走，踩到没干的水印上，叽咕了一声。他好像站住了。停了一会又走，走到我头上来了。我看到他的黑影子朝我压下来。

他扒了扒我的头：起来一下。

又扒了扒王光的头：起来一下。

我以为他刚才出去是去打牌散心了。他没打牌。估计没心思打。他在我头边蹲下来时，一股寒气浸到我头皮上，看来他一直在外面蹓跶了。

班长先出去了。我和王光穿衣服时，听到有人在翻身，听到有人像牛一样在出气。孙国庆吧唧了一下嘴，黄福田清了清嗓子。我知道他们是告诉我他们没睡着，告诉我知道班长叫我了。可是班长刚才在屋里时，他们都装着睡着了。装得可真像，又咬牙又打呼噜，只差说梦话。说他们笨真冤枉了，机灵劲都在这儿呢！我知道我要是一夜不回来，他们会把自己折腾到天亮的。

王光也感觉到了，出门后就跟我打赌。

他说：一会肯定有人要出来撒尿。

我不跟他赌。我说：谁愿撒谁就撒吧。

我们跟着班长一起顺着那条路往湖边走，能看到湖水的时候又折回来。天很冷，圆圆的月亮像漂在湖水上。但折回来时，月亮又在我们前面了。我们走得很慢，就是人们通常说的那种散步吧。长这么大我还是第一次散步呢，我知道了散步并不是一件轻松的事情。班长倒是显得轻松，但看他的样子并不快活，有点忧郁。他问什么，我们答什么，都是些不当紧的谈话。后来他说起了他自己，说起他当兵的五年漫长的日子。我有点知道他想说什么了。

他说：部队是个好地方。

又说：一天一天熬五年真不容易。

我和王光看着他点头。

他说：我一直呱呱叫，什么都呱呱叫！可前年没提成，去年没提成，身体都检查两回了。事不过三，今年是最后一锤子买卖了！

他有点激动，声音一阵高一阵低。我和王光也有点激动，那么老一个兵把他的心里话毫无顾忌地说给我们听，是对我们的信任，是看得起我们。我想说点什么，插不上话，也没想好。

王光说：班长，你放心，有用我们的地方，你尽管吩咐。

班长说：年年训兵，我都带出标准班。今年恐怕得当副班长了，真这样我就毁了。我看出来了，这个班也就你们俩是明白人，都像你们俩就好了，肯定又是一个标准班。我都有点灰心了，你们给我出出主意，我该怎么办呢?

其实班长心里早有主意了，他不想说。

王光还是那句话：班长，我们听你的。

我也说：班长，你放心，我们听你的。

班长终于说：别让他们做好事了！

他说完这句话就站住了。我和王光也站住。天真冷，冷到心里了。班长看我们，我们也看他。他咬牙说完这句话可能就有点后悔了。就凭这句话能毁他十遍！看来，他是真急了。

他说：其实，班长们、排长们、连长指导员都想说这话，可谁也不敢说。做了好事，还得表扬，还得鼓励。都说我们来训兵是来当大爷，那看遇到什么兵了，遇到你们，不用点拨都透亮，遇到刘社会这种二百五，认倒霉当孙子吧。说深了不行，说浅了不行，打不得，骂不得。刚才那句话敢跟他们说吗？你们也别直说，拉上他们到羊圈里去！让他们训练，帮我给他们喂喂小灶。千万别说，什么也别说，有空就朝羊圈里拉，我来安排，你们别担心。

他把什么都想好了，安排好了。他让我负责刘社会和孙国庆，让王光负责另两个，其余的他亲自给喂小灶。连我们的顾虑他都替我们想到了，他连我和王光也看穿了，知道我们担心什么。他还知道屋里的人都没睡着，一进屋他就说都起来吧，然后才拉亮了灯。

事情有点太突然了，连我都没想到。从被窝儿里爬起来的一溜人有一半赤条条地光着屁股。班长有点傻了，我和王光也傻了。我和王光面面相视，脸红得像猴屁股。太尴尬了。我们老家一到冬天都这睡法，多亏老三交待过我，就这一点我听他的听对了。我以为班长会大发一顿脾气的。他没有。多亏没有，不然我和王光跳进黄河也洗不清了。班长反而笑了，好像根本没把这事当成一回事情。但我知道，他一定把这事看得很重。

他说：让大家起来，是想说说训练的事。

接着他说出了他的安排。

直到又躺下了，又拉熄了灯，他才说：以后睡觉，都要穿裤子！

那一夜我没睡着。我把李连长、冯参谋和赵班长在心里篦过去篦过来，又把老大、老二、老三都梳了几遍，我想弄清楚他们的区别到底在哪儿。我得理出个头绪来，盲人瞎马光顾扎根看来不行。我重点想赵班长，李连长和冯参谋离我还太遥远了。越想越有点名堂了。

赵班长不那么简单了。

我得多学着点，我还得老实点。

心里明白，但别要滑头。

千万别耍！

别小看班长。

只要带长的都是明白人！

刘社会很满意，觉得吃我的小灶比吃班长的好，在我面前他不紧张，放得开。而且他认为是我挑选的他和孙国庆。他很看重这一点。他说：我就知道你是向着我和国庆。福田兄弟仨也高兴，大概是觉得能让班长亲自喂小灶也是一种待遇吧。我能看出他们的高兴来。

我更有点佩服班长了。

不高兴的是孙国庆。他有点不服气，不专心。在家时，他姐夫也像队长一样从不正眼瞧我家里人，现在班长却要来管教他了。他有点受不了，有点不是味儿。我一眼就看出了他这点玩意儿。但我不理他。我不能太软了，我不能一边教他还一边求着他，看他的脸色。这块天不是家里那块了！咱们现在是战友是同志，得按战友和同志的规矩来！今后的路还长，跟不上我的时候还在后头呢，怎么办？为了让你高兴，我装窝囊，朝后退，闪在一边先让你过去？没这回事！想高兴，你得拿出自己的真本事。不服气也行，装在心里别露出来。去羊圈的路上，国庆沉着脸，眉梢子一挑一挑的，刘社会跟我嘻嘻哈哈没正经。看来，我得说点什么了。

我张嘴就劈头盖脸地给了刘社会一顿。

我说：你他妈少跟我来这一套！少给我脸色看！少跟我来哩根郎！嫌我教不好，你滚蛋！笨货，我想教你么？我凭什么教你！你以为你是谁？站好了，不然你滚蛋！

刘社会乱眨巴着眼睛，不知道怎么把我给惹了，有点心虚。可是不明白。他说：我怎么了我，我怎么了我？糊涂就糊涂吧，谁让他是剃头的孙子，劁猪的儿子呢？他天生就是替人当冤大头的角色。他嘟嘟囔囔，莫名其妙。我不理他。我知道我也不是个好东西，说穿了我还是个狗眼看人低的势利眼。可我没办法，我必须这样。那顿骂把他们两个都给镇住了。

我进入了当班长的角色。

我说：看我的！

我问：看出点名堂了么？

我又说：再看一遍！

我从地上捡了一根半尺长的短棍提在手里，太短了也太细了，有筷子那么粗。我用小棍纠正他们的动作。尤其是敲在笨重的毛头鞋上，发出嘎嘎的声响，心里有种说不出的快活。刘社会的毛病是上下不协调，一摆胳膊腿就乱了，腿走顺了，胳膊又乱套。国庆的问题主要在腿上，小碎步，还好低头，两眼盯着脚尖。我用小棍在地上划出很多道道，让他一步一步地都踏在我划了的道上走。我一直盯他的脚尖了，突然一抬头，才发现国庆的眼里已泪光闪闪。

我不敢看他了。心里后悔，刚才我的话说得太重。国庆不是傻子，他一定听出我话中的弦外之音了。他毕竟是个没有父母的孩子，连走路的样子也像个受气包，一抬起头好像连路都不会走了。我真混蛋，我不该用那么恶毒的话去伤他。可再想想：骂他一顿也好，人知道伤心不是一件坏事。我咬咬牙，使劲在国庆的腿上敲了敲，我说：走！

他又走起来，走得异常沉重，依然低着头，看着脚尖，急急地迈着小碎步子。从身后看去，就像个匆匆忙忙赶集的小老头。

我吼了一声。

我说：头抬起来！胸挺起来！

我知道他的眼泪流下来了。

流吧，让他流。

我还是那句话，流够了就是个好兵了！

刘社会让我费了不少力气。他就是那种瞎快活也真快活的人，天大的事也不放在心上。国庆的泪还没干，刘社会却已经把我骂他的事忘得干干净净，又开始嘻嘻哈哈了。走一会他就开始叫累，嚷嚷着要休息。他说：让我体会体会吧。说完就钻进羊圈角的干泥棚子里，仰躺在臊哄哄的草沫上，翻着眼珠子不知想说些什么。可是他挖大粪时就不知道累了。卸煤时他也不累，运煤车一来，他猴子似地跳上去，一车煤卸完。脸黑得什么也看不出了，却露出一口白牙笑，透出浑身的快活劲。

吃过午饭又去羊圈时，刘社会拐到连部门口，磨磨蹭蹭在黑板前站了一会。我知道他看什么，一天没上黑板报他的心又痒了。下午训练时，他老走神儿，眼睛在厕所那儿瞟来瞟去。他的心跑了，跑到厕所里了，跑到大粪上去了。

他一走神儿，我就用脚踢他。

我说：不挖大粪你活不了么？

他咧着嘴笑，过一会儿又走神了。

我骂他是属苍蝇的也不管用，我只有说得再狠些了。我说：你比你爷你爹还下作，你只配挖大粪！

他一下恼了，不笑了，红着眼睛狼一样瞅着我。他曾一个一个地交待过我们，谁要是说出他爷爷他爹是干什么的，他就宰了谁！

他的样子真像是要宰我。

他再不朝厕所那儿看了。

有好几天他不理我，也不嘻嘻哈哈了。人一伤心狠劲就出来了。国庆和刘社会的狠劲让我又高兴又害怕，两人每天半夜就爬起来朝羊圈里跑，我拦都拦不住。刘社会再不喊累，再不卧在草沫上睡觉了。国庆走路有时还低头，但突然一个激灵猛然地就抬起来，挺着胸走着走着，泪水又含在眼里了。直到第一阶段会操结束，两人眼里的那股凶气才慢慢消散。

那次会操，全连十二个班中，我们名列第四，连班长也有些意外。开班务会时，他对全班就说了一句话。我们从没看到他那么高兴过，高兴得有点不像班长了。

他说：兄弟们，就这么干！

他那声兄弟，把我们叫得鼻子都酸了。李连长更有些意外，会完操他特意到我们班来坐了坐，拍我们每个人的肩膀，甚至在刘社会的头上拍了拍。他一遍一遍地说着：没想到，没想到，真没想到！

他又对班长说了一句半截话。

他说：能把这个班带出来！

剩下的半截话他用很复杂的目光代替了。

班长的目光也很复杂。

他们肩并着肩出去了，我能看出来，李连长对我们班长有些刮目相看了。

我也出去了，一个人去了羊圈。我坐在刘社会喜欢躺的那些草沫上，手里摆弄着那根小棍儿，心里有点空荡荡的。国庆也来了羊圈，不声不响地掏出一盒烟，递给我一支，他自己叼一支。他不会吸烟，那盒烟是他预备着平时敬班长的。国庆被呛了几下，然后就抽得很有个样子了。我们抽着烟，一句话也不说，看着一片汪洋的干枯的葵花杆，看着葵花杆后面的浩瀚的戈壁滩，看着戈壁滩上一片苍茫着的天。

几天之后的一个晚上，我和刘社会一起穿过葵花地去了戈壁滩上。那天晚上我们班的夜岗。我接岗时已经一点了，我记不清后面是谁，隔一个是刘社会。岗是游动的，主要任务是到各班捅捅火炉子，添煤，查通风眼堵没堵。我刚出屋，刘社会也跟了出来，裹着大衣，戴着皮帽，不像上厕所的样子。他把闹钟也挟出来了。他跟我商量想陪我一个岗，让我一会儿也陪陪他，连隔在中间的一个他也要替人家包了。他的样子神秘兮兮，鬼鬼祟祟，替人家站了岗，倒好像捞了多大的便宜。

我知道他心里有东西憋不住了。

我们一直走，都不说话，都没有停下来的意思。穿过那片葵花地时，我们像风一样，把干枯的葵花杆刮得哗哗啦啦。然后我们就在葵花地尽头的戈壁滩上坐下来了。夜色很好，没有星星月亮，也没有风，黑暗中的荒原神秘极了。闹钟走得缓慢，被刘社会的皮大衣捂着，踏踏的脚步声变得沉闷了，却极响，半天一下，像远处敲着的一只皮鼓。刘社会点根火，用手捧着，火苗猫舌头一般把插在他嘴里的两根烟舔活了。然后他拔出一根，递给我。

我不想说话。夜太静了，真好。

他说：说说话吧，憋死我了。

我不想说话。我看看不见的天。

他说：我真是个王八蛋。

我不理他，看不见的天让我着迷了。

他说：我就是笨货，我就是下作。我连雷锋都不知道咋学。我一根筋，就知道挖大粪。真臭，真恶心人，有时候吃着吃着饭，就想起来了，就想吐。我不想挖了，可管不住自己，除了挖大粪我什么能干到人前面去？我真是一身贱皮，黑板报上没我，皮就痒，难受。黑板报上有我，皮也痒，痒得舒坦，痒到心里了。夜里睡觉就格外踏实，连做梦都尽是好事，尽遇到脱得赤条条的女人对我笑。笑得像朵花。把我能笑成一滩稀泥！真的，真是这样！骗你我是王八蛋。这贱病跟我爷一个样，不管啥人，只要俩嘴片子能扇出一个好来，说麻子的手艺不错，他就乐得屁颠屁颠的，再脏的头他摸着也快活，比摸女人的屁股还快活。其实他那点手艺他自己也知道是稀屎狗屁！只会刮个光头，推出的平头像马桶盖一样。可他就喜欢别人夸他的手艺。我爹跟他也一个模子倒出来的，一个德性！劁完猪，别人夸几句，他就不是他了，把刚剜过猪蛋的血淋淋的刀子叨在嘴丫子里，一针一线的缝刀口，缝得比缝纫机的针脚还密！你没看过他那条腿，全是疤，全是牙印，都是猪咬的，狗咬的！其实他是被人咬的！为那句好，他早晚不给咬死，也得咬残废了！家忠，你那天骂得好！我想通了，我是得有个人骂！我再犯贱的时候你就骂！我怕我身上一犯痒又管不住自己了。不过，人面前你别提剃头和劁猪这回事。咱俩对个暗号，你就喊一声“下作”，我就明白了，行么？

不是亲耳听到，我怎么也不相信他那张嘴里还能说出这些话来。他不笨，也不傻。我甚至有点吃惊，我就那么骂了他一句，他心里竟会翻腾出这么多的东西来。他什么都明白，连管不住自己也明白了。可这道坎儿他还是过不去，还是等于没明白。比没明白的时候更难受。他说了那么多，像是在挖自己的祖坟一样，他心里一定不是滋味儿，一定痛苦极了。我明白他为什么要找我了，他是要我帮他。

他把他的心掏出来血淋淋地放在我面前了。

我惭愧得抬不起头来。

他说：家忠，想啥呢，你怎么不说话？

我说：我才是王八蛋！

他说：你是好人，你这次帮我大忙了。

我说：社会，我再不骂你了。

他说：骂！你一定要骂！

我沉默了。

他说：为什么不骂？我是来干啥的？只要能成像模像样的兵，不遭人白眼，不被人背后骂傻 ×，不被人笑话连个兵也不会当，别说挨骂，就是脱层皮又咋的！你得骂！懒得骂，你就打！拉到没人的地方扇我的嘴巴子！懒得动手，你用脚踢，朝死里踢！我要是敢放个屁，眨巴一下眼皮子，我不是人养的！家忠，我把话说到这个份上，你还不答应么？还让我给你跪下是咋的？

两条泪顺着他的脸流下来。

他说：你知道我怎么才当上的兵吗？

不等我问，他又说：临走那天，我爷爷为什么敢问队长要锣鼓，要排子车？他什么时候那么放肆过？一个剃头的，一张麻脸，他凭啥？

他浑身哆嗦，说得磕磕绊绊、继继续续了。

他说：我爷知道为啥！

我爹知道为啥！

我妈知道为啥！

我也知道为啥！

队长卡我，说我爹劁死过队上一头猪。

他们都知道队长要啥！

王八蛋！他们要我妈！

黑夜里，像有一个雷劈下来。

我一把蒙住了他的嘴。

我说：社会，别说下去！

他一下把我的手从嘴上扒开了。

他说：真干净，我妈洗得真干净啊！

他说：我爹烧的水！

我说：别说了！别说了！

我扑上去给了他一耳光。

真响！真脆！我把他打坏了。

我的巴掌上沾满了他的泪水。

每周一、三、五晚上，连队在饭堂里教唱歌。队列歌曲。教歌的有时是连长，有时是指导员，要么就是值班排长。歌曲抄在一张大白纸上。有谱，有词，我们都认识。可是，那些“123”一变成“到来米”我们就糊涂了。教歌的人急，我们更急，浑身的牛劲使不出来，憋得脖子脸通红，像有一股气窝在心里出不来了。勉强吼出来，直通通的不会拐变儿，像驴叫一样。一群驴。我们是一群笨驴！我们把嗓子都吼破了，把心都拽到了嗓子眼那儿，可是一家伙就堵在那儿了。我们有我们的办法，我们把眼睛瞪得牛眼一样看着教歌的人，摇头晃脑地跟着唱。嘴张得又圆又大。可是我们骗不住他，混不过去，人家一眼就把我们看穿了，看出来我们又圆又大的嘴里根本没冒出来玩意儿，一下就把我们治住了：一个一个站起来，单独唱！

我们一下就瘪了，哑巴了。

当兵可真不容易！名堂太多了！

连不会唱歌都不行！

世上还有这么绝门的行当么？

我们把世上的难事都想到过，累我们不怕，苦我们不怕，刀山火海不怕。死也不怕，是当兵的人你就得想到这个字，没准哪一天就能给你兑现了！可我们万万没想到唱歌把我们难住了。这道坎太陡了！我们过不去！我这一辈子最佩服的就是唱歌的人，我觉得他们是世界上最聪明的人。嘴一张，舌条子那么一抖，那么复杂、那么丰富、那么悦耳动听的声音就出来了。能让你哭、能让你笑、能让你眼睛发涩、鼻子发酸、心尖发颤、能让你鼻涕一把泪一把、悲悲惨惨、凄凄切切、寻寻觅觅、要死要活、神不守舍、神魂颠倒、能让你像做梦一样，一会儿天上、一会儿地下、一会儿云里、一会儿雾里、一会儿雄纠纠、一会儿软绵绵、一会儿是男人、一会儿是女人、一会儿是人、一会儿就不是人了。他们不是人。是鬼！是妖怪！是神仙！他们的心一定是空的，透明的。嗓子是弯的，曲曲折折，波波澜澜。肠子里也不像我们装的是脏东西！他们根本不用像我们那样大声吼叫，他们唱得轻松极了，随便极了，他们能闭着嘴用鼻音唱，用气声唱。既能唱高雅的又能唱通俗的，既能唱西洋的又能唱中国的，要多好听有多好听，要多难听有多难听。他们的舌条子就像个开关一样，就那么一转，各种各样的声音就从嗓眼里流出来了。我真怀疑他们的嗓子里是不是排列着很多条管子，要不，一根管子怎么能流出那么多不同的声音呢？

他们都是不要脸的人。

刘社会说：只要脸厚谁都能唱。

刘社会一下说出了他的绝窍，他的秘密。我们谁都没料到，刘社会竟然是个唱歌的天才，不管教什么歌，他几乎过耳不忘，连词还没记住，他就能哼哼下来了。只要一教新歌，刘社会就得意极了。唱完歌回到班里，我们都板着脸发木，他嘴上却吊把二胡郎根郎根不歇气地拉起来了。拉得我们心烦意乱。

班长说：刘社会，你教教他们吧。

刘社会就教。

他说：唱歌关键是脸皮要厚，要敢唱，敢吼，吼得像驴叫也不要怕！怕什么呢？吼，都吼，跟着我吼！试试？

刘社会说的有点道理。

唱歌就是得拉下脸来，撩开嗓子。

他说：咱脸都不要，还怕什么呢？看你们的嘴张那么大，其实嗓子还被心捏着呢！就像我挖大粪，开始嫌臭，闭着鼻子不敢吸气，越这样越他妈臭！干脆豁上了，大口大口地呼吸，绝了！一点也不臭！日落西山红霞飞——预备，唱！

也真怪，这首最难的歌，刘社会竟然一晚上把我们教会了。我们一溜坐在小马扎上，刘社会站在那儿，举着手，一只脚像稍息一样伸出一点在前面，脚尖点在地上，脚跟微微抬起来，唱字一出口，他一脚就踩下去。他打着拍子，膝盖和脚尖一抖一抖的，脚跟和脚板子很有规律地在一起一伏地踩着，我们的歌声就像是一句一句从肚子里被他踩出来的。我盯着他的脚，心里像有什么东西在慢慢爬过。我形容不出来那种感觉，就像是心里有一片荒草在慢慢复苏一样。他踩着踩着，不跟我们一起唱了，吹起了口哨。吹口哨的时候，他踩得很轻，那么噘着嘴唇，眼睛从我们头顶看过去，不知在看什么，也不知看到了什么，眼神儿有点飘了，还有点痴。我突然想到了老大。老大那模模糊糊的口哨在我心里复苏了。

没错，老大临死那天坐在大堤上吹的就是这支歌。那天老大的脚也是这么一踩一踩的，为自己的口哨打着拍子。

我的脚也动起来了。

涌上来的泪水被我踩了回去。

歌声像泪水一样从我心里流了出来。

大哥吹过的所有军歌都在我心里复活了。

我不唱了，我也吹起了口哨。

歌真是个好东西！歌像酒一样把我们灌醉了。那天晚上，班长从外面回来时，一下子被屋里的情景给搞懵了。我们十二个新兵坐在马扎上，痴着眼神儿，旁若无人，像没有看见他一样，不理他，连动也不动。我们吹着口哨，入迷了。我们十二个人，一个站着，其余的坐着。每个人都嘬着嘴，每个人的嘴都像一管笛子。吹！一支接一支吹！把我们学过的歌一支又一支都吹遍了。我们都踩着脚，轻轻地踩，像一群在抽风的人。班长被吓住了，看看这个，看看那个，不敢说话，静悄悄地坐到了床上。看我们吹，听我们吹。他的眼神也有点痴了。我们想打住，但打不住了，心里清楚，但就是管不住自己的嘴和脚。一直吹，一直踩，直到一声嘹亮的军号响起来。

军号一起，我们嘎然止住了。

新兵训练结束之前，要搞一次歌咏比赛。连长说这最后一锤子一定要砸响。投弹、射击、队列会操，李连长率领我们连都取得了相当好的成绩。看得出，他对我们相当满意。他说他从没带过我们这么笨的兵！又说从没带过我们这么好的兵！还说能把我们这样的兵带出来，世上就没有他带不好的兵！他的话把我们都说糊涂了。但我们能看出来，连长很高兴。连长要拿冠军！他用富有感染力的声音鼓动说：兄弟们，把这面锦旗给我扛回来！我们热血沸腾了，跟着他吼：扛回来！扛回来！连长两手慢慢朝下一压，把我们的声音按住了。他分析说：新兵团各连教的都是一样的歌，一样的唱法，一样的吼，估计谁的吼声都不会小。比声音分不出高低，也没法比，总不能拿个分贝器来测量吧！比味道！咱当兵的就得把军歌唱出军歌的味道来。

李连长了解我们，说别的不懂，说味道我们明白了！指导员不了解我们，他说要唱出感情。他连比带划地讲了一大通怎么抒发感情的道理，我们越听越糊涂，最终也不明白怎么个抒法。我们有的是感情，满肚子都是，就是不知道怎么个抒法，也不知道把什么样的感情抒出来。刘社会从我们肚子里踩出来的是感情么？要是把那样的感情抒出来就糟了。

国庆最先出了问题。国庆唱歌一直有问题，只是都没有发现。国庆站在那儿唱不出来歌，一唱就走板，怪腔怪调，身体摇摇晃晃。就连怪腔怪调也唱着唱着就没词了。没词了他还唱，只张嘴不出声，又和其他人张不到一块。别人张嘴他闭嘴，别人闭嘴他又圆洞洞地张开了。站在前面指挥的指导员盯了他一眼，又盯一眼，再盯他时，指导员的胳膊就乱套了。

指导员指挥时再不敢看国庆的嘴。

只要一看准乱套！却又忍不住要看。

人都是这样，越不敢看的东西越想看。

指导员也真邪门了。

但国庆能坐着唱，边唱边踩脚。

走着唱也行，边走边唱。

国庆为了证明自己会唱歌，一个人绕着操场走队列，一边走一边唱，一支接一支。步伐有力，歌声嘹亮，脚踩着歌，歌托着步，脚在歌声里起伏，歌随着人起伏，起起伏伏，歌与人浑然一体了。

但一停下来国庆又走板了，又没词了。

我和刘社会一起，又拉着国庆到羊圈里给他喂小灶。这一次我们想尽了各种各样的办法，刘社会又把他那套理论一遍一遍讲给国庆听，我甚至又说了很难听的话，但国庆仍然站在那儿还是唱不出来。刘社会突然噢了一声，我以为他找出办法了。

他说：我知道了，国庆这毛病像结巴嘴。

他又说：结巴嘴一唱就不结巴了。

我和刘社会都很为难地看着孙国庆。

国庆说：来吧！

我和刘社会都不动。在我们老家，小孩子刚会说话时好像都有点结巴，大人们也都不放在心上，只到快上学时，经得住爹妈的巴掌了，人面前几顿嘴巴一扇，说话自然都顺溜了。国庆的意思是让我和刘社会也扇他的嘴巴。我们两个都很为难，不知道该不该扇。他连爹妈的嘴巴都没挨过，我们怎么能扇他呢？

我是真下不了手。

我把刘社会劈头盖脸骂了一顿。

我想扇他的嘴巴。

我说：国庆怎么是结巴嘴呢？

国庆说：别说了。求求你们，扇吗！

他又说：你们只当替我姐姐姐夫在扇我！

我们只能扇他了。

刘社会咬咬牙，抬手就是一巴掌。

他扇的是国庆的左脸。

国庆的头一摆，又正了，看着我。

我也咬咬牙，一巴掌扇在他的右脸上。

我比扇自己的嘴巴还难受。

刘社会也抱着头蹲下了。

国庆站在那儿唱：日落西山红霞飞！

我不敢听，也不敢看了。

国庆 是跑调，还是走板，又卡壳了。

国庆不指望我们了。我们下不了手。手太轻。国庆自己扇自己。一边扇一边唱。

日落了。

红霞没飞。

国庆的泪珠子在飞。

一巴掌下去，一把泪珠子飞起来。

那天晚上，我和刘社会都没拦住，国庆他一个人又去了羊圈。我们没敢跟去。刘社会叹息说，要是有一只鸡就好了。刚打鸣亮嗓子的公鸡。据他说，这样的鸡冠血治结巴嘴最见效。我不知道国庆的毛病是不是和结巴嘴有关。我希望有关系，希望国庆能把自己治好。但我不敢去看他了，他扇自己的嘴巴的样子实在让人看不下去。

那两天，我正为国庆担心，班长突然找我了。班长的样子很神秘，有些紧张。他问我发现没发现黄家三兄弟的异常，问我们家里是不是出了什么事，是不是新兵训练要结束了，他们对新兵分配考虑得太多。

班长这么一问，我才觉得黄家三兄弟是有些不对劲。好像有什么事在折磨他们，一个个显得烦躁不安，心事重重，连吃饭也有些心不在焉。平时他们三兄弟总在一块，现在不了，好像谁也顾不上谁。尤其是最小的福山，一吃过晚饭就去了湖边。去了好几次了。我按照班长的吩咐在暗中观察。我把观察到的情况报告给班长。他已经知道了，他比我观察得还细。他说福地每晚从湖边回来时，嘴里嘟嘟囔囔，脸色说不清是忧郁还是忧伤，失魂落魄的样子就像是把魂儿掉在了湖边。班长要解这个疙瘩了，解得很小心很谨慎。他不让我问。他说问不出名堂的，别打草惊蛇！他要逮！他说做思想工作就像逮小偷，抓住手脖子就十拿九稳，轻轻一抖疙瘩就开了。我觉得班长说这话时就像一只狡猾的猫！

班长的目标是湖边的福山。

班长把我也拉上了。我们在湖边费了好一番周折才发现福山。他坐在一个很隐蔽的地方，一蓬芦苇把他遮住了。那时候芦苇已经开始发青，还没抽穗，梢儿上的叶子黄红相间。福山坐在一小块秃石上，眼前是很开阔的湖水。湖水很静，一丝波纹也没有。福山也很静，勾着头，双手撑着下巴，像尊小泥人，静得好像连呼吸也没有。那么大的一湖水，那么静那么小的一个人，把我和班长看得都有点害怕了。他在看什么呢？他想跳湖么？我和班长交换了一下眼神，他示意我别动。我们耐心地等，好像等着福山的手伸进别人的衣兜里。福山一动不动。一群水鸟，可能是水鸭子吧，从湖心掠过水面。有两只停下来，轻飘飘地在玻璃一样的水面上滑翔了一段后刹住了，卧在水上。鸭脚犁出的水沟一会又平了，一两片鸭羽贴在水面。两只水鸭一个向右转，整齐地游过来。渐渐近了，两只变成了四只。四只在水上，两只在水下。水下的头朝上，水上的头朝下，嘴咬着嘴，衔成了两只环。左边的鸭肥大，头上一朵紫色的皱皱巴巴的花。是母的，蓬松的身体像穿着羽绒服，让人感到厚实而温暖。右边的那只精干而瘦小，像绷着一件皮夹克。能看清遍体的褐色斑点和嫩黄而细长的鸭嘴时，两只水鸭突然地从水中站起来，扇动翅膀呼啸着射向了空中。

福山还是一动都不动。我有点沉不住气了。班长的手按按我的肩。我们蹲下来。天有些暗了。湖水也有些暗，变得深邃起来，但一瞬间又重新明亮了。

湖对岸上的太阳扁瘪了，挤破了，光芒一层一层地叠起来，淤起来，堆成了灿烂的一片，流进了湖里，荡开去，散开去，一湖水血红血红了。起风了。血红的湖水动起来，动起来。

福山终于也动了，站起来。

福山唱：日落西山红霞飞！

福山的歌声在水面上漂。

一群水鸭子飞起来。

歌声嘎然止住了。

福山摇摇晃晃，像喝醉了酒。又不动了，死死地盯着一湖水，发愣，发傻。班长也傻了，站起来时皱巴着脸不知嘟嘟了一句什么。但班长很快又清醒了，很快就换了另一副脸色。变成了一副嘻皮笑脸、吊儿郎当、随随便便的样子。他掐一片芦叶含在嘴里地吹着小调，拿一根小棍儿在手里舞，就像是和我在散步在聊天，不经意地碰到了福山。

班长说：噫，黄福山，你怎么也在这儿？

福山的脸上一片迷惘，好像不认识我们。

我说：福山，班长问你呢！

福山清醒了，红着脸看我们。

班长就：福山，你这次打靶真不错！

福山笑了笑。

班长说：有信来么？

福山摇摇头。

班长说：我也有好久没来信了，咱农村写得起信发不起！发一封信跑好几里地，谁有那个闲功夫！你说是不是？不来信好，我就怕来信。不来信没事，一来信准有麻烦。信薄是小麻烦，厚厚的一大叠，那麻烦可就大了！家里没事就好。福山，新兵训练快结束了，有什么想法吗？

福山说：没呢！只要在部队，干啥都行。

班长说：身体呢，身体没毛病吧？

班长在磨他的猫爪子，准备扑了！

福山一点准备也没有。

他说：好着呢，啥毛病也没有。

福山生怕班长不相信似地，伸开胳膊，对班长扩了扩胸。他笑起来，笑得纯朴又厚道，还含了一点感激的意思。班长从没对一个兵这么随随便便地说过一大堆话，福山心里肯定是有点受宠若惊了。

我看到班长的脸突然又皱了。他终于吐掉了含在嘴丫子上的芦叶，像研究什么似地看看湖水，看看福山，又看湖水。最终把眼睛盯在福山的脸上不动了。

他说：那你在看什么呢？你死盯着湖水看什么呢？这湖水有什么好看的呢？

福山的脸刷地白了。又红了。班长的话好像让他又想起了什么，他扭头去看湖水。湖水里什么也没有。他再回过头看班长时，一脸的气馁，好像快要哭了，肩膀无力地塌下去。

他说：班长，我怎么就感觉不到呢？我心里怎么就没有指导员说的那种感觉呢？

班长和我一下都明白了。几天前，指导员指挥我们唱那首“打靶归来”时，在几个拐弯处，指导员说抒情抒情再抒情！指导员闭着嘴用鼻音哼了几遍。他诱导说，要边唱边想着落日，想着晚霞，想着心中就像有傍晚的湖水在轻轻地荡漾。微波细浪，细浪微波！指导员这么说着好像已经真的沉醉到他说的那种意境中去了，脸色微红，摇头晃脑，胸前起起伏伏，就像是微波细浪把他托起来了。

我发现班长的脸也迷惘了。他不敢盯着福山看，看湖水。他叹气，重一声轻一声。叹够了，又把目光落到了福山身上。

福山说：班长，你们都感觉到了是么？家忠，你和社会、国庆都感觉到了，对么？我怎么就感觉不到呢？福地也没有，福田也没有，我们怎么这么笨呢！班长，家忠，你们再给我们喂喂小灶，教教我们，好么？

我想哭！真的想哭！我又想到了国庆让我们扇他嘴巴的情景。我想大哭一声！我看着班长，我突然对他充满了仇恨！我恨所有比我们老的兵！我看着他，我想听听他怎么对福山说。我的心突然又软了，恨不起他来了。我看到了班长的眼泪。他流着泪摸着福山的头，又像个父亲那相慈祥了。

他什么也没说。

他两手搭在我和福山的肩膀上把我们领回了班里。回到班里他又流泪了。国庆红肿着脸站在门口迎着我们。国庆的脸笑得像一朵大红花。他终于能站在那儿唱歌了，他是等着向班长和我报告这喜讯的。他兴奋地要唱给我们听。班长也摸了摸他的头，摸他的脸时，班长的泪水一下就出来了。

班长说：好的，好的，不用唱了。妈的，不唱了！

就是那天晚上，班长对我们说了那句话。

他说：你们是我见过的最好的兵！

他又强调说：妈的，最好的兵！

第三章

从新兵连到老兵连，赵德刚还是我的班长。我们那个班分到了集团军的四师九团三营。在营里我们被打乱了。我和王光、孙国庆、刘社会，还有福山在一连，其余的都散开了。福田在二连，福地在三连。我们六个能在一个营，我和福山还能在赵德刚手下都多亏了李连长。他本来能把我们都带到他那个连队去的，但他没带，他说：能跟上一个好班长是当兵人的福气。

赵刚的确是个好班长。

一到连队我就发现赵德刚的不一般了。训兵班长有好几个。回到连队时，连长、指导员、副连长、副指导员一个一个握手。但握到赵德刚面前时，那手握得就不一样了。对别人都客客气气，是象征性的，一下就看出生分来了。对赵德刚是又热情又随便，握着手一摇半天，巴掌在他肩上膀子上拍得叭叭直响。

连长说：赵儿，总算把你盼回来了！

指导员说：听说今年是鄂西兵，够你喝一壶的吧？

副连长说：在他手下啥兵还不一样！

副指导员在赵德刚胸前用手指戳一戳，不说话，俩人会意地微笑。临到我们排长了，一见到赵德刚他连眼睛都亮了。俩人也不握手，你打我一拳，我打你一拳。赵德刚说：你不是要结婚吗？怎么还没走！看这样，都憋出病了！

排长说：操！你不回来我能走吗！

果然，没几天，排长就回家结婚去了。

班长能当到这个份上，那才叫水平！

班里还有六个老兵和一个副班长。副班长姓邹，叫邹志。赵班长训兵时，邹志代理班长。赵班长和我们一起回来后，邹志就把他的铺盖搬到铺尾去了。除我和福山之外，补充来的新兵还有两个，我们都不认识。我们四个新兵的铺位分别插在六个老兵中间。

那天，赵班长把他的行李朝铺板上一放就出去了，直到邹志把我们安顿好他才回来。那两个新兵也是湖北人，但和我们不是一个地区，是汉西人。一看他们的样子就比我们灵光，比我们有见识，只几句话就和老兵们开始套开了近乎。两人轮流给老兵们上烟，一口一个班长，把老兵们叫得眉飞色舞。相比之下，我和福山显得笨头笨脑。但我心里一下就踏实了。以我的经验，这种人没什么城府，道儿不会太深。咬人的狗从来不叫！我就是那种狗！我一点也不急，日子还长着呢。我不给老兵们上烟。我只需要把我那张朴实憨厚的面孔亮给他们就行了。我知道该干什么。我一看老兵们那有棱有角的被子，我就知道该干什么了。我连六个老兵姓什么还没搞清。我不问他们。这事不急，慢慢就会清楚的。我悄悄在床单上喷了点水，撒泡尿回来床单已经干了，像刚洗过熨过一样，一点折也没有。然后我开始捋我的被子了，慢慢捋，使劲捋，把几条边缝捋得像刀切的一样。

班长回来了。我在捋被子。福山在擦墙。那两个新兵在和老兵们聊天。一看见班长他们腾地就站起来，紧跟着烟也递到了班长面前。班长笑一笑，接了，但不吸。班长不说话，看墙。墙上有一面三角形的小红旗，是内务卫生流动红旗。小红旗旁边还有一个钉子，空着，什么也没挂。班长的脸沉下来了。盯着那枚空钉子看了半天。又看邹志。再一个挨一个地看六个老兵。六个老兵和邹志的脸都红了。

班长说：在几班？

邹志说：在五班。

班长说：我预料到你们会给我丢掉一面，但没料到把“军事训练”给丢了。丢了西瓜，留下个芝麻！

邹志和六个老兵都不敢说话。

班长说：把家伙操给我看看。

六个老兵和邹志从墙上取下枪，就在屋里开始操练起来。不是练托、肩枪，也不是练刺杀，是练装卸枪。我们在新兵连也练过，我已经能三下两下把半自动步枪大卸八块，乱扔一气，然后再闭着眼睛把枪装好了。但每一次班长都直摇头，说差远了。他还说装卸枪不能有声音。当时我们都不信，枪是铁做的，又不是泥巴捏的，磕磕碰碰哪能没声音呢？我们一直让他给我们露一手，他不露，说在新兵连练到我们那程度也算不容易了。

第一个操练的是邹志。他把枪先递给班长，然后自己把眼睛闭上了。班长噼里啪啦地拉了一阵枪栓，一把子弹在手里弄得哗哗直响。邹志从班长手里接过枪时，没睁开眼睛，把枪在手里掂了掂，连枪也没验就开始卸枪了。眨眼的功夫，枪卸完又装好。那些枪件在他手里真成了泥巴捏的，声音小得还没有我们几个新兵的呼吸重。

但是班长还不满意。

他说：难怪红旗让五班夺走了。

班长没让其他六个老兵再操练。

他说：他副班长就这 水平，你们还练啥？别在新兵们面前丢人现眼！

后来我问过邹志，以为他是忘了验枪。邹志告诉我班长是嫌他的速度太慢了。他说，班长把枪栓拉得噼里啪啦，又把子弹弄得哗哗响，已经考过他了，掂出了没子弹他才没验枪。

他说：当兵的，不知道自己的头多重，但不能不知道枪多重，枪里有没有子弹你还掂不出来么？

老兵连有老兵连的规矩。条令上规定擦枪卸枪前要先验枪，这条令是针对我们新兵的，老兵们可不管这一套。同在一个班，我们每次摸枪前都必须枪口朝地先验验枪。有一次福山忘了验枪，班长让他站在那儿不停地拉了一下午枪栓。惩罚完福山，班长对我们说：当兵就像和尚修练，练到哪一层，才有哪一层的境界！

班长不轻易批评人，尤其是对那几个老兵。但那几个老兵都怕他。平时他们也开玩笑，晕的素的都来。几个老兵有两年兵，三年四年的兵，最老的老安和班长是同年兵，遇到班长洗衣服时，老安从铺底下掏出臭哄哄的裤头就塞到盆里了，班长皱着鼻子边洗边说把老安的儿子搓掉了。班长平时是个很随和的人，但他的脸一板，都规规矩矩老老实实了。

班长批评人的时候在班务会上。

班长批评人不说批评，说修理。

一次班务会他只修理一个。

我们下连后的第一次班务会上，老安被修理了。老安挨修理与那两个汉西的新兵有关。他们太殷勤，给老安上烟上得太多了。老安也不自觉，一上他就吸，一吸就没有原则了，总在班长面前说那俩新兵不错。说一次班长点头，说两次班长还笑，到第三次班长的脸就板了。但什么也不说，留到班务会上修理。

班长说：安长顺，你站起来。

老安老老实实了站起来。

班长说：知道为什么吗?

老安点点头，额头上的汗已经流下来了。

班长说：新兵为什么要给老兵上烟?为什么给老兵打洗脚水?洗衣服?想进步！想进步咱当老兵的应该欢迎，应该把自己学的那点玩意教给人家！人家是来当兵，不是来伺候爷！刚见面递支烟，会抽不会抽咱得接着，他们有那个心，咱们当老兵的领一次两次也就够了，不抽是不给他们面子，但一支接一支抽，天天抽，就他妈是自己不给自己面子了！

听到这儿，连我的脸都发烧了。但老安立正站在那儿连动他不动。其他几个老兵或多或少也抽过新兵的烟，有的红脸，有的把头都埋到裤裆里，那两个新兵都听傻了。

班长说：老姜辣是长出来的，老酒醇是窖的，老汤香是熬的，老兵硬是在兵营里站久了，脚后跟茧子厚，一脚踏在什么地方都稳当。你倒好，把老兵当鸡肋骨，咂味道呢！吸几支烟你胖不了，他们也瘦不了，但这么下去，他们这兵还怎么当！

班长没批评那两个兵。

连看也不看他们。

但他们老实了。

夜里我听到了他们的哭声。

班长很少表扬人。

靠表扬带不出好兵来。

这话班长没说。

是我悟出来的。

班长的招数可真多。

每个班长都有自己的招儿。

条令上可没有！一个字也没有。

我开始向班长学招儿了。

我不急，离当班长还远着呢！

我得把他的一招一式拆开了，嚼透了！

李连长说得对，跟个好班长是福气。

那两个兵还在哭。

老安在打呼噜。

真烦人。让我也睡不着了。

要学的东西可真不少！

王光一直在记日记。是读书日记。王光读的书是毛选。不知道他是不是每天在读，但日记却是每天都记了。他日记上的日期可以证明这一点。毛选是他从家带来的。不少人都带了，但像王光那样天天坚持读的人不多，读完了还记笔记的就更少了。那本毛选被他用牛皮纸包上了封皮。整本书都已经被他翻毛边了。毛选上到处有他用红色圆珠笔打的波浪线。有的是一两句话，有的是整段整章。凡是划过波浪线的地方，王光都能背下来。我在新兵连的羊圈里练步伐的时候，王光就躲在另一个羊圈里学毛选，记日记。

我和王光对脾气，不知不觉就成了朋友。我们开始为我们的将来设计了。我们常坐在戈壁滩上描绘我们的未来，越谈越投机。

他说：猪往前拱，鸡往后刨，杀猪切尾巴，各有各的刀法。你那一套我学不来，你看看我这身体，瘦得狼见了都棹泪！凭苦干，我能干过谁？我看出来了，咱这一拨人里，你是个人物！不吭不哈，肚子里有货！我这人是贱脾气，能给好汉当孙子，不愿给窝囊废当大爷。部队的路宽得很，撒把石头能砸着好几个当官的，咱谁也挤不着谁，用不着窝里斗。家忠，咱得互相扶着，奔！他妈的朝前奔！为自己，为子孙后代奔他个天翻地覆慨而慷！奔出一条康庄大道来！

这话我听着舒服！

我们是得相互扶着点。

我们赤手空拳，无依无靠，我们自己不相互扶着点谁来扶我们！王光读的书比我多，他天天读毛选读出气概来了，他说天翻地覆慨而慷，说康庄大道！我不这么说。我说咱得混出个人模狗样来！咱得脸对脸，背靠背，站直了，齐步走！正步走！跑步走！别稍息，别立定，别向后转，鼓着劲一起往前冲！王光真行，到底是书香门第，他读过的书可真不少。那天他给我讲三国，讲水浒，讲七侠五义，讲得我浑身的血一阵阵往脑门子上涌。我这才知道撅屁股拜兄弟不光是队长和支书那种下三滥才干的勾当，连古代的英雄豪杰也干过。我和王光跪在戈壁滩上，撮土为香，对天盟誓，做了磕头拜把子兄弟。

我们都有点怕。从地上爬起来时，两人的脑门子上都汪着汗。不知道怕什么。可能是藏在心底的话一下子说出来了吧。

老兵走了，新兵刚来，这是部队一年中最富有朝气的时期。就像是刚刚收获的土地又要播种了。党员的比例降到了最低点，又到了回升的时候。空出来的班长副班长也该补了。老兵们开始爬坡了！爬！爬！吃奶的力气用上了！上三路下三路的招儿都使上了！到处都能听到吭吭哧哧的声音。新兵们不吭哧，乱哄哄，一窝蜂，朝前涌，朝前挤！像刚听到哨音的长跑运动员在抢道！都拉开了架式，轮圆了膀子，亮出了底数，冲！朝前冲！踢头三脚！砍三板斧！有枣没枣打三杆！冲！老兵们瘦了。呼哧呼哧，像傍晚的老牛，弓腰塌背却跑得贼快。新兵们胖了。脸圆了，腰粗了，吱啦吱啦往上长。你就听训练场上的杀声吧，真有一股子杀气在里面！这时候拉到战场上你试试！拉去抢险救灾你试试！干部们就数这时候轻闲，用不着吼，用不着骂，用不着提心吊胆了。该回家的回家，不回家的老婆来队。每个连队都有几间空房子，预备着干部和老兵们家属来队用。空的时候多，用的时间少。这时候你再看吧，满满荡荡了。当兵的说话粗，一到这时候就不把那几间房子叫房子了。

叫配种站！

都在拼！

文书是个老兵。王光把他的位置盯上了。

王光干得可真漂亮。

连我都佩服得五体投地了。

他把文书刚出的墙报一字不落地抄下来。他那虔诚的样子连我看了都感动。文书写在墙报上的五绝、七律、满江红、还有渔家傲、卜算子什么的，头天抄下来，第二天他就能倒背如流了。文书终于在墙报前发现羞羞答答像做贼一样抄他文章的王光时，王光的笔记本上已经抄了五期墙报。文书感动得眼睛都发亮了。他把自己写的那些卜算子之类的玩意都忘光了，王光却能背下来。

文书发现了知音。

文书找到了学生。

没几天，王光就把自己写的五绝、七律拿给文书去请教了。文书手把手地改，逐字逐句地改，把王光改得心服口服，摇头直叹气。

王光告诉我，文书对他说：别歇气！

我说：文书真会写五绝七律卜算子么?

王光愣了一会，什么也没说。

没说就对了。

我有些后悔，我干吗要问他呢?

八月的一天，我们正在训练场上练刺杀，一辆黑色小卧车直接开到训练场上来了。连长立即下达了停止操练的口令，跑步去向卧车里的首长报告。连长跑到车跟前，刚把手举起来，卧车里的首长正好开门出来了。首长是个小老头，干巴巴的脸，眼袋子有些肿，一顶军帽不是戴而是贴在头皮上。那时候，有资格的大干部都那样戴帽子。首长的军装上没有领章和帽徽，但首长的军人气儿还是很足的。腰板挺直，脖子也挺直，头上的帽子巴在脑勺上都快要掉了，但就是掉不了。首长竟然穿了一双鲢鱼头布鞋。这让我很吃惊，我觉得那么大的首长应该穿锃亮锃亮的皮鞋，像牛舔过的一样亮！他怎么穿那么难看的布鞋呢？首长一下车就眨眼睛，眨着眨着就亮了，瞪圆了，连眼袋子都瞪平了。

他是被我们枪上的刺刀吸引了。

他朝一片刺刀走过来。

他把我们连长晾在那儿不管了。

但走了几步他又想起来，噢了一声，又走回去，站在我们连长的面前。

连长说：报告首长，集团军第四师九团三营一连正在训练，请指示。

首长抬起手，像去捏鼻涕一样还了我们连长一个礼。

他说：罗里罗嗦，长征时老子就在这个连当连长，还用你告诉我是几连么?

他又说：指示个屁，我现在谁也指示不了啦！我瞎转悠，该干啥你们还干啥吧。妈的，我们那时候要是有这刺刀，革命能早胜利好几年！练吧，别把这么好的刺刀糟塌了！练给我看看！

我们都知道这老头是谁了。

那个不起眼的小老头是我们集团军老军长。

他不是来瞎转悠的。

他是回他的老连队挑警卫员。

这是他的老习惯，每一任警卫员他都回老连队亲自挑，好像只有老连队的小伙子才让他放心。他对连长挥挥手，意思是让我们继续操练。练给他看看。他老了，只剩下看的份了。可刚一看他就来了劲，干巴巴皱巴巴的脸展开了，像一块熨平的抹布。把头上的汗渗出来，手在下巴那儿一看，扯开了风纪扣和两颗衣扣子，胳膊也在腰里叉起来，他像忍不住要跳起来给我们露一手。我们受到了鼓舞，杀声震天，刺刀刺透空气时发出尖厉的呼啸声。阳光在刺刀尖上跳跃，闪射出蓝色的光芒。老头眯起了眼。眯成了两条缝，皱起来的眼皮子哆哆嗦嗦了。抖出了泪。他干脆闭上眼，嘴巴也闭上了，庄重得像一尊雕像。汗和泪顺着老头的脸流到了脖子里。雕像像是在阳光里熔化了，软了，摇摇晃晃了。

杀声停了。远去了。

老头缓缓睁开眼。

睁开的眼睛里空空荡荡了。

神儿没了，气儿没了。只有泪。

鼻涕也出来了。老头的哭相可真难看。他垮了。那副可怜巴巴的样子就像一个失去了土地的农民。我琢磨是我们的刺刀把他刺疼了，是我们底气十足的喊杀声把他喊哭了。他一定听到了枪托拍在我们胯骨上的咔嚓声。他没有这样的胯骨了，他那胯骨不碰都快碎了。没了，什么都没啦！他说：指示个屁，我现在谁也指示不了啦！我有点可怜他。还替他惋惜！当到这么大的官，还要老！不老不行么？太可惜了！

说不清为什么要发出这样感叹来。

感叹的时候心里有点酸，有点疼。

还有点恨！

我正感叹的时候，老头又精神了。

他说：整齐有什么用？拍那么响干吗？图好看？图好听？少玩花架子！

老头像个孩子了。

我想去哄这个老孩子。

所有的新兵都想去。

但老头太挑剔了。

新兵们一个一个被叫到连部去。先是脸白的，瘦小的，精干的，长得像姑娘的。老头看一眼，手一摆打发出来了。后来只要是新兵，按照花名册一个一个都被叫去让老头挑。去一个，连长和指导员就把这个兵的出处来历及表现讲一遍。老头看得马虎，听得仔细。拿着花名册一趟一趟出来叫人的文书都有点灰心了，他说：咱连的新兵，老军长恐怕一个也看不上。

我们也都这样想。我们想像不出这个干干巴巴皱皱巴巴的老头到底想要一个什么样的兵。的确想象不出，后来，他竟然挑了一个谁都没想到、谁都看不上眼的兵。老头真是老眼昏花了！要么就是太为他的老连队着想了，不忍心挑好兵。

老头挑上的是黄福山。

福山自己都想不通。

他说：怎么是我呢？

他都有点害怕了，好像老头选上他是要吃他一样。他被弄糊涂了，让我帮他拿主意去还是不去。我说：去！当然去！当孙子也要去！

后来才知道，连长介绍福山的情况时，无意间提到福山坐在湖边唱歌的往事。班长告诉的连长，连长讲给了老军长听。据连长说，老军长是被福山的死心眼感动了。老军长说：我就要这孩子！

我只能说这是命。

福山的命真好。

可他是个糊涂蛋，遇上这么好的事他还懵懵懂懂，一点也不觉得是好事。他想见见福田和福地，他的样子就像是要向两个哥哥交待后事了。但他们没来。福田的连队在湖里练习武装泅渡，福地的连拉到戈壁滩上演练班进攻和班防御去了。福山只好流着泪向我、刘社会和国庆告别。他跟在老头身后钻进乌龟壳一样的卧车时，还哭丧着脸，可怜巴巴地看着我们。他是爬进去的，撅着屁股，连长替他关车门时，使劲在他屁股上推了一把才把他塞进去。指导员把一个牛皮纸信袋交给了老头的随从。那是福山的档案，福山连自己都不知道他已经是个共青团员了。他稀里糊涂，没写申请，没举拳头宣誓就成团员了。他可怜巴巴地对我们流泪时，指导员麻利地跑到营里已经把什么都给他办好了。福山这个糊涂蛋真他妈有福气。连连长和指导员都开始巴结他了，从那些话里他也该听出点名堂了。可他听不出，他只会哭。

连长说：小黄，好好干，别忘了老连队！

指导员说：小黄，有空回来玩啊！

鳖壳子卧车一溜烟跑了。

我的心咯噔一下，空了。

国庆眨巴着眼睛，哀声叹气。

刘社会说：操他妈的。

我心里空荡荡了好几天，身子也软，像害了一场大病。但很快就好了。不过，只要一谈起福山，我心里难免还有点别扭。我是觉得福山会把这么好的一个机会糟踏掉。他太笨，他不会伺候人，他对付不了那个古里古怪的老头。我能对付！我肯定能把他伺候得舒舒服服。我肯定能挠到老头的痒痒肉上。我有这把握。但他不要我，他宁愿要福山那个笨蛋，我有什么办法呢。

一天傍晚，班里就剩下我和班长两人，他伏在班长专用的行军桌上写信，我怕打扰他，正准备出去时，他让我找司务长给他要一个鸡蛋，他说他最近有点耳鸣，上火了。班长一上火就喝生鸡蛋。我拿了鸡蛋，又拐到卫生室要了几片药。班长把药扔了，把鸡蛋放起来，他根本没打算喝那个鸡蛋。

他说：我是想让你走近点看看司务长，看清那张驴脸了么？他连话都说不清。去年我们一起体检身体，可他提了，我没提，上面给了一个戴帽的名额，点名提司务长。这样的事我遇到好几次了，怎么办呢？继续当我的班长！当好它！没别的办法。去吧，出去活动活动。

他说得很轻松，很不经意，说完又写他的信了。我知道他想说什么。他看出了我的心思，那些天他连看都没多看我一眼，可他一下就把我心里那点疼处戳住了。戳穿了，倒也踏实了。就那么一个老军长，就要那么一个伺候他的兵，这样的好事想也别再想了。

怎么办呢？

继续当我的兵！

当好它！

没别的办法！

我下决心要好好琢磨琢磨班长。但琢磨不动，琢磨不透。我在心里暗暗掂量，要是有一天让我当班长，我能让这十多个人服服帖帖么？这么一想心虚了，我真没这个能耐。班长能把三大条令倒背如流；能把队列条令逐字逐句拆开了，用枪、用他身体的各个部位再给你复原了；能睡着了像醒着，睁一只眼闭一只眼，芝麻大点动静他能一个鲤鱼打挺从床上蹦起来；他能把死枪玩活了，只一下就能掂出弹夹里的子弹是三颗还是两颗；只要是军人的活儿，他就敢对他的兵们吼：看我的！

班长有一副好眼神，能把他的兵都看透了！

班长有一副好鼻子，能闻出你每一句话的味道来，能从你吐出的烟雾里分辨出你吸的什么烟！

班长有一副好嘴巴，说出的话能像熨斗一样把你熨得服服帖帖的，也能像锥子一样刺得你流血，还能像钝刀子割你的脖子。尤其他那一嗓子口令，能把你软塌塌的身子骨一下就喊得梆梆硬，能把一身的豪情给你吼出来！

班长有一副好心肠！

班长有一副铁心肠！

班长有一双好巴掌！

我慢慢琢磨出点名堂了。

班长的功夫有两套。

一套软功夫，一套硬功夫。

用现在的说法，一个是硬件，一个是软件。

你这么说也对，一个是物质，一个是精神。

琢磨出点名堂就好办，我得开始行动了。我盯上了班长，确切地说是盯上副班长的位置了，就是邹志那个角色。人不能没有目标，不能稀里糊涂朝前走。但也不能想入非非了。不想当将军的士兵不是好士兵。这话没毛病。但将军对我来说，还太遥远。我一个新兵蛋子，妄图做将军，不现实，太离谱了。我得从初级阶段开始，一步一个脚印，摸着石头过河，先把目标定在副班长上。当上副班长再盯班长，站在班长的位置上再盯排长，一步一步来。

白天抓硬件，练硬功！我年轻，有一副好身体，再用上狠劲，什么样的硬功夫也难不住我。在铁丝网下练匍匐前进时，铁刺在头皮上拉出半寸长的口子，我连眼皮都不眨，把老安拉下两米多的距离。老安那张破嘴不干净，骂我是穿山甲操的。我不理他，一纵身跃上独木桥，飞一样就蹿过去了。老安心眼不错，训练结束，弄撮烟丝按在我头皮的伤口上。尤其是五公里武装越野，好多兵拉稀就拉在这一关上。我把拉排子车那股劲又用上了，跑到三公里时，已经见了分晓，回头一看队形早乱了，溃不成军，有的捂胸，有的捂肚子，有的像喝多了酒，醉了，踉踉跄跄的，有的干脆蹲在路边不起来了。我脱了鞋，干脆连袜子也脱了，光着脚丫子在石子路上跑。我第一个到达终点站，卜着表等在那儿的连长张嘴给了我一个绰号。

他说：赤脚大仙，几班的？叫什么名字？

我有点伤心，好几个月了他还不知道我。

我说：许家忠，赵德刚的兵！

他说：难怪，强将手下无弱兵！

连长一下把我记住了。

父母喜欢好孩子，老师喜欢好学生。一样的道理，当官的喜欢好兵！赵德刚对我格外用心了，在军事动作上一招一式地言传身教。我成了他的一张牌，成了他的骄傲了。

他对连长说：我这兵，不输给任何老兵！

他说这话的时候是冬天。

那时候我的软功夫也练得有点火候了。

全靠晚上练。我练得很尽心，从不耽误掉一个晚上。我的办法是琢磨人。一个一个琢磨。只要把人琢磨透了。知道他喜什么，好什么，长处在哪儿，短处在哪儿，能吃几碗饭，有多大本事，拍能拍到痒处，捏能捏到他的疼处，还怕他不对你服服帖帖么？

我琢磨的第一个人是邹志。他是我的一个重点。我得琢磨出他是怎么当这个副班长的，是怎么和班长配合的。我在暗中琢磨他的时候，多少含了一点虚心求教的意思。邹志是第三年兵，做副班长快一年了，是属于不快也不慢的那种。据我观察，邹志在训练上很有几手绝活，输不了多少给班长，但给人的感觉却是和班长明显地差了一截。那一截一直差着，好像再也上不去了。邹志比班长差多少，反过来又比其他兵高多少，邹志的分寸把握得好极了，让人觉得他就是比班长差，就是比兵们强。邹志的事做得很尽心，他的手好像就长在班长的下巴上。班长说睡吧，话音还没落，他灯绳就拉响了。他的眼神什么时候都恭恭敬敬地停在班长的下巴那儿，又温驯又厚道。还预备了那么一点傻气儿。这他就瞒不住我了，真傻的眼神不是那个样子。我琢磨那面军事训练的锦旗是他有意丢的吧？班长已经料定了要丢一面旗子，他不能让班长的预料落空了！

副班长这一角不好干。

这一角里名堂也不少。

我越琢磨越觉得有意思。我觉得邹志有点像旧家庭中的大儿媳妇，吃苦最多，受过也最多，是个忍辱负重的角色。邹志快熬成婆婆了。我半夜里琢磨他的时候，听到他咯吱咯吱磨牙的声音。他睡着了还在用暗劲！我从他磨牙的声音里听出了咬牙切齿的味道。邹志是个明白人，百分之百和班长尿到一个壶里。尿不到一个壶里，遭殃的肯定是他！

我从邹志身上悟出不少东西。

我知道怎么当副手了！

邹志旁边是一个汉西的新兵，叫封波。白有一个好名字，白有一张聪明的脸。他已经和他的老乡——一个叫张元华的新兵掐起来了。不知道为什么事，两人连话都不说。他喜欢在班长和邹志面前出我点洋相，爱捣鼓点小名堂。我装傻。我躲着他，可躲不过。星期天，班长让我到邮局给他老家寄钱，寄二百。那时候二百可不是个小数目。封波也去邮局。我给班长老家寄钱的时候，鬼鬼祟祟的样子让封波疑心了。我就让他看到了二百元整这几个字。从邮局出来，我哭丧着脸。在封波的一再追问下，我结结巴巴说了一件让他震惊的事。我告诉他我和老家的对象吹了。他自以为聪明，一下就想到我为什么寄钱了。

他说：你小子把人家睡了吧？

我说：你他妈别胡说。

我紧张地看着他，用衣袖蹭额头上的汗水。我结巴得连话都说不出来了，他却兴奋得涨红了脸。他说：看不出，真看不出！你小子良心大大地坏了。你哪儿来的这么多钱呢？这二百块钱是人家要的青春损失费吧！

他根本没把我放在眼里，他一点也不打算隐瞒我他要告诉班长。他以为这一下他会把我整惨，他那副小人得志的样子让我恶心又让我感到可笑。他兴奋得都忍不住了，一回到班里他就要和班长谈心，迫不急待地把班长约到了戈壁滩上。

他肯定把那个故事编得很圆满。

以我对班长的了解，我知道班长不会戳破他。班长一定表扬他了。班长怎么会打击他的积极性呢！他一溜小跑从戈壁滩上回来了。他说：许家忠，班长让你快去！快点，你磨蹭什么！

他在我面前吹起了口哨。

班长把我叫去批评了我。

班长说：这种屌人，你今后少和他在一起！

我知道，从此之后，封波说我骂班长，班长也不会相信他。我这一手把封波整惨了。我觉得有点对不住他。不过这么弄他一下也好，不然我真有点不放心，谁知道他在班长面还会怎么捣鼓我呢？他真不值得我花功夫琢磨他。他那点玩意根本不在我的话下。但我还得琢磨他，我是琢磨我一旦做上副班长，用什么招儿来让他服服帖帖。什么招儿也不用。这种人生来就是属狗的，只要你大小是个官，他自然就服服帖帖了。连张好脸也别给他！但得离他远点，掏心窝子的话半句也别跟他说。防着点，没准哪天他真敢跳起来咬你。

封波这边是老安。老安这边是我。

琢磨到老安时我有点不忍心了。老安比班长早当一年兵，年龄却要大好几岁，在全连也是数一数二的老兵。他让我一下想到了老大老二，我在暗中琢磨他时，感到心口发闷，一阵阵疼痛，觉得自己正举着一把刀子要向他下手了。但我咬咬牙，还是没放过他。我像剥皮一样一点一点琢磨他的时候，他正在磨牙。咯吱咯吱，磨得难听死了，就像用钝刀一下一下割人的脖子。老安是老党员，军事技术比较过硬，就是力气差了一些。老安的心肠软，人缘也好。好得有些过分了。和我们新兵在一起，他也不把自己当外人。他那张破嘴好骂人，动不动就骂“新兵蛋子！”那时候没啥可玩的，连队常常组织一种叫斗鸡的游戏，全连一百多官兵在操场上撒开了，一只腿立地，一只腿盘在腰里，你斗我，我斗你。老安专找新兵斗。遇到其他老兵，新兵一跳一跳地就躲开了，遇到老安，新兵们就不客气了，一下就把他挑翻在地。老安一边揉屁股，一边从地上爬起来，架起腿又去追新兵，很不服气地叫着：噫，你这个新兵蛋子！新兵们也叫：噫，你个老兵鸡巴！连队干部们听了只皱眉头，觉得老安的老兵没当出威信。据说，连队连续两年都有让老安复员的意思，但被班长保下来了。老安明知道自己在部队没什么希望了，但还是要干下去。好像干下去就是他的希望。

班长尊重老安么？喜欢老安么？想留老安么？我琢磨不出一点班长要留下老安的道理来。老兵就像老闺女，留长了就成包袱了。班长不懂么？

班长在我们面前很尊重老安。

班长总是在最关键的时候修理老安。

他只要一修理老安，全班都老实了。

老安很尊重班长，也最佩服班长。

老安总对其他班老兵说：操！你们那屌班长，卸磨杀驴的货，赶咱们这些老家伙就像轰苍蝇！咱吃他的么！喝他的么！看看咱班长！

老安一提到班长，红鼻头就湿了。他是真动感情，真感激。

于是，全连的兵都知道赵德刚是个敢为自己的兵说话的好班长。他是全连威信最高的班长！

我茅塞顿开！

一旦当班长，我得留一个比我老的兵。

留谁呢？

慢慢留心吧。

我开始琢磨我右边的彭福伟了。

彭福伟是第三年兵，想入党。

他已经放出风了，入完党就走。

我琢磨他说的是真话。

他的理想是回家当支书！

他曾经感叹过，一个支书管好几千人！

如果我是班长，我会帮助他实现理想。

赵班长有这个意思，我看出来了。

英雄所见略同！

彭福伟过去是新兵张元华，就是和封波对掐的那个兵。他连封波都掐拧不过，我懒得琢磨他。

紧挨着他的马坤倒是个重点，用部队的行话说是个刺毛兵。宝鸡市人，父亲是个科长之类的角色。牛皮哄哄，假仗义，爱出点风头，不把连长、排长之类放在眼里。对班长倒有点畏惧。他怕班长什么呢？不会是怕班长揍他吧。班长不敢。班长不会把前程毁在他手上。我发现他隔个把月就要到我们附近的小镇上去一趟。星期天去。用胶鞋、军裤和衬衣之类的军用品换回来莫合烟和卷烟用的马粪纸。那是一种很特殊的马粪纸，镇上人自己用博湖的芦苇锤的，有一股淡淡的清香。夏天时，镇上的女人们总装一点在贴身的衣袋里，压汗，也撩人，用那种纸卷烟简直是一种浪费。部队有过明文规定，禁止用军用品和镇上的老百姓交易。因为担心在交易的过种中，怕有什么麻烦事。但又屡禁不止。我琢磨班长肯定知道马坤这事。而且，马坤每次请假去镇上，总是由副班长邹志陪着。班长在装糊涂，但他把马坤攥在手心里了。马坤不怕连长，谁都不怕，连党票也不要，但他怕处分！

班长这么做有点太冒险了。

还得有个铁杆副班长做同谋。

有没有比这更好的办法呢？

我得琢磨琢磨。

还有三个兵。

两年军龄的杨业峰，外号小老鼠，都二十的人了，好像还没发育好。我和他一起在大澡堂的水池里洗过澡，他连毛还没长。得帮他！得帮到点子上。我发现班长只治标不治本，要么就是心太软。班长只重点帮杨业峰的训练了。我觉得还不够，得狠点！得想尽法子帮杨业峰把身体尽快长成个男人。

两年军龄的李长树，活脱脱的一个我们家老三。我不琢磨他。我有点难受。我知道该怎么带这种兵！服管咱好说。不服管，我闭着眼睛就把他收拾了！

三年军龄的魏兴玉，有点像刘社会，只要下点功夫带，肯定是个好兵。

最后一个是斑长。我发现，把全班的兵琢磨遍，至少能把班长琢磨到五层了。 始琢磨班长与其他班长以及排长、副连长、副指导员、连长、指导员之间的关系了。这很难，我琢磨得头疼。我得捕捉各种信息，加以归纳、判断、推理。我的经验和知识都不够用了，难免出点差错。真累。可收获很大。我觉得我把班长差不多嚼透了。

琢磨，我这人就是爱琢磨！这怎么是阴暗心理呢？

这是心理学。

这叫知己知彼。

我是两手抓两手硬。

给我一个班试试看！

春节前，赵德刚的排长命令下来了，但还在团里压着，没宣布。按惯例，要压三个月，这叫新干部的考察期。如果没有人命关天的大事，没人在赵德刚身后使劲捣鼓，他的排长就算做定了。

赵德刚是员福将，他把排长拱上去了。排长升副指导员，副指导员升指导员，指导员调到团部做协理员。也升了，副营级。连里宰了一头猪，欢送指导员。一溜儿被拱上来的人中，数指导员最高兴。他那朵花似的老婆可以随军了，他再也不住只能摆下一张双人床的“配种站”了。会餐那天，指导员举着酒杯，眼泪汪汪地和全连的兄弟们告别。他有点舍不得离开连队，一起摸爬滚打了好几年，有感情了。还没喝酒，他已经有了醉态，眼泪吧嗒吧嗒地落到酒盅里。

他说：兄弟们，不容易！能在一起好几年不容易！人一辈子才几个好几年？我把这几年记住了。兄弟们，我记住了。喝！

我们没酒盅，我们用碗。

猪是连队的，酒是指导员买的。

他说：兄弟们，敞开喝，别喝醉。

他举着酒跟我们一个一个碰杯，他的眼睛都喝红了。他跟每一个碰杯时，都一声挨一声重复着：不容易！不容易！我琢磨他这话有一半意思是说给自己的。的确不容易，他苦尽甘来了。他熬到快四十岁，终于把老婆和孩子熬到部队来了。老兵们有的对着他耳朵咬舌头，不知说什么，他很有味地笑着，使劲点头。他接着老兵的话说：对，不涝了，不旱了，风调雨顺了。嫂子，嫂子她要来了！兄弟们，还是那句话，破衣服、烂袜子、褥子什么的全抱到我家去！洗！让嫂子洗！就是别拿裤头子去。上次是谁把裤头也拿去了？妈的，不够意思！

指导员干巴巴的脸变得情意绵绵了。

他醉了，吐了一地。

他说：兄弟们，别喝醉了啊。

那天，很多人都醉了。

连我们班长也有些微醉。他喝得很谨慎，但还是有些醉了。我们那个排的班长们，都来给他敬酒，明摆着的意思，却都不说明，都用眼睛说，用酒说。很微妙，仿佛吧唧吧唧的喝酒声里也藏满了暗语。

班长说：兄弟们，指导员的酒，不喝白不喝，喝！

他一直这么说，好像再也找不到其他的词了。我看到他一直在咬腮帮子，我琢磨他一定是有很多话要说。连队这头猪有一半是为他宰的吧？其实他才最值得庆贺了。他才应该像指导员那样好好醉一回。指导员是锦上添花。他呢？他是雪中送炭！可他不敢醉，他还得整三个月！他得把尾巴夹紧了！

他憋坏了，憋了六年。

他又在咬腮帮子。

他轻轻地抿了一点酒。

他想说什么呢？

我琢磨他也想说指导员那句话。

不容易！兄弟们。

真不容易！

欢送走指导员，该欢送老兵了。铁打的营盘流水的兵。老安像咏诗一样说出这话时，鼻涕都流了出来。老安终于要走了。赵德刚亲自和老安谈的话。赵德刚说：老安，你知道我不当班长了，你的事本该新班长来定。但人不能这么做！好人我当了，恶人让人家来做，我成什么了。

要走了。老安终于可以把他对班长的感激和亲切在我们面前表达出来了。他不喊班长，也不喊排长。他喊赵儿。他那副沙哑的破嗓子那么有感情，把我们煽动得鼻子都酸了。

他说：赵儿，我知足了！

他又对我们说：兄弟们，能在赵儿手下当兵，是咱的福气。今年不管让谁走，咱走好！别给赵儿添麻烦，他正在节骨眼上！

我难受。

老安一下老成起来了，像个老兵了，再不和我们这些新兵蛋子嘻嘻哈哈了。其他复员老兵都还没宣布，还在动员，还在做工作。只有老安已经明朗了。晚上他难得没有磨牙。他睡不着了。我也睡不着。我侧身对着他，听他压得很低的一声声叹息。我猜不透他叹息的是什么。我鼻子又酸了，突然想起了老大和老二。我想跟他说说话。我还没说，他先说了。声音很轻，像蚊子在我耳边飞。

他说：你怎么不睡？

我说：老安，我们把你害了。

他说：你怎么说这话？

我说：我们跟你嘻嘻哈哈，把你害了。

他叹了一口气。我也跟着叹一声。

他说：睡吧，别瞎想。睡！

我说：你先睡吧，你不磨牙，我睡不着。

他噢了一声，躺平了。

他说：睡吧，我磨牙给你听。

他咯吱咯吱地开始磨牙。

我也躺平了。流着泪，打起呼噜。

宣布复员老兵名单前，搞了一次大点验，连老兵们积攒下来的子弹壳也登记造册，集中保管了，临走时再发下去。枪收了，入了库房。游动哨增加了，固定哨，加派了双岗。班长们开始睁一只眼闭一只眼睡觉。有点战争来临的味道了。

赵德刚提前上任。按规定考察期没满，命令没宣布，他还是我们班长，升了副指导员的排长也留任三个月。但在这个节骨眼上，副指导员的妻子早产了，大出血，躺在医院里，电报一封追一封地拍来。副指导员终于挺不住，垮了。就像是他大出血一样，一张脸几天功夫只剩下一张黄巴巴的干皮。连报到营，营报到团，决定让副指导员回家的同时，让赵德刚提前上任。

赵德刚肯定没想到。

他肯定不想这时候上任。

临阵换将，兵家之忌。

连队也把一排当成了重点。

名单宣布下来，赵德刚更傻眼了。一班四个，连班长也走。二班四个，副班长走。我们班也四个。十二个老兵，刚好一个班，够他喝一壶！

排长过去住一班，半个小单间，叫排部。赵德刚搬到排部去上任时，坐在他过去那张行军桌前直发愣。一支接一支抽烟，舌条子都熏黑了，张着嘴吐烟，一句话不说。

我琢磨他有点慌了。措手不及！

我琢磨他还有点怕。

怕出事。

连我都不敢替他想。

小事也能出。一出就把他毁了。平时出点事，大能化小，小能化了，一个喷嚏打个马虎眼就把上面糊弄了。老兵复员时糊弄不过去。一级盯一级，针尖大点事，眨眼功夫营里、团里、甚至师里就知道了，没谁敢糊弄。基层干部过硬不过硬，有没有点真本事，得经得住老兵复员这个马场子　一　！好歹出点事，赵德刚就栽了。一上任就不过硬，往后的官路上只怕够他一番周折了。

这一脚要是踢得好，踢得很漂亮呢?

我估计赵德刚还顾不上这么想！

一看他那张脸，我就知道他的心思不在这儿。他在犯愁，他的眉毛都皱成两团解不开的疙瘩了。老安终于舍得买几包好烟，出手很大方的样子朝我们散烟，东一支西一支，烟像晴蜓一样到处飞。人一大方，连声音都变得豪气了。他喊：赵儿，接着！赵德刚正发愣，烟棍儿掉在他面前的桌上，把他吓了一大跳，仿佛是个炸弹呼啸着朝他飞去了。

德刚没顾上想的事我在替他想！

我知道我太自不量力了，我这是蚂蚁摇大树！想想么，一个刚当一年兵的新兵蛋子，竟要替一个排长分忧解难，考虑全排的老兵退伍工作了，自己说得出口么?大风闪了舌头怎么办?我真有点担心赵德刚踢我！踢我我也得想！我得让他知道都是谁在最关键的时候想帮他一把！队长老杂种那句话还真说对了，我是老母猪追火车，精神可嘉；何况……

何况什么呢?

何况，说到底我是在替自己想。

这是个机会！

我得试试自己了，我得露一手！一年军龄，不短了！该冲了！是时候了！机会来了。我一遍遍对自己说：抓住！抓住！一定得抓住！

按往年的惯例，老兵复员的名单一宣布，各排成立了老兵班，把复员老兵集中起来住。然后连队成立学雷锋小组，轮流为老兵们服务，讲究的是最后温暖温暖老兵们的心。

有的心温暖得了。

有的心温暖不了了。

我们几个新兵想把老兵们的被子给拆洗了，刚走进老兵班，一声“滚”把我们吓一跳了。

喊滚的是一班长。

他说：滚，少他妈来这一套。

只有老安把他的被子抱给了我们。

老安说：一班长，咱不能不识抬举！

一班长说：滚一边去，没你说话的份！

老安说：操，当班长，就这屌水平！

一班长：说：妈的，操，你这条赵德刚的走狗！

两人眼看要打起来，赵德刚进来了。他挥挥手让我们出去。过一会他也出来了，板着脸。他还是那身军装，两个兜，衣服洗得发白，和普通的老兵没什么两样。但我觉得他和以前、和其他兵都不一样了。在兵营。多老的兵和多新的班长，多老的班长和多新的干部也有区别，只要你在兵营里呆过，这区别你一眼就能看出来。

我还看出点别的，看到了他嘴唇上的燎泡。

我去找他时，他把自己关在排部里抽烟，烟缸里有碎的鸡蛋皮，他喝过生鸡蛋。他又上火了，上得厉害。

我还喊他班长。这样喊亲切，又没有拍马屁之嫌。我说：班长，让我住到老兵班去吧。

他看着我，像是没听明白我的话。

我说：那么多人去做好事，老兵们烦。觉得是走过场，哄他们。不如我一个人去，住在一起，实实在在伺候他们。

他不说话，用眼睛示意我坐下。我不坐。他抛支烟给我，我接住了，但我没吸。我知道他有顾虑，这事以往没有先例。他是拿不准这样行不行，还是怀疑我对付不了那帮老兵呢?

我说：班长，你放心，我能伺候好他们。让干什么我干什么，让擦屁股我也给他们擦！你放心，我保证打不还手，骂不还口，有气让他们撒到我身上。

班长，你让我去吧，人心都是肉长的，我真心伺候他们，我保证把他们伺候好。

赵德刚看了我好一阵。

他说：你有这把握？

我说：班长，你放心！

他说：你怎么想到这事呢？

我低下头一下不说了。其实我早估计到他会这么问，我早把话想好了。可到这会我又不想说，他肯定明白我的意思，他不会看不出来我想帮他一把。看出来就够了。至于他看没看出别的意思来我没把握。看出来就看出来。一个兵想要求进步有什么呢？而且，我是真心实意想去伺候那些老兵们。平时没觉出什么，突然那么多老兵要走了，心里一下就有了牵肠挂肚的感觉，有了一种悲凉。他们让我想起我的三个哥哥。细想想，三个哥哥其实一直都像父母一样在疼我。我想伺候这些老兵们，我觉得他们就像我的哥哥们一样太可怜了。

赵德刚站起来拍了拍我的肩膀。

他什么也没说。

他匆匆忙忙出了排部，去了连部。

我知道他干什么去了。他没让我走，我在排部等他。我估摸他一时半会不会回来，把他抛给我的那支烟点燃了。我坐下来，坐在他的床上。又躺下了。单人床。小单间。真好！真舒服！真想多躺一会儿。我太放肆了，一下跳起来，把我屁股坐皱的床单展平了。

可我的心平不了，咚咚直跳。

邹志又开始代理班长了。

老兵一走，他的代字该去掉了吧！

还差一个副班长。

会是谁呢？

我搬进老兵班的时候，开始下雪了。我做的第一件事是到厨房后面挑大块煤，用手推车推到老兵班的火炉子旁屯起来。老兵都成了大爷了，我不干没人干，半夜我起来加煤就不发愁了。有一个老兵进进出出不知在干什么，我蹲在门洞口的火炉旁堆煤时，可能挡了他的道。他在我的屁股上踢了一脚说：你他妈干吗？

我说：屯点煤，下雪了。

他说：烧！烧！你他妈想把我们烤死吗？

我咧嘴一笑，把一副白牙露给他。

我很仔细地检查了火墙，有几条小缝，线绳那么粗细。我的火烧得旺，全是大块煤，不压煤烟。火一大烟道就畅了，火墙嗡嗡响。但我还是和了泥，把那些线绳般的细缝和所有的砖缝都勾了一遍。用手指勾。我知道没事，哪有没缝的火墙呢？我从外面捧回泥巴时，手指头冻得红萝卜一般，挨在滚烫的火墙上，又痒又疼。连老安看了都心疼。他说：别干了，费这个劲干啥，有点烟也熏不死人。

另一个老兵说：熏一下才好呢！

又一个接过话：熏一下老子就不走了！

我的脸差不多要贴在火墙上，不看他们，专心干我的。他们无论说什么，我都没听见，谁的话茬我都不接，我使劲干我的活儿，干完这件干那件。我知道干什么，怎么干。我勤劳得像个老母亲。我脸上始终挂着平静的温和的笑容。我不知道我能不能把他们的心给温暖了。我一个一个问他们洗不洗衣服，洗不洗被子。洗我就拆，不洗就不勉强。我始终在火炉子上放着一个大铁桶，桶里装满了水。有人从外面一进来，我把热水就端过去，拿着他的手巾，请他擦把热水脸。熄灯前我把洗脚水一盆盆兑好，把马扎放好，请他们坐在马扎上泡泡脚。他们泡脚的功夫，我已经把他们的臭袜子搓干净了，凉在火墙边的铁丝上。然后再把他们的鞋垫儿掏出来，靠在火墙角上烤。第二天早晨，他们一爬起来，我已经把鞋垫重新塞回他们的鞋里了，又把暖暖和和的袜子递过去。他们的袜子我都是按铺位的顺序晾好的，一点也错不了。但把袜子递过去时，我还是问一声，我说，班长，您看这是不是您的？除了这样的暖心窝的话，我一句废话也不说。

晚上我乘起来加煤的功夫给赵德刚通报一天的情况时，他问我有没有事，怎么样？他脑子里全在琢磨会不会出事了，到这会儿他还不敢往好里想。他是对的。

我说：班长，你放心！

说完，我就跑了。

他知道我为什么跑。

我像一个地下工作者！

一班长说我：赵德刚又培养了一条狗！

他的声音很大，很尖。他是有意骂给赵德刚听的。我不理他。骂我是狗我就是狗！

我是个聋子，是个哑巴。但我很快把老兵班的情况搞清了。

可能会闹点事的人有三个。

我的判断和赵德刚和连队掌握的“重点人”不谋而合。一班长算一个，也是赵德刚最头疼的一个。他比赵德刚还老一年兵，是和赵德刚一拨培养的预提苗子。但他沉不住气。提司务长时他已经闹过一场了。他背后骂过连队干部，骂他们是笨蛋，争不来更多的提干名额。我们那拨兵来时，让他去训兵他都不去，也不探家，蹲在连队等着来新名额，他以为蹲在连队名额就是他的了。他虎视眈眈地摆开了架式，太露骨了。最要命的是他和几任副班长都尿不到一个壶里，他想造成一种班里一离开他就乱套的印象。结果他一离开，班里还真乱套。当班长的给副班长下套子，班里能不乱么？他还得意呢！他还到处嚷他的副班长太差！太弱！他活活把自己给毁了。他比赵德刚差得太远。赵德刚不显山不露水，一拳没出把他打败了。连队一宣布他复员他都傻了。看来，他是要下决心最后好好趵几蹶子，要闹个鱼死网破才罢休。

我最担心的也是他。赵德刚要找他谈，他说赵德刚不配！连长指导员要和他谈谈，他说都到这个份上了，没什么好谈的！他说当几年兵就是和枪有感情，想最后再好好摸摸枪！

他对我说：走狗，你转告赵德刚，我就这点要求，我热爱枪，我还想摸摸它，摸摸！

傻瓜也能听出他的意思来，这个疯子，他不想活了！连他上厕所我都远远地盯着他。我转告赵德刚，让他提醒老安别和这个疯子吵架了，别惹他。他是条疯狗，他正愁没地方下嘴呢。

另一个也是一班的兵，叫曾学。有点残废，脚大拇指头掉了半公分，劳动时石块砸的，评了个三等丙级残废。他嫌低，想要三等甲级。他闹得挺凶，趿着鞋一趟一趟朝连部跑。他说评不上三等甲级就不走了，枪毙也不走！一班长给他火上浇油：要残废干吗？评一等也别要，让部队赔脚，赔脚指头！

曾学说：对，赔我的脚指头！

一班长真不是玩意，我恨他恨得牙痒痒！

曾学也不是好东西，是个没脑子的货。据我知道，他那点伤能评残已经便宜他了。当兵是来干吗的？准备牺牲是说着玩的么？不就是掉了半块脚指甲吗？赔我的脚指头，这话他也说得出口！他还有脸闹。还有脸穿着那身军装！我真不想伺候他！

可是他从连部回来时，我还是把热毛巾递给他。我请他擦把热水脸。我弹掉了他背上的几片雪花。

他有点被我感动了，不好意思地对我笑。

他还知道不好意思，真不错。

我得好好琢磨琢磨他。

还有一个“重点人”是二班的一个城市兵，叫王雪林，邯郸人。看样子比我还年轻，但他已经当了三年兵。他因为和人打架，档案里有处分。他想让连里把处分拿掉，连里不同意。复员的老兵中，有处分的不止他一个，赵德刚想帮他也帮不了。去掉他的处分，其他的也得去。连里不敢。再说，把处分都去掉了，留下来的兵今后谁还怕处分呢？

王雪林准备破罐子破摔了。

他说：一个处分我背着，两个处分我挑着，给三个我抱着！去他娘的，我再弄一个吧！

他在老兵班里说这话时，一班长死沉沉的眼里一下就活了，好像受到了很大的鼓舞，兴奋地接过话嚷着：王雪林，你小子有种！你准备怎么干？我陪着你，老子也弄他个处分背一背！

王雪林说：咱俩不一码事，别掺合。

一班长说：妈的，还没干你就草鸡了！

王雪林看着一班长。所有的老兵都看王雪林。我也看他。我看他叼着烟的嘴，看他弯着的眼睛里含满了瞧不起一班长的意思。他把烟从嘴里取下来，慢慢悠悠地说话。一班长小看了王雪林，他可能怎么也没想到王雪林会说出那样的话来。

王雪林说：我他妈最看不起你这种人，不就是没当上官么？没让你当官真对了。看你这副德性！当班长时你怎么教育的你的兵？想想自己红口白牙说的那些革命大道理，你不害臊么？为个小排长没当上也值得这么闹，真他妈丢人！让你这种人当官，咱革命军队非他妈垮不可！

王雪林那张嘴，像刀子一样扎到了一班长要命的地方。一班长受不住了，像弹簧一样从床上弹起来，边骂边找家伙。他摸到了带铁环的武装带，气势汹汹地朝王雪林走过去。老安扑上去想拉他，被他一拐撞倒了。其他的老兵嘴上拦，人却不动，有点想看场好戏的意思。

我不知道该不该冲上去。

我估计一班长不是王雪林的对手。

我听到王雪林在笑，看到他提起了马扎。我紧盯着一班长，他再走两步就该抡皮带了。我听到王雪林说：妈的，想要处分还真来了！

一班长站住了，不走了。

他说：那好，老子偏不成全你！

他说得很有劲，但谁都看出他是草鸡了。

其实，他再走一步我就会赶上去拦住他。我不会让他挨揍的。可他自己草鸡了。我看不起一班长。

我把他看穿了。他咋咋唬唬要摸枪，是虚张声势呢。他是看准了没人敢把枪给他。想做点事，厨房里有菜刀，煤堆上有铁锹，半夜起来点把火能把一个连的营房都烧了！他不敢，没这个胆量！真把枪给他，他也就是摸摸吧。我料他也做不出什么惊天动地的事情来！

我没把这想法告诉赵德刚。

我把这当着个秘密装在心里了。

我只对他说班长你放心！

说完我回头就跑了。

我知道他放不了心！我可是越来越放心了。我是说一班长。他是个草鸡，我不再担心他。倒是王雪林有点不好办，让我捏把汗。果然，我一回到班里，就觉得有些不对头。刚才虽然气势上他赢了，但一班长骂他是草鸡还是激将了他，他要做给输了的一班长看看！他要行动了！我进去时，他正在把他的计划说给老兵们听，像在征求别人的意见。

他说：我本来想把做饭的大锅给砸了，但大锅一砸全连的兄弟都得饿肚子。兄弟们没惹我，我不能临走对不起兄弟们，锅不能砸。

老兵们都表示赞同地点头。

他又说：我还想明天吃饭的时候在饭桶里撒泡尿，明人不做暗事，当着干部们和全连兄弟们撒。事不大，刚够个处分吧，谁也不敢把鸡巴给我割了。可细想想也不妥，糟踏粮食，天打五雷轰！

老兵们又表示赞同地点头。

他接着说：我想好了，我就在做饭的大锅里洗个澡！

说完他轻松地笑了。

其他人也跟着笑。

一个老兵咂嘴说：你小子别太缺德。

老安说：王雪林你何必呢！这么闹有什么好处？真有两个处分你回家连工作也找不上。

赵德刚交待不让他在老兵班多嘴，可一遇到事他还是忍不住。刚才一班长把他拐倒在地上，他连鼻子都磕破了。他是真为赵德刚担心。但王雪林根本没把老安当回事，连看也不看他。

王雪林对我说：新兵，烧水去。

我没想到他说干就要干。我坐在那儿没动。

他说：怎么，赵德刚不让你伺候我？

我说：炊事班门锁了，明天我早点烧。

他说：我今天身上痒，就想现在洗。

老安说：你这不是难为他么，让他也挨处分？

我可怜巴巴地看着王雪林，想感动他。

他说：你放心，责任我一个人来担。

他又说：你去要钥匙开门，我自己去烧！

我不敢不去了。老安真是个好人，他要帮我。他说：王雪林，我去给你烧，要欺负你欺负我，欺负新兵算什么好汉！好好的兵挨个处分，他这兵还怎么当？

老安真跟我一块出来了。我又感动又着急，我在门外悄悄对他说了几句话，硬把他推回屋里了。我告诉他，我去报告赵班长，他一听放心了。我在排部门口站了一会儿，犹豫着没敢惊动赵德刚，他一出面矛盾就激化了，我恐怕在老兵班也很难再呆下去。而且王雪林铁了心要干，这件事干不成恐怕他还会干出更邪乎的事情来。我更不敢报告给连里，连里一知道恐怕事情就闹大了。我想到了把刘社会、孙国庆他们叫出来，让他们在炊事班干点什么事，这样我就有借口了。可我又怕王雪林看穿了这把戏反而更糟糕。转了一圈我赶紧回到了班里，我怕王雪林着急了去砸炊事班的门。

我说：王班长，我把锅洗洗，烧好水我叫你。

他说：洗干净点，不着急！

我把王光找来了。王光被抽到连部帮助文书整理老兵档案，填写复员表和给老兵写鉴定。他和文书都还没睡。连长和指导员也没睡，和几个干部不知在商量什么事，一个个都愁眉不展心事重重的神态。我把王光叫到外边，把情况给他说了，他第一个反应就是让我赶快报告。我只好给他露了底，说了我不能报告的理由。王光想一想，他说：这样吧，你告诉他我整档案的时候，偷偷把他的处分卡片抽出来。

说：真能抽？

王光摇摇头，说：先稳住他。

我说：纸包不住火，知道我骗他可不得了。

王光说：要不，我就豁上了，真给他抽出来，没准能糊弄过去。

这个险我不能让王光冒，不能把他给害了。我让王光回连部去，我自己再想办法。实在不行，我只好向赵德刚报告了，看他有没有高招儿。王光干替我着急，气得骂开了王雪林。他说这王八蛋，想取处分他不会好好干么？临死还要拉个垫背的，操他妈！我说好好干恐怕也取不出来了。王光说那看他怎么干！取不出来搞个嘉奖也行么，连里正在商量要给表现好的老兵嘉奖呢！

我一听这话，心尖直打颤。

我说：你怎么不早说呢。

我一个人在操场上转悠，把什么都琢磨好之后，把王雪林叫出来，他真把他的毛巾带上了。一出门我抓住他的胳膊就往营房后面的戈壁滩上走。他被我神神秘秘的样子搞糊涂了。我说你快跟我来，我有重要事告诉你！拐过厕所的墙角，从围墙的豁口爬过去，我站住了。

他说：你他妈搞什么鬼，小心我揍你。

我说：你是不是想取处分？

他说：这关你屁事！

我把一切都告诉了他。我说了王光是我的好朋友，想豁出去偷偷把档案里的处分卡片给他取出来。但我告诉他我不能害王光，把王光的前程给毁了。从他骂一班长的那几句话里，我就琢磨出他不是个糊涂人。他是个直脾气，捣蛋也明着捣。他的疙瘩在那个处分上。我把王光的话加了一点，告诉他连里准备给表现好的老兵嘉奖的同时，有处分的取处分！

最后我问他：班长，你还洗不洗澡？

他说：干好了真能取处分？这消息可靠？

我说：那看你怎么干了！

他说：操，怎么干都行！

他叹口气又说：妈的，凭你那个老乡的仗义，凭你这份心，我豁上了，干！处分取了是我的运气，取不了拉鸡巴倒！

他这么说我就放心了。也有信心了。我是觉得他要拼命干一场没准真把处分能取掉。我和他朝回走的时候，我们身上落满了雪花。王雪林是个心情开朗的人，他在雪夜里吹起了口哨。

我忘不了他的口哨。

我忘不了王雪林这个人。

我常想，他要不是一到部队就背上个处分，一定是个极出色的士兵。他给了我很大的启发，我扇过战士的耳光，但我从不草率地处分一个兵。打一次架，和领导顶几句嘴，偶尔做错了一点事，在年轻人算得了什么呢？可一个处分有可能改变一个人一生的命运。

最后那十几天，王雪林是真豁上了。他把连队能做的好事做尽了，做绝了。我不让他说话，什么也别说。我让王光替他说，请赵德刚替他说。我只告诉赵德刚王雪林想去掉处分。就这么一句话，他什么都明白了。王雪林几乎天天出现在墙报的头版头条上，王光成了他的专职报道员。我请示赵德刚要不要把王雪林的事迹捅到营里、团员甚至师的广播站去。赵德刚说不用！沉住气，你们也沉住气！他果断而胸有成竹。他已经看出王雪林背后的我和王光了。他又拍了拍我的肩膀。他比我们想得深，他是怕我们把王雪林的意图暴露了！我和王光心领神会，立即调整了表扬王雪林时的调子，使劲强调他为连队建设着想，强调一个老兵对部队恋恋不舍的感情。王雪林真是聪明极了，他配合我们配合得天衣无缝，他不再做那些扫地、帮厨、掏厕所之类的鸡毛蒜皮的好事。他做的好事连我都没想到！他把那么大一个军事训练场修整得井井有条，他把几个大沙坑里冻得梆梆硬的沙挖出来捣碎，用细筛子筛过，把石子、硬土块、玻璃碴都挑出来。他那么做时心细得像个慈祥的母亲，好像生怕那些东西扎着他的孩子们。他把厨房后面那堆小山似的碎煤面又重新筛过一遍。那些煤面都是烧剩的，堆了好多年，从来没人想过还要去筛它。王雪林想到了！他竟然把它们筛完了，重新筛出了好大一堆拳头大、鸡蛋大、拇指大小的煤块。全连的火墙都烧上了王雪林筛出来的煤。

王雪林什么也不说，他像个哑巴。

他把处分的事好像忘得干干净净了。

他全身都是煤灰。

他的绒衣、衬衣每天都汗湿一遍。

他的棉衣每天都被雪水湿透。

我每天晚上给他洗，给他烤。

他在连队干部们面前老实憨厚的样子就像个新兵。但比新兵多了点羞愧的神色，让人产生同情和难受，让人觉得对不起这个老兵。他干得比我想像得要漂亮多了。他尽干能说得上口的大事情。他完全变了一个人，变得都有点出乎我的意料。连事情的本来意思也变了。

他对我说：算了，我不在乎那个处分！

我以为他干烦了干累了，要半途而废。

他说：我吊儿郎当了好几年，把谁也不放在眼里。现在想想，人家谁把我放在眼里了？也没有！连正眼都不看我，以为我天生就是个吊儿郎当的人。就这几天才觉得干出点当兵的意思了。老兵、新兵、连我以前骂他们是王八蛋的那些当官的，看我的眼神都变暖了。妈的，没人这么看得起我，尊重过我！

他的样子像有点要流泪了。我不敢看他，我觉得我对不住他。就是那天夜里，他把我们那个有几间房子大的厕所内的墙皮全刮了。他边刮边笑，指着墙皮上的一个东西对我说，那是他画的。他一锹就把那个东西铲掉了！别人画的东西，还有别人的诗也被他铲掉了。他把那些艺术品全毁了！然后他和好泥巴开始抹上新的墙皮。他蹲在厕所里，就着一只很小的灯泡抹得认真极了。我要帮他，被他轰出来了。他说：去去！你在部队的日子还长呢，有你干的！别在里边撒，别熏我，快滚蛋！

他干了整整一夜。

他连别人上厕所都没耽误。

有一天。老兵离队前的头两天吧，雪下得很大。刚吃过早饭，赵德刚把我叫去了，他告诉我上午营、团首长要来看望老兵。他没有交待更多的话，但我懂他的意思了。我赶忙回到班里。王雪林坐在火墙根修理他的大头鞋，轻飘飘地吹着口哨。我把他叫到了门外，大雪一会就把我们染白了。

我说：快，快找点活干去！

他说：干吗？

我说：一会营团首长要来看老兵。

他明白了，他的脸有点红。

他说：操，没什么意思。

我有点急了。我说：你这是何必呢？你已经干了这么多。就算你不在乎，可有个处分，这一辈子你别想翻身，能去干吗不去掉？别傻蛋了！别假清高！错过这个机会，你会后悔一辈子！

他还不动。眼睛上沾着几片雪，一眨一眨地动着，不知在看什么想什么，很入迷的样子里我看出了一点倔犟。

我说：王班长求求你！只当那天晚上跳进饭锅里洗了一澡！行么？

他看了我半天，好像被我求得不好意思，咬咬牙走了。他去了那天晚上我和他一起翻出去的那个围墙豁口。那个豁口总被堵又总被扒。天寒地冻的，我想不出他怎么个补法。我看到他到处去捡砖头，一块块朝那个豁口上卡，然后在炊事班的大锅里挑了热水又去和泥巴。

他真聪明。他像是想也没想就这么做了。

他一下就想到了那个豁口。

营团首长来了，一个老兵班一个老兵班地看。在我们那个老兵班，首长们一下看到了我那床不同于其他颜色的新被子，他们以为是有新兵要复员。连首长马上做了报告，他们这才知道赵德刚专门派了一个新兵为老兵们服务。这方法不错！一个首长脱口就说，很实在！除了一班长之外，其他老兵都说好，一件件一桩桩把我做的事全数遍了。我把他们都感动了。他们一生恐怕再也享受不到我那样的服务了。老安那张破嘴总算在关键时候终于帮了赵德刚一回。他在一个最好的时机、最适当的地方说了一句最恰如其分的话。

他说：其他老兵班羡慕死我们了。

他又说：我们这段时间像坐月子一样，舒服死了！

这句话，把首长们都惹笑了。

一个首长说：看来这是个成功的经验，很值得推广！

我想看看赵德刚。但我没看他。

我听到他在着急，好像很着急。他一个一个地在问老兵们什么，嘀嘀咕咕，他的样子把首长的注意力吸引了。他好像做错了什么事，显得有些尴尬。他这时候才告诉首长们缺了一个老兵。他把我从墙角喊过来。他皱着眉头问：王雪林呢？他干吗去了？

我说：他疯了！这么大的雪，他疯了！

我哭丧着脸，边说边朝外走。

我把他们都领到了那个豁口处。

离那个豁口还有几丈远，首长们都站住了。

他们以为那真是个疯子吧？不敢朝前走了。看不清脸。王雪林像穿了一身白衣服。在纷飞的大雪中他舞锹的动作有点像木偶。他干得很从容，甚至有点懒洋洋，一锹一锹把和好的泥巴朝卡好的砖块上摔。然后拍平它。然后再摔！然后再拍！他一点也不像做给人看的。他是真没发现有那么多人在看他。发现了，他就不会吹口哨了，还吹得那么忧伤。

那功夫，连长和指导员把王雪林做过的几件大事一件一件都数落出来了。看看差不多是火候了，我去叫王雪林，我夺下他的锹，指了指首长们。他抹掉脸上的雪，在雪雾里弯着腰手搭凉棚朝首长们看了看。我推着他走过来。

我忘了首长们当时说过什么了。

我只记得王雪林突然说了一句不该说的话。

他说：首长，我最后有个要求！

坏了。我以为他要提那个处分。

他让我和赵德刚都虚惊了一场。

他说出了一句我们都没想到的话。

他说：首长，我想要一副领章帽徽！

说完他的眼泪就刷刷地滚下来。

那个打头的首长点了点头。后来我才知道那是我们九团的团长。

团长说：我批！我批给你一副新的！

后来的事我不清楚。我留下来和王雪林一起干完了剩下的活。我不知道赵德刚他们是怎么和首长说的。后来我听说团长那天也流了泪，还听说他训了连长和指导员，训他们不会带兵！不配带兵！我是听王光说的。他说团长站在连部里拍桌子。

团长说：犯人都能减刑，战士的处分为什么不能取！现在就给我取！把那张破纸给我撕了！

曾学的事没让我费这么多心思。他掉那块脚指甲，能给他评个三等丙残已经便宜了他。他想闹个三等甲，想每月多领几块钱。他也没想想，他那块脚指甲值那么多钱么？我上过战场。我打过仗。我看过的那些残废才真叫残废！我看到过一个残废胳膊腿全没了，连点肉桩都没了！圆乎乎的就剩了肉球。

那样的算特等残废。

丢掉一只胳膊加一只腿算一等。

只丢掉一只胳膊或者一只腿算二等。

三等的要丢一只手或者一只脚。

丢眼睛丢耳朵也是一样。分单双。

是几等你自己算吧。

残就是没用了。可曾学那只脚什么不能干？他什么也不影响！他是个没脑筋的货，他被一班长利用了，瞎起哄。但没多久他就老实下来，再不趿着鞋一拐一拐地朝连部跑了。

那时候残废军人是要安排工作的。农村的也安排。了解到这一点对我很重要。我把曾学伺候得很好，估计他从没享受过被别人伺候的滋味，我一给他倒洗脚水，一给他递热毛巾，他就手忙脚乱了。

他说：你真老实，你真是个好兵！

他连说人的好话都不会。

他一点也没想到我在琢磨他。

到老兵班的第三天，我已经琢磨到怎么让他老实了。那天下午，老兵们有组织地去打扫卫生，他是残废，可以不参加劳动。但他闲不住。我记不清是在给谁洗被子，他端个马扎坐在我跟前，我搓起的肥皂沫都溅到他脚上了，他连让也不让，唠唠叨叨跟我说话。

你知道他都跟我说些什么么？

他尽教我训练和劳动时如何偷懒的招数！

他把这些招数当做对我伺候他的回报了。

他说：不是看你老实，我才不教你。

我傻乎乎地对他笑。

他正得意的时候我给了他一家伙。

我说：你真傻。

他一下愣住了。我不看他，呼哧呼哧搓衣服。他呼哧呼哧牛出气。他生气了，可能是嫌我不识好歹吧。

我说：你要那么高的残废干什么呢？

他说：你懂个屁！

我说：我当然懂。连队本来可以帮你找上面，通融通融给你往高处评，但他们不愿找，他们是为你好，可你还跟他们闹。

他说：妈的，这是为我好？

我说：连赵班长也不让连里帮你找。

他说：这王八蛋，我看错他了。

我说：你怎么骂他呢？他是为你好！

他说：原来是他捣的鬼！

我觉得铺垫得差不多了，不再跟他啰啰嗦嗦绕圈子。他脑子已经乱了套，恨

赵德刚恨得咬牙切齿的。是时候了。

我说：残废等级低，能给你安排个好工作，干好了没准还能当个小干部。评高了，又没谁脱了鞋看你的脚，真以为你有多大的残废呢，能把好工作、把关键的工作给你么？人家能让一个重残废的人去当干部么？

他一下傻了。就像我料想的那样傻呆呆的，连眼睛都直了。其实这么简单的道理他自己应该想到的，他鬼迷心窍，为那几块钱昏头了。赵德刚和连长指导员们也昏头了，赵德刚刚上任一定是乱了阵脚，他只顾想怎么不出事，怎么对付一班长去了。连长和指导员呢？他们根本没把曾学当成一回事情吧，要不就是有很多大事把他们缠糊涂了。

我只能这么想。

曾学转过了神，抓住了我搓被子的手。

他说：这些话谁告诉的你？

我说：没谁告诉我，我偷听到的！在排部门口偷听到赵班长跟连里干部们在说你。骂你是个糊涂蛋！傻蛋！

他一点也不怀疑我，他只是有点不明白。

他说：赵德刚为什么不跟我说呢？

我说：他们都懒得理你吧！

他愣了半天，叹口气，一下一下拍自己的那颗笨脑袋，自言自语说：操，我是糊涂，差点坏大事了。妈的，都是他挑拨的，真不是个玩意儿！我就是糊涂。还好，多亏你跟我说，要不真坏事了！

我知道他说的他是指一班长。

那天，老兵们劳动完一回来，我就跑到排部找赵德刚。我怕曾学跑到我前头了。我没有跟赵德刚细说，我慌慌张张地告诉他，要是曾学找他，他什么也别说，劈头盖脸地骂就行！让连长指导员也骂！

赵德刚也没细问我为什么。

后来也没问。用不着问！

我没听到赵德刚骂曾学。但曾学从那天下午就老实了，一见到赵德刚就用一张讨好的笑脸伺候着，也再不趿着鞋一拐一拐地到连部去闹了。

他本来就不该闹。我对曾学撒了慌，可这么多年，我一直觉得这件事我没做错。 一班长到底也没做出惊天动地的事情来。我没看错，他是个草鸡，他什么也不敢做。但赵德刚和连首长不摸底细，一直提防着他把他当成重点中的重点了。一班长不愧做过班长，总算看出点门道来。那天晚上，王雪林拿着毛巾跟我出去后，他以为有一场戏要看。结果王雪林没在饭锅里洗澡，他空等了一场，什么也没看着。倒看到了王雪林一个浪子回头，为赵德刚挣回不少脸面。连曾学也突然不闹了，看他就像看敌人一样。他一下成了孤家寡人。我以为他蒙在鼓里，想不到他看出了名堂。他一直到临走的头天晚上还喊我“走狗”。

他说：走狗，赵德刚都喂你什么了？

我不理他。

他把所有的气都撒到我头上了。

我不在乎，还是那句话。我理解他。

我给他递热毛巾。我追着弹他身上的雪。他一把把我推个踉跄。他说：走狗！滚开！滚远点！老实地站在墙角。我理解他，我不跟他计较。我有点同情他。他完蛋了。可同情归同情，我还是看不起他。做不了干部还得做人么！那么老的兵，他把老兵的脸都丢尽了！欺负我一个新兵有意思么？有本事干出点惊天动地的事出来让大伙瞧瞧，问题是他没那个狠劲，他尽干些婆娘们才干的那种事。他嫌我倒的洗脚水太烫，一脚把水踢翻了。

他像不像个女人？

一盆水全扣在我脚上。

他说：走狗，连你也敢算计我！

我不理他。我用笤帚把水扫开，把扣在地上的脸盆拿起来擦干净，又兑了一盆热水重新端到他面前，请他洗他那双脚。他的脚伸进脸盆之前，我赶在他前面把手伸进去试了试水温。水不冷不热。正好！我看着他把脚片子放进盆里，他咧着嘴呻吟般叹了口气，我以为是烫着他或是凉着他了，我预备着他再踢一次。

我的鞋湿透了，里面全是水。

我站在他面前，等他洗完后给他倒水。

他烦我。他说：走狗，滚开！

我老老实实滚开了。我的湿鞋在地上踏出一溜儿水印儿。我站在墙角看我踏出的那行脚印看得入迷了。王雪林涨红了脸，眼睛瞪得像铃铛，有为我打抱不平的意思。他看着我，就等我一句话。我闭了一下眼睛，暗示他不要轻举妄动。那时候他已经把训练场修整过了，别为我前功尽弃。他很气馁，难过得不看我了。老安和我们班的那几个老兵也在看我。尽管赵德刚全交待过他们不要多事，但他们实在看不过去。老安的眼睛里含满了同情，委屈得受不住。我对他眨了眨眼睛，对另几个兄弟也眨了眨眼睛。我是告诉他们别为我委屈，还有感激他们的意思。我知道窗户外面也有人在看我。不是赵德刚，是他派出的游动哨。哨兵离窗户挺远，在暗处，把老兵班里发生的事情看得清清楚楚。我受的委屈他们都会一五一十报告给赵德刚。我不操心。我要做的就是把老兵们都伺候好。受点气是意料之中的。

我一点也不委屈！

一班长一洗完脚，我马上就凑过去。他把脚搭在盆沿上，慢慢控水。我弯着腰等在那儿伺候着。我不急，我想看看他到底控多长时间。他熬不过我。他把湿淋淋的脚片提起来摆了摆，水珠飞到我脸上。我连擦都不擦，端起洗脚水一溜烟跑到外边倒掉了。

然后我给他洗袜子。

他一边剪脚指甲一边盯着我。

我洗得很干净。翻过来又搓。

他休想找到什么借口！

他坐到床上抠他的脚丫子去了。他的脚有脚气，抠完了喜欢在脚丫子里抹上点牙膏，杀菌消毒。我把牙膏放到他旁边，把他的袜子晾起来。我默默地伺候他，不说话，也不看他。其他的老兵们互相说着什么，好像讲了黄段子，都开怀地笑，互相递烟，抽得云天雾罩。抠脚丫子的一班长受到冷落了，显得又孤单又尴尬。当惯班长的人受不了这个，他心里不是滋味。他一着急竟然嚷起来。他说：吵什么？吵什么！滚到外边吵去！

老兵们愣了一下哄堂大笑。

我也笑起来了。

一班长满脸通红。

他忘了，他以为自己还是班长。的确太有点尴尬，我看了都有点架不住，他脸上像泼了血，连眼睛都红了。我知道要坏事。别人笑可以，我不该笑！我真想抽自己的嘴巴。我想躲到外边去。没躲掉，被他叫住了。

他说：王八蛋，你笑什么？

他说：走狗，你也配笑我？

我不理他，让他骂。

他说：老子当兵时你他妈还穿开裆裤！

他说：老子好歹当过好几年班长！

他说：班长，班长你当过吗？妈的瘦死的骆驼比马大！

他说：有本事你当一天班长我看看！

他说：王八蛋，你也配笑我！

他是在指桑骂槐。

他骂累了。没人理他，骂得没意思了。

他盼着有人给他垫个话儿。只要有人说一声算了，或者随便说一声什么，他肯定要就坡下驴了。可是没人给他垫话儿，都不理他。他在驴背上下不来。

他只好继续骂。

他说：走狗，你算个屌！

他说：赵德刚算个屌！！

他说：他还要跟我谈，他配么？

他说：走狗，你去告诉他，我骂他了！

他说：他能把我的蛋啃了！

他说：连长算个屌！！

他说：指导员算个屌！！

他说：老子要摸枪，他们连个屁都不敢放！

他说：他们那点屌！水平真他妈臭！

他说：他们都不是玩意儿！

他说：他们都是一群王八蛋！

他说：你说说，他们是不是王八蛋？

我不说。我看他到底怎么从驴背上下来。

他快黔驴技穷了。

他是头疯驴，他要踢我了。

他说：走狗，你过来！

我朝他走过去，低着头不看他。不敢看，害怕看到他一脸的疯相。我替他难过。他像个泼妇，连点男人味都没有了，让人恶心。

他说：你刚才笑什么？

我不回答他。

他说：你以为我不敢收拾你么？

他说：你把老子的脚烫坏了。

我不理他不行了。他实在找不到什么话再说，在我这个新兵面前开始不要脸了。那么好吧，我给他垫个话儿，让他踩在我身上从驴背上下来。我是可怜他。他满嘴都是唾沫，抠在脚丫子上的手乱颤，我害怕他真疯了。

我说：班长，我不小心烫着你，对不起。

我以为他会就此罢休。他不。

他说：对不起？对不起就行了！

这头蠢驴，真不识好歹，不识抬举，给脸不要脸！他以为他是谁？他也不想想我为什么这么伺候他？他凭什么这么对待我！操！我是来当兵的，我怕他个屌！！

用他的话说，他能把我的球啃了！他也太过分，这怪不了我。

我说：那你想怎么办？

他说：走狗，用你的嘴把它舔舔！

他用手指了指自己的脚。他是料定我不会那么做，他可能想到了我会骂他，那样他就有理由可以动手揍我了。他可能还想到了我会跑，跑去喊赵德刚来。他得意地看着我，好像在等我做出选择。我在他眼睛里看到了噼里啪啦燃烧的仇恨。我知道他不是恨我。他就像一个已经打开盖的手榴弹，他要让我来替他拉弦！他小看我了！我不骂他，也不跑。老安咋咋唬唬要过来拉我，我一摆手把他推开了。王雪林让我给他倒杯水。我懂他的意思，我对他笑了笑。我在一班长的铺前蹲下来，我的脸快挨到了他的脚上，我平静极了。

我说：班长，舔脚背还是舔脚心？

他大概是没有料到。谁也没料到吧。

屋里人都像傻瓜一样看着我。

都像死了，一点声音也没有。

我有点不耐烦了。我说：班长，快点！把你的脚再伸过来一点！

他不动。我动。我朝前爬了一点，我打算舔他的脚背！我把嘴朝他的脚凑过去。我已经看清了他脚背上一条一条的青筋。还有个黑桃大的疤。紫色的，像一块很老的铜钱。你怎么也想不到他的样子。他像见到了鬼一样，呼一下就把脚抽跑了，吓得浑身哆嗦。这个草鸡！他怕什么呢？害怕我咬他的脚么？他也不骂人了，趔着身子躲我，一声挨一声喊着：走开，走开，走远点！

我站起来看了他一会。

他的样子让我又恶心又难过。

再怎么理解怎么同情也挡不住我的恶心。

那天夜里，我听到了他的哭声。他捂着被子的哭声就像一头伤心的快要死去的狼一样。

很大的一夜雪，第二天早晨他很晚才起来，错过了早饭。屋外的操场里热闹极了。一夜的新雪洁白如银，雪停了，新兵们要扫雪被老兵们拦住了。老兵们吵吵嚷嚷快活得像一群孩子，要扑雪人。连长下令不让扫雪，不让踩坏了雪。

把老兵们集合起来，让一个一个挨着扑。结果老兵们脸贴在雪地上都不起来了。五六十个老兵趴满了操场，像一床白底黄花的大被子盖在操场上。有的趴在那儿哭，有的趴在那儿笑。连长的眼圈红红的，指导员的嗓子破了，不敢说话。文书赶写了一首七律，题目叫："在西部当兵"。王光填了一首"满江红"，他们站在那儿朗诵的时候，爬在地上的老兵就像睡着了。

一班长一直站在窗前看。他的眼睛还红肿着，没了凶气的眼神显得空荡荡的。我在门洞口的炉子上给他烤馒头。烤好一个拿进去一个。我在馒头里夹了咸菜条和红豆腐。我把头天晚上的事忘掉了。我把馒头端给他时，无意间看到了他眼里的泪水。他没接馒头，很轻地嘀咕了半句我没听清的话，掉头离开了窗户，回到他的铺上蒙头又睡了。

他这一睡倒让我有点害怕。说不清怕什么。我想不出一个当了七年兵、揣着一个希望拼命了七年、到头来希望突然破灭的人会干出什么事情来。

吃晚饭的时候，一班长起来了。老兵班的饭打回来吃。因为要给老兵们加菜，怕放在一块吃都不舒服，所以分开。一班长饿坏了，吃了八个包子，两碗稀饭。别人吃饭时说说笑笑，很从容。他不说也不笑，吃得很快，狼吞虎咽。好像是吃给别人看的，要成心让说笑的人不舒服。我以为哭了一夜他想开了，心里的疙瘩让自己的泪水泡软了，化掉了。他看别人扑雪人流眼泪时我就这么想。谁知蒙头睡了一天，他心里的疙瘩又长了出来。越长越大，越长越硬了。

他说：走狗，晚上陪我出去散步！

他的话很硬，死板板的。然后自己倒一盆热水，站在窗前刮胡子。我进进出出收拾饭盆，他嫌我慢了，让我快点。还让我多穿点衣服。他这么一关心又让我害怕了。我不想去，可又不能不去。他刮净了自己的胡子，他想干什么？他想去死么？临死还要拉我给他垫背么？可他恨的不是我。他恨连长指导员，恨司务长，恨赵德刚。真想拉个垫背的，他该找他们才对。他应该收拾他们和他自己。我有点清楚了，他还是在做给别人看！他想吓唬吓唬赵德刚和连队的干部们。真想去死，用不着这么张扬。我想起头天晚上他那副狼狈的样子。他不会去死。他晚上吃了八个包子！

他说：你不去请个假么？

他说：我要到湖边去，说不准什么时候回来！

我说：我怎么说?

他说：随你怎么说都行!

他摸着他光溜溜的下巴，眸子里凶巴巴的样子。我去了排部。老安在，估计他已经把一班长刮胡子要散步的事说了。赵德刚有点紧张，可他没法不让老兵散步。他一遍遍嘱咐我：小心点，千万别出事。我还是那句话。

我说：班长，你放心!

我在赵德刚的眼睛里看到了一种格外柔和的光芒。不是慈祥。是一种我说不清的东西。他连拍我的肩膀也省略了，我和他之间已经用不着任何多余的东西。我从排部出来时，一班长已经在操场里等我。

他说：赵德刚都说什么了?

我说：什么都没说，跟你出去他敢不让么?

他有点得意，但更多的是失望。

天黑了。地上的雪很厚，很硬。无所谓路，哪儿都能走。我跟着他，像两个野鬼在茫茫雪地里游荡。我注意观察，他什么也没带，赤手空拳。他走走停停，坐在雪地上抽烟。差不多快吹熄灯号的时候，我们来到了湖边。我冷得跺脚。我跺脚是为了干一件事情。我抠了一块雪疙瘩使劲朝湖里扔去，扔得很高，落下来后噗地一声破了。很响。我放心了，湖里的冰很厚，一头栽进湖里的事他做不成！他在一棵卧倒的胡杨树上坐下了，恶狠狠地抽烟。烟头闪亮的一眨间，我看到他的脸都抽歪了。我真想问问他这么折腾还有什么意义！体体面面地走不好么？可是一看到他那张歪曲的脸，我不想理他了。我下决心不跟他说话。愿干什么他自己干去。他玩的那些女人的招数吓不住我。我把他弄透了。我要舔他的脚就把他吓成那样，他敢干什么呢？半夜三更坐在这抽烟算什么？想惊动连里全连出动，打着手电鸣着枪来找他么？他休想！我对赵德刚保证过让他放心。赵德刚信任我！我就是一夜不回去，赵德刚也不会报告给连里。其实以赵德刚的眼光，也早看出他是个草鸡了。只不过赵德刚太小心谨慎，他得万无一失！

一班长终于说话了。我不想理他。但我想听他说。听他说什么。一个有七年军龄的老兵，一个当过几年班长，做了几年预提苗子的老兵，每一句话对我可能都是财富。我冻得不行，没事可做，我只能这么想了。我竖起耳朵听他说什么。

我想他能跟我说说心里话。再大的委屈只要倒出来，心就坦然畅快了。我也想跟他说说，说说我的三个哥哥。

他说：走狗，你真是个走狗！

这话可不是财富。

我想错了，白下了决心。他根本不需要我理他。他嘟嘟囔囔，自言自语。他说：走狗！都是走狗！全他妈的是走狗！司务长，赵德刚，他们凭什么？我哪儿比他们差！我不服！我不甘心！我想再等一年，我还有希望！他们太狠了，这点机会都不给我！说我岁数大了！我大么？我老了么！我才刚二十六！一辈子才过了一半还不到！凭什么就大了！部队那么多干部，凭什么就不能多我一个！我巴死巴活干了七年，容易么？铁打的营盘流水的兵，为什么不流别人？不流司务长，不流赵德刚，为什么偏要流我！我比他们大，比他们老，为什么不先解决我！操他妈！操他祖宗！为什么不早告诉我提不了干？早告诉我我早走了！好好玩几年！舒服几年！快活几年！我早结婚孩子都有了！一直吊我的胃口，吊到现在我连媳妇都没有！我一直等，等到提干后找个好老婆、漂亮老婆，找当官的女儿、找城市的姑娘，给我的儿子找个好妈！他们把我的计划全打乱了，把我毁了。我现在找谁去？二十六岁的光棍儿你让我回去怎么办？我只有找秃子、瞎子、麻子。找残废。找二婚头寡妇。找破烂货！好女人都被别人挑走了，全他妈是剩下的了！好女人谁还跟我？他们把我毁了，我也要毁他们！我要让他们不得快活！不得舒服！这湖里要不结冰他们试试！我一头栽进去！我死了他们都跑不了，他们得坐牢、挨处份，把官给他们撸了！妈的，为什么湖里要结冰！为什么！为什么不是夏天！走狗，你这赵德刚的走狗！你问他给我要枪，要子弹！要不出来你给我偷！晚上你就把枪给我弄出来！我要收拾他们！弄不出来枪，我收拾你！走狗，你听到没有，你得给我弄支枪！

你听听他这话，这就是窝囊废说的话！他还有脸跟赵德刚比。他还想做干部，他配做一个带兵的人么？他连男人都不配做！他竟然怪湖里结冰。竟然让我去给他偷枪，他想得多好！我有胆量给他弄枪，他有胆量用么？真是白跟他挨冻了，连句有用的话都没听着！我本来不想理他，可是他要让我偷枪。我不能不理他了。我不劝他。他就是要让我劝他吧！我根本没有告诉赵德刚的打算。告诉赵德刚，我就上他的当了。他就是想闹个鸡飞狗跳，想吓住干部们，让人给他做工作、说好话，然后再把他留下来吧！他打错了算盘！部队不吃他这一套，连我都不吃他这一套！部队留下他这样的人有什么用？

我说：偷枪太麻烦。想弄死几个人还不容易么？用菜刀砍！用铁锹砍！用石头砸！怎么还弄不死人呢？咱们洞口不就有铁锹么！

我看不清他的脸，但我知道他垮了。

我又说：你真傻，干吗要淹死呢？死了还让鱼嘬，值得么？撞墙死！上吊死！何必要怪湖里结冰呢！

我一说完这话就听到了响声。

他从树身上出溜到了地上。

他真垮了，彻底垮了。

他呜呜地哭起来。

他爬在雪地上哭，一抖一拌地动。

我不理他，让他哭。让他哭够！

哭声在有雪的戈壁滩上飘了很远。

在结冰的湖面上像风声一样奇怪地响着。

不知道什么鸟被惊飞起来了。

哭吧！哭吧！谁离开部队都得哭一场！

醉卧疆场！

横尸疆场！

男人的泪洒在军营不丢人！

哭吧！哭个痛快！

我帮着他哭。

我的泪不知不觉流了出来。

他从雪地里踉踉跄跄爬了起来。

我扶着他，一起朝回走。

他说：走狗，我不甘心！

我不理他，我流我的泪。

他说：走狗，我还是不甘心！

我说：别说话，哭吧！

我流我的泪再也不理他了。

他哭空了，一滴眼泪也没有了。身子都哭软了，哆哆嗦嗦地靠在我的胳膊上往回走，两只脚在雪地里拖得很响。但他轻松了，把他压得透不过气来的那点东西好像随着眼泪都流走了。走到我们营房旁边的时候他终于来了点精神。他说：走狗，翻墙回吧？我说：行，咱翻墙！夜太深了，能听到兵们打在夜里的沉甸甸的呼噜声。我们没惊动哨兵，谁也没惊动，像两只猫爬过了两米多高的围墙。绕不远我们就可以从那个围墙的豁口钻进去。但我们没有。我们翻了围墙！他动作的敏捷让我开了一次眼界。他连助跑也没要，身子蹲一蹲，那么一跃就跳上去了，斜斜地骑在围墙上。然后一手搭在围墙上，一偏腿极轻盈地飘落下地，一点声音没有。我也很利索，但远不如他那么轻松，上墙下墙搞出了呼呼的响声。我看到他在黑暗中摇了摇头。穿过操场的时候他站住了。站了很久。我以为他也会扑一个雪印，或者从那些老兵的雪印上踏过去。踏乱他们！他没有，他什么也没做，领着我顺着操场边过去了。

另一个晚上，连队会餐。新兵老兵一块会。说是一个桌上一瓶白酒，但没人守规矩，不知从哪儿冒出来那么多酒。干部们敬老兵，新兵们敬老兵，老兵们自己互相敬。敬着敬着有人哧溜到桌子底下去了。一班长喝得很实在，很沉闷。有人敬，他仰脖就是一杯。没人敬他就干巴巴地坐在那儿。赵德刚跟他连干了三杯。第一杯，赵德刚说：老大，我先干为敬！这是班长们之间特有的叫法，一班长老大，二班长老二，以此类推。十二班长叫老么。炊事班长叫锅盖，勤杂班长叫杂毛，文书叫太监，卫生员叫膏药。赵德刚站在一班长面前，一直亮着杯底，等着。等了有五分钟。一班长一仰脖也亮了杯底。然后他提着瓶脖子倒了满满两杯，端一杯给赵德刚，端一杯给自己，先喝了。赵德刚跟着喝。第三杯是我给他们倒的。两人端着酒，对望了一阵，什么话不说，碰了碰，同时喝了。都喝得很猛，酒洒了，顺着两人的下巴流到脖子上。

两人的眼里都有了泪水。

我看不懂！实在是不懂！

他们把我闹糊涂了。

一班长没主动敬一个人。但那天他喝得真不少。班长们站了一溜儿来敬他，这是他们之间特殊的告别。每个班长都说了很多话，他说得很简单。好像对别人说的那些话没什么兴趣，就等着碰杯，就等着喝。我站在他旁边时刻准备倒下去扶住他。我耳朵里灌满了瓷器碰撞的声音，不断听到他喊出那个喝字来。

他说：老么，喝！

他说：锅盖，喝！

他说：杂毛，喝！

他说：太监，喝！

他说：膏药，喝！

他喝了那么多还没醉，还没喝够。回到班里他让我再去给他弄瓶酒来。他让我去找锅盖要酒。我没去，我去找赵德刚，我怕一班长喝出事了。赵德刚想了想说让他喝吧，他心里不痛快，就让他好好醉一次。赵德刚从他的宝贝箱子里提出了一瓶茅台。

那时候茅台很便宜。

我记得三块多钱一瓶吧！

那瓶茅台让我和一班长喝了。我喝了一多半。一班长一杯又一杯灌我。他说走狗，喝！我不敢不喝。杯是手榴弹盖做的，能装三钱酒。喝一杯我数一杯。数到第二十杯时我糊涂了。我怕一班长出事，我想把那瓶酒全倒进我肚子里。我歪歪倒倒出去，跑到房后的雪地里，用指头在舌根上一按，像拧开关一样，肚里乱七八糟的东西就哇哇地全跑了出来。我吐一口，脊背使劲朝上拱一下，感觉心要从嗓眼里吐出来。心没出来，血出来了，我闻到了自己腥乎乎的血味。我把赵德刚的好酒糟踏了。我觉得自己快要死了。我跪在那捧了雪搓脸。我要让自己清醒。雪很硬，把我的脸蹭坏了。我还要喝，我脑子里还剩了那么一点点清楚的事情：我不能让一班长出事！

我浑身被雪打湿透了，醉成了一滩泥。

我看到了赵德刚，他想拦我。

我对他摆了摆手，让他回他的排部去。一班长也醉了，别去惹他。有我呢。一切有我！我回到班里又陪一班长喝了几杯。还陪着他笑，陪着他哭。后来的事记不清了。我看到老安他们把一班长像条死狗一样拖到铺上后，我一松劲，软了，一头栽倒在地上。

从此我落下了心口疼的毛病。

那瓶茅台差点要了我的命。

不要我的命就会要了一班长的命。

我帮着赵德刚度过了这一关。老兵们安安全全地走了。我还干了一件很绝的事。临走的头一天晚上，我拿了一个笔记本，挨个让老兵们给我留句话。我让他们自己写。你想想，他们能不写一句漂亮话，能不写一句心里话么？绝就绝在这儿！漂亮话一写，心里话一写，在我面前都变得像兄长一样了，谁还好意思把脸丢在我这个弟弟面前呢！说起来我和这些老兵也真有感情了。包括一班长在内，每一个人都让我留念。连我都没想到，我把老兵们都惹哭了。他们在我的小本子上留言时，为一句话想了又想，写得那么慎重，那么动情，抖着手，流着泪，好像他们就要告别这个世界了。

我发誓我要记住他们写下的每一句话！

我感谢他们。我为他们每一个人祝福！

我发誓一旦做官我要善待我的每一个兵！

他们走了。老兵班里空空荡荡。

我心里空空荡荡。

第四章

一九七四年三月，我当上了三班副班长，给邹志当副手。宣布命令的前几天，赵德刚到班里来转了一圈。他的排长任命已经正式下达了。但他谦虚，四个兜和皮鞋都不穿，依旧是一身老兵服装。团里的退伍工作总结时，他成了风光人物。他发明的老兵班住新兵的经验，已经上报到师和集团军，准备下一年在整个集团军推广。介绍经验时，赵德刚把连长和指导员捎代上了。他说那是连首长的主意，只是安排在一排做试点。他连提也没提我。他做得对，他要是把我为什么住进老兵班的底露出来，还能算经验么？那就一分钱也不值了！他连自己都不敢贪功。

他真是个聪明人。

他是全连最新的排长。

他是全连的排长中说话最有分量的一个。

他在全团的基层干部中是个响当当的角色了。

我呢？我是赵德刚最器重的一个兵。

邹志也是个聪明人。

他主动要求我给他做副手。

那天，赵德刚转到我们班里时，我们正在开班务会。他听了一会，不发言。自从当排长后，他就不干预邹志的工作了。有一个兵要探家。邹志征求他的意见。他说班里的事你做主吧。班里上报嘉奖人员，邹志又征求他的意见，他说你看着办吧。班务会结束时，邹志请他讲几句做指示。他烦了，他说我一个小排长指示个屁！但他马上就做了一个让全班都感到吃惊的指示。

他说：让许家忠搬到铺尾去住！

他说得轻松极了，随意极了。

好像随口打了个哈哈。打完他就走了。

只有我和邹志没感到意外。

但我嘎嘣儿一声拉灭灯的时候心还是跳了。

我像邹志过去一样说：都睡吧！

我听出我的声音变调了，打哆嗦。

我让别人睡，睡不着的是我自己。

我知道还有两个老兵睡不着。他们的呼吸很轻。过一会一个开始锉牙，一个开始打呼噜，但我知道他们没睡着。锉牙骗不了我，打呼噜也骗不过我，连他们在想什么也别想瞒过我。就是在赵德刚轻松地说出让我搬到铺尾的那一刻，他们两人的希望就破了吧？咔嚓咔嚓地破了，淌出血来了。

他们还有一条路：做骨干！

思想骨干！训练骨干！

这是和平时期对一个士兵最高的褒奖和最高荣誉了！

骨干是部队的血液。部队需要骨干。骨干是什么意思？骨干就是中坚！就是最硬的最重要部位的骨头！就这意思！能做骨干也不容易！

他们的地位不低！

这就是命运。是残酷。

人的一生谁都得碰上这俩字！

福山突然回来了。是一辆四处露风的吉普车送回来的。连队已经提前得到了通知。但我们不知道。我们以为福山是执行公务顺道回连里抖抖威风。那时候吉普车也少，我们全团才有一辆。团长的资格老，那辆吉普车是团长的，连政委也很少坐。福山一个人就坐一辆，比我们团政委还牛皮哄哄！福山坐回来的那辆吉普车，小尖头，车鼻子上鼓着曲里拐变的外国字，听老兵们说是苏联货，叫嘎斯六九。我们在电影上看过，好像只有军官才能坐。车停在连部门口，福山从车里钻出来时，刘社会老远就认出来了，又惊又喜地喊着福山就跑过去。福山远远地看了刘社会一眼，好像愣了一下但没理他。

福山进了连部，低着头，腰有些弯。

有一个军官跟在后边，有点像押犯人。

司机从车里扯出一卷行李噗地扔在了地上。

刘社会讨好地用衣袖擦擦车鼻子。

他说：我是黄福山的老乡。

司机说：是么？给我灌桶水去！

刘社会帮着司机给吉普车喂完水，福山出来了。福山比走时长高了，衣服很干净，脸也很干净。很干净的脸上一点表情也没有，眼神有点虚有点怯，躲着看他的人。刘社会从车头上跳下来很亲热地朝他扑过去时，福山趔趄一步躲开了，接着捡起地上的行李，拧着，进了炊事班。

行李一打一打地绊着他的腿。

司机叹口气，说了一句莫名其妙的话。

他说：挺老实的一个孩子可惜了。

我们这才知道福山被老军长赶回来了。我们都为他可惜。他糟踏了那么好的机会。听说福山回来，福田和福地都来了。他们俩的神气一下没了，蔫头蔫脑倒好像自己做了什么见不得人的事。过去他们不这样，几个老乡一凑到一块，他们俩总是指手划脚，嘴上老军长长老军长短，好像老军长是他们的爹一样。要不就说福山来电话了！福山向你们问好！到连里来找我们，当谁他们都说：我是福山的哥哥！现在他们不说了，连炊事班都不好意思去，让刘社会悄悄把福山叫到了戈壁滩上。

福田和福地在戈壁滩上等着。

福地问福山：你咋整的？你都干啥了？

福山低着头不说话，也不看我们。

刘社会说：你怎么把老军长惹翻了？

他又说：你是不是把人家姑娘给整了？

孙国庆说：你说么，不说我们都着急。

福山不说，一个字也不说。

福地说：早知你不成器还不如让我去！

福田什么也不问，伸手甩了福山一个很响的嘴巴。福山的头被扇得摆来摆去，样子可怜极了。福田又要踢他，被我一把推开了。

我说：算了，大伙都别问了。

我又对福山说：回来了也好，大伙在一块都有个照应。从头来，只当没去伺候老军长，我们不都没去么？不伺候他就干不出名堂么！福山，咱从头来！

听我这么一说，福山的眼泪掉下来。

福田说：哭！哭！你还有脸哭！

我说：福田你个王八蛋，滚，滚你妈的！

我把福山拉回了连队。

我琢磨福山没什么大错，真像刘社会说的要是把军长的姑娘整了，估计他也不会囫轮着回来了，老军长不一枪崩了他，部队也饶不了他。福山没那个胆！我们谁都没那个胆！大不了福山是没把老头伺候好。我就知道他把那个老头伺候不舒服。我一下就回想起老军长那副怪样子了，福山怎么对付得了他呢？

福山一直守口如瓶，在老军长家的事一个字也不提。在炊事班烧了几天火，福山要求去喂猪。他连炊事班也不住了。把猪圈装饲料的仓库一分为二，从中间用土坯垒道隔墙，粉刷干净后连床带铺一块搬了进去。几米远的地方就是猪圈，连猪喘气的声音他躺在床上也能听得清清楚楚。我找到赵德刚，想请他同意让福山还回到三班来。我这是第一次求赵德刚办事，他很给我面子，嗑巴没打一个就同意了。但福山不来。他要喂猪！他和那些猪较上劲了，狠喂它们，像要把它们撑死！他喂得很尽心，也很在行。他把猪洗得油光锃亮，用手当梳子给猪挠痒痒。把猪赶到有太阳的地方，挠几下痒猪卧倒了，他掀起猪腿，一个一个地逮猪身上的虱子。猪卧在太阳底下都不想起来了，舒服得直哼哼，舒服得要死了。

福山伺候不好老军长。

他只会伺候猪。

除了喂猪，福山就埋头学习。一共五本书，毛选四卷和一本雷锋的故事。那是老军长给他的。书上有老军长的名字，还有老军长用红铅笔划出的波浪线，最显眼的是老军长写在扉页上的话。那时候很流行的一句话，现在听起来可能有点别扭。

你这个年龄的人应该不陌生。

不是。不是这句话。

也不是。和阶段斗争不沾边。

估计福山的错还没这么严重。

看来你不是毛主席的好孩子!

你只说对了一半，还是我告诉你吧，那句话是：努力改造世界观，做毛主席的好孩子！这句话下面是老军长的签名。像两个人写上去的。上面那行字板板正正，很僵硬，像小学生的笔记。下面的字龙飞凤舞，像书法家写的，没有几十年的功底，写不到那火候！

你该明白黄福山的毛病出在什么地方了。

对，是世界观。福山的世界观出了毛病！

世界观这玩意装在人的脑子里。

我们平时说心里想什么的都错了。

我们都不懂科学。想事的是脑子，不是心。

老军长对症下药，让福山用毛泽东思想武装他的头脑。真该让王光去伺候老军长。他早把毛选四卷学完了，他一定能把老军长伺候好。这也怪老军长，他当初看上了福山的实在。他以为实在人世界观就好。他错了！要我看，王光也伺候不好老军长，王光太聪明了，这怎么符合老军长要求的实在老实呢?

送福山回来的干部好像也不摸底细。他只带来了老军长给连队的一封信。信很简单，要求连队干部帮助福山好好改造世界观。

老军长再也不回来挑警卫员。

福山的世界观成了我们都想知道的一个迷。

福田和福地很少来看福山。

福山和他的猪成了亲兄弟。

猪的肥瘦成了检验福山世界观的标准了!

除了猪，我们谁都帮不了他。

荒原上春天来得迟。但还是来啦！三月的戈壁滩由灰变黄，蚂蟥草由枯而荣，满荒满原竟有了星星点点的绿色。博湖解冻了。夜里能听到冰块咔嚓嚓破碎的声音。芦苇有点青翠的意思了。越冬的鸟成群地飞回来。戈壁滩上的小黄花开起来，花叶还没长全，花骨朵小得可怜，但毕竟还是开起来了，有了点花的模样。有一天黄昏，一群小蚂蚱晴蜓似地飞来。又一天夜里，一只发情的母黄羊来到营区，窜进厨房里啃土豆吃白菜喝足水后悠悠地叫唤了一夜。

春天真的来啦！

我的副班长命令是晚点名时连长宣布的。同年兵中只有我一个。我成了同年兵中的凤毛麟角！国庆还在为老兵们打洗脚水，我却要领导老兵了！我牢牢地记住了那个日子：三月十八日。比妇女节晚十天。这是个好日子，我热爱她！

哪天生日我记不住。

哪天结婚我忘了。

哪天入的党也说不清。

填表和宣誓不一天，我不知道该记谁。

但三月十八日我忘不了。

她刻在我心尖上！

同时宣布命令的还有王光，他被任命为文书。我被任命为副班长。文书是正班级，班长们可以平起平坐喊他太监了。我不行，我得转正后才叫老三。但我觉得我的副班级比王光的正班级分量重！一年军龄做文书的很多，会几刷子就能胜任。副班长可不行。尤其在我们那种靠玩枪的步兵连，一年军龄做副班长的太少了，屈指可数！好几年出一个！老文书干得不错，连队把他列为苗子了。但得下到班里去锻炼，当班长，虽说是象征性过度一下，但我总觉得有点悬，搞不好就会栽在班长这个位置上。文书也不好干，夹在连长和指导员之间，弄不好要翻船！

那天宣布完命令后，时间还早，我和邹志到戈壁滩上转了一圈又一圈。熄灯前我们回去，熄灯后我们又出来了。他也很激动。他转正了，终于熬成了婆婆。我们坐在戈壁滩上，面对面地抽烟。我们都是聪明人，我们得把话说明了。

他说：老许，给我当副班委屈你了。

我说：班长，你喊这声老许我知足了。

他说：咱俩得拧成一股绳！

我说：你放心，咱负责和你尿到一个壶里！

他说：根据历史的经验，互相拆不得台！

我说：一班长就是惨痛的教训！

他说：只要班长顺，副班长没有不顺的！

我说：你和赵排长就是好榜样！

他说：当班长的不能踩副班长！

我说：副班长不能给班长使绊子！

他说：当班长应该把副班长朝上拉！

我说：副班长应该把班长使劲往上周！

他说：对，周上去后我回头来拉你！

我说：你放心，我给你垫脚，你先上吧！

不知邹志刚当副班长时和赵德刚是否也说过类似的话。估计说过吧。这么敞开说一次太有必要了。心里都有底，但不担心后院里失火，我不担心前边有障碍，心往一处想，劲往一处使，甩开膀子带着全班往前冲。我们都充满了信心，我们是肝胆相照的搭档。我们分析了全连的形势，我们觉得我们班要无往而不胜了！我又帮助邹志分析了他的形势。班里刚出了赵德刚，估计一二年内三班不会再出排长了。有一二年，邹志刚好接上火。有两年我接班长也刚合适！我们把什么都分析透彻了。我们坐在月光下抽了那么多烟，站起来时都有点醉了。

回到班里，不知谁已经把我的被子展开了，铺好了，掀开了一点被角，就只等我钻进去呼呼大睡。但实在睡不着。久久地睡不着。我捏亮手电蒙着被子写家信。被子蒙得极严实，怕别人知道了笑话我烧包。我写：爹妈哥哥们，我已经当上了副班长。我怕他们不相信，我说真的，我真当上了副班长！我边写边想，二哥三哥恐怕要瞪大眼睛了，还有点难受吧。他们干了好几年也没当上副班长，刚一年我就当上了，爹妈肯定要骂他们不如我，骂他们是窝囊废！我得安慰他们几句。我说：哥哥们都帮我了，教我怎么干，所以我进步快！我说的有一半是实话。他们是帮我了，但他们不知道是怎么帮的我。我不能说，说出来就像用刀子剜他们的心。身上的汗水把信纸打湿了，揉皱了，字也被模糊了。写几句我掀开被子探出头大口大口地吸几口新鲜空气。为迷惑别人，我装睡着了，嘴里叽叽咕咕地嘟噜些不连贯的梦话。又探出头时我锉牙。再探出头时我吧唧嘴。其实我多虑了，都睡得很死。月光从窗户里泻进来。几匹小蛾子在窗口的月光里缓慢地扇动着翅膀，它们被一屋的臭气熏得东倒西歪飘飘忽忽了。就着月光，我看到一溜黑乎乎的脑袋整齐地排列着，模模糊糊如地垄沟里睡着的黑皮西瓜。我在心里对爹妈说，我能咋唬这些像西瓜一样的脑袋了。我没说领导，说领导爹妈不明白，说咋唬他们一下就清楚了。又缩进被窝里再写时，我对爹妈说：兵们都睡得很好。不能再写了，尿憋得我肚子疼，我在结尾处匆匆忙忙地写道：我以后工作忙，要叫兵们起床，催他们睡觉，检查他们叠被子，连吃饭拉屎都得管。有的兵训练时老往厕所跑，不自觉！我得说他们。事真多，烦死人！以后写信就少了，主要是太忙！请爹妈理解我！

写完信，我浑身湿透了。我起来痛痛快快到戈壁滩上撒完尿，在一丛低矮的骆驼刺丛边点支烟又坐了一会儿。天极高，云极淡，风极小，白月涓涓地照在戈壁滩上如透明的雾霭一般。看着几颗清淡的稀稀朗朗的星星，我像是听到了爹嘿嘿的笑声。听到妈沉重得闷鼓似的叹息。现在我能准确地形容妈那张皱皱巴巴从没伸展过的脸上：妈的脸像戈壁滩。

现在我妈的脸该伸展了！

我爹也该喝一盅！

他老人家很久都不喝酒了。

对，我得在信上补一句。

我说：爹，你买点酒喝吧。

我还说：少喝点，别伤了身子。

我是个不孝的儿子，我真该死。

我把我爹害死了！

七月的一天，我得到了我爹死的消息。三月底死的，过了百日之后才让我知道。这是我妈的意思，她怕我百日之前要赶回去。我妈怕耽误我的前程。

信是老三写来的，他没有说一句怨我的话。他简单叙述了爹死的经过。详细情况是我妈后来告诉我的。还有村代销店的毛二，他是亲眼看到我爹倒下去的。他把我爹的死当成一个故事讲，村里人已经不知听过了多少遍。我每次探家回去，走到哪儿，只要一提起我爹谁都能活龙活现地讲给我听。爹死的情形就像一幅画面刻到我心里了。

我爹是接到我的信那天死的。爹是在地里接到我的信。那天他和几个老头一起在耙春麦。我爹用的是头黄牛，他“踏沟踏沟”地吆喝着。黄牛走得从容不迫，我爹吆喝得非常慈祥。这情况我见过。小时候我爹常扛着我下地干活，把我放在地埂上，从地里抠只蛐蛐出来掐掉腿，把蛐蛐放在我手上。我玩我的蛐蛐，他干他的活。我爹是个好庄稼把式，会心疼地、心疼牛。歇气的时候他跟牛说话也不管我。耙春麦时牛都不戴嚼口，麦苗才两匹叶，不怕牛啃，越啃越旺。一地的嫩麦苗馋得黄牛流口水。黄牛看着我爹，只敢闻不敢张嘴，青气熏得它打喷嚏。我爹爱逗牛玩，他人在春阳里打盹，装着没看见。但牛一张嘴，我爹就醒了。我爹又从土里抠一只蛐蛐摘掉腿扔给我，然后笑着对牛说：妈的，公家的麦我还舍不得么？你吃吧！黄牛看着我爹，我爹看着黄牛，四目相对，他们都笑了。我看着他们笑。我听到我爹又对牛说：但你别吃多了，青苗要胀肚子，要胀死的！黄牛温暖地哞一声，伸出长满紫色苔斑的苍老的舌头，卷几片麦苗在嘴里，牛嘴伸在我爹面前，一瘪一瘪地嚼给我爹看，牛眼却去瞅拴在村沿上的日头。它在催我爹。我爹懒洋洋地站起来，拍打着屁股上的土，生气地对牛说：我晌午就喝了两碗稀饭，馍馍让儿子们抢啦！我早饿了，催！你他妈是队长么！骂归骂，我爹还是起来干活了。

那天，我爹和黄牛正走到地中间，乡邮递员来了。乡邮递员喊了一声：信！捡块土坷垃把信压在地边就走了。几个老头都没听见，我爹听见了。我爹估计是我的信，但拿不准。远远地朝乡邮递员喊了一声：是我的么？

乡邮员头也没回，说：部队来的！

我爹说吁！停了牛，跑去捡信。

信比往常厚，我爹心里打鼓。

我妈后来说，我爹头天夜里做恶梦，被一头水牛似的大狗追着咬，浑身的衣服都撕烂了。从梦里惊醒后，我爹再也睡不着，翻来翻去地叹气。

我妈说：你又折腾啥？腰腿疼又犯了？

我爹说：杂种，好大一条狗咬我！

我妈说：梦到狗咬是亲人，老么要来信。

天亮时，一群雀在房脊上叽叽喳喳。

我妈说：你听，有喜雀叫。

我爹说：狗屁，是麻雀！

我爹掂着我的沉甸甸的信，肯定想到梦里的狗和早上的麻雀了。他着急，他不知道我那么厚的信都写了些啥。我爹不识字，地里的几个老头也都是睁眼瞎。才半上午，我爹等不及，交待老头们下工时帮着把牛牵回队里去，就慌慌张张先回村了。老二老三和二嫂三嫂都不在。我妈在，我妈说：到代销店请毛三给念念。

毛三和我爹年纪差不多，我爹喊他三哥，我们都喊他三叔。我爹跑到代销店时，毛三趴在柜台上打瞌睡。我爹把他捅醒了。

我爹说：三哥，快帮我念念老么的信。

毛三说：看你慌的，部队要打仗？

我爹说：杂种，信这么厚，不知为啥？

毛三说：没听谁说要打仗么！

我爹说：狗又咬麻雀又喳、怕有事呢！

我爹头上的汗珠子吧嗒吧嗒地掉在柜台上，眼巴巴地看着毛三撕开了信。毛三还没看信，先叹了一口气。

他说：你咋还让老四当兵呢？真是？

毛三后来告诉我我爹当时都快哭了。

毛三才看了几行信，眼睛就瞪大了。

他说：这杂种，这杂种！

我爹说：咋了，到底出啥事？

毛三说：老四当官了！

我爹说：莫扯蛋！他到底出了啥事？

毛三说：老四当上了副班长！

我爹一把夺过信，愣愣地看了半天，脖子脸鲜红，他以为毛三在笑话他。直到毛三又把信从头到尾仔细念一遍，我爹才相信了。我爹说：毛三你等着！拿着信匆匆忙忙回到家。一只老母鸡刚下完蛋，正“个个大”地拼命叫。我爹伸手在鸡窝里把还带着鸡屎的热蛋和引窝蛋一起拿了。拿了鸡蛋我爹就往外走，被我妈一把拦住了。

我妈说：咋了，老四出了啥事？

我爹说：杂种，老四他当官了！

我妈说：你跑啥！你坐下来说给我听听！

我爹不坐，站在那儿看着我妈笑。

我爹抓着两颗鸡蛋，笑得像个老孩子。

我妈对我说好多年了，你爹都没笑过了。他抓着你的信不松手，我刚拿过来摸摸，又被他夺走了。你爹真高兴，他都快有半辈子没那么高兴了！没有半辈子。有十好几年吧。我小时候见过我爹高兴的样子，看见过他笑。我爹说：你妈是我一斗小麦换来的！我妈说：你不要脸，那斗小麦才八升多！我爹说：老子还掺了好几捧土！我妈说：你爹穷得叮当响！我爹说：不穷我要你？不穷我就和地主们的千金小姐结婚了！我妈说：生老大时连接生婆都请不起，我一呲牙咬断了脐带！我爹说：你瞎说，牙咬的娃耐活么！我爹和我妈说一回，笑一回，一辈子好像就这么点可笑的。

那天，我爹骗了我妈。

我爹说：狗日的毛三要喝老四的喜酒呢！

我妈说：你再拿个鸡蛋吧，别让他笑话！

我爹说：老四在信上还让我喝酒呢！

我妈说：那你就喝吧，少喝点。

我爹说：老四也这么说，怕我伤身体。

我妈说：听老四的话，你莫喝多了。

我爹拿着鸡蛋，回到代销店，极豪气地把鸡蛋放在柜台上，对毛三说：三哥，前几天买盐的钱先不说，今天不赊帐，请你也喝一盅！毛三接过鸡蛋，提吊子舀了酒兑在碗里。酒吊子舀得很满。毛三随手把那两个鸡蛋也磕了，自己喝一个，递一个给我爹。

我爹说：三哥，我请你，你先喝！

毛三咬着碗边先咂一口，把碗推给我爹。

我爹刚把酒碗举到嘴边，眼泪哗哗落下来。

毛三说：哭啥？儿子当官掉不得泪，喝！

我爹说：我是高兴，我喝！

我爹喝了一口，就那么一口。酒碗还没放下，咕咚一声倒在了地上。我爹被这一口酒呛死了。停尸三天，到装棺的时候，我爹平静安祥的脸上还像在笑。我爹脸上的皱纹都不见了，脸色红润，印堂放光。最后那口酒像鲜艳的油漆把他的脸抹得平平整整，油光油亮。

毛三对我说你爹死得真安逸！

我妈对我说你爹高兴死了！

老三信上说咱爹被一口酒呛死了！

我对邹志说我的副班长把我爹害死了！

我撕开老三的信时，哧啦一下把心撕成了两瓣。我又惭愧又恨自己，真想撒泡尿在脸盆里淹死自己。一个屁也不是的副班长把我烧包成这样，活活害死了我爹。我是个官么！副班长算个么！我真替我爹感到冤枉，感到委屈，爹死得太不值得了。我想起我临走时爹对我说的那句话。爹说：你走吧，爹豁上了！我爹兑现了他的诺言，为我这个屌毛也不是的副班长把一条命豁上了！

我身上的那股劲一下子没啦，人整个软了。夜里我捂在被子里哭。我不是怕人骂我。我是怕别人知道了耻笑我爹。我想回家。爹过了百日我也要回去看看他。我恨老二和老三，为什么不早告诉我？怕耽误我的前程么？爹都死了，我还要前程干什么！还奔什么前程？还要害死我妈么！我捂在被子里哭，邹志听出了动静，一颗脑袋一颗脑袋扒拉到铺尾。他见是我，怕惊动别人，把我叫到戈壁滩上问我怎么了。

我说：我爹死了！

我又说：为我的副班长我爹被一口酒呛死了！

邹志拉着我朝远处走了一点。他说：你大哭一场吧，莫憋出毛病，也让你爹听听！

我一听他这话就软到地上，喊声爹呜呜地哭起来。哭了一阵后我不哭了，坐起来。一轮月灰灰地挂在天边，如陈年的狗屎。还是那个地方！就是下命令那天我和邹志来的那地方！还是那块天，还是那块月，却恍若隔世了。邹志坐在一边吸烟，烟头一明一灭，照出他蛤蟆似的一凹一鼓的腮。

他说：回班里你莫声张，明天照常训练！

我明白他的意思，他是要利用我爹的死为我做点文章，让我爹临死再帮我一把。他连这点机会都不放过，真不是个东西。不过他也在哭，眼里泪汪汪的。

我按照邹志的吩咐照常训练。八一之前集团军要搞一次大型阅兵，还要抽调建制班搞五公里武装越野比赛。连里权衡利弊，觉得扛回阅兵第一名那面锦旗把握不大，把重点放在五公里武装越野上。赵德刚没费吹灰之力把任务抢回来了，然后他不声不响把各班的兵调整了一下。他是排长，本排的兵爱怎么调怎么调，谁也说不出什么。调整到三班来的兵个子都不高，都墩实，屁巴子都圆鼓鼓的。不用说，赵德刚要把任务交给我们了。连长和指导员分别到班里来动员。连长拍着我的肩膀喊我赤脚大仙。他说：养兵千日用兵一时，赤脚大仙你好好露一脚，把你的脚片子亮给军首长们看看！他哈哈大笑，把全班的兵都笑得振奋了。赵德刚没做正规动员，他检查每个人的鞋，督促每个人晚上用热水泡脚。然后他说：兄弟们，拜托你们了，把这面旗子给我扛回来！

他这话比连长和指导员的动员都让人激动。

我有点蔫，他看出来了。

他说：你怎么了，好像不对劲？

我说：排长，你放心！我没什么不对劲！

他说：那就好，冲着你我才要的这任务！你一卧下，我可没信心了！

我说：排长，你放心！

我不是个东西！我把我爹放到一边，跟着他们一门心思想那面锦旗了。不过话说回来，不这样拼命我更对不起我爹。我想通了，只有真拼出个一官半职，我爹的死才不冤枉。我得化悲痛为力量，我只好先把老人家放在一边。

我没怎么训练，我用不着费那么大的劲花冤枉力气，我要做的就是把劲留着。连长和排长都不怀疑我，对我充满信心。邹志有点担心，他没说出来，但我从他的眼里看出来了。

比赛非常严格，全副武装。枪夹里压满子弹，水壶里装满水，每人还背一把短把的铁锹，比我们平时训练分量重了好几公斤。场面也很壮观，一个连一个班，整个集团有多少班参加你就算吧！划在戈壁滩上的起跑线有两公里长，密密麻麻站满黄乎乎的人。一面大红旗在前面一招比赛开始了。起步不久我就脱掉了鞋。十几分钟后我们班占据了领先的位置。邹志跟在我后面，全班跟在邹志后面。我的光脚板子鼓舞了全班的士气，像一盏指路明灯引导着他们。我遥遥领先地跑在最前面。没人跑得过我！没人是我的对手！没谁刚死了 父亲！心里的悲痛化为泪水和汗水一点一滴渗出来了。后来班里的战士们告诉我，他们听到我边跑边哼着号子，他们听错了，我根本没哼什么号子。我在哭！

他们把我的哭声当着为他们加油的号子了！

临到终点时我把邹志让到了我前面。

我站在队尾，站在我副班长的位置上！

我把邹志和全班的战士感动坏了。我把集团军首长、师首长、团首长、一直到我们的赵排长都感动坏了。所有参加比赛的班没有一个像我们那样整齐地越过终点。我让他们看到的是一个坚强的团结的呱呱叫的班集体！

都看着我笑。没人知道我哭了，他们都以为我眼里流出来的是汗水！

那是一面很普通的锦旗。

集团军首长像捏鼻涕一样还了邹志一个礼。

接过锦旗的邹志笑得像一朵花一样。

全班的兵都在笑。我不知道他们笑什么。

乱糟糟的声音塞满了我的耳朵。

他们在我的眼前乱晃，像在跳舞。

那面红底白字黄穗子的锦旗像一块黑布。

它把我的脑子全染黑了。

我听到邹志说：都别笑，咱副班长爹死了！

我一头栽倒在地上。

我睡了好几天。后来我听说先把我送到团卫生队，没检查出什么毛病又送回来了。锦旗夺回来，全连会了一次餐，听说是有史以来最丰盛的一次。可惜最该吃的一个人没有吃上。在我昏睡的时候，营团首长都来看望过我。我听不清他们说的是什么，也认不出他们。我的眼睛翻得很大，但我看不清他们。他们摸我的脚板，从我的脚板上还拔出了断在肉里的骆驼刺。稍微清醒一点的时候，我听到赵德刚在骂邹志，问他为什么不把我爹死的事报告到排里。我模模糊糊记得邹志在辩解，他说是我不让他汇报的。我听到赵德刚在叹息。他在摸我的头。泪水终于从我干涩的眼窝里涌了出来。

那几天刘社会、国庆一遍遍来看我。连福山也离开他的猪圈来看过我。他告诉我，他们几个早就知道我爹死了，看我还不知道，就在一起商量不告诉我。我真没想到，这几个傻乎乎的兄弟竟然这么心细了一回。他们是真心关怀我。也无形中帮了我。如果他们吵吵嚷嚷地把我爹的死说出来，事情可能就完全是另一样子了。

我还听到了一个惊人的消息。

王光来告诉我，连队准备为我报三等功，赵德刚不同意。赵德刚深谋远虑，他是对的，他知道我最需要的是什么。

他对我说：你赶快写一份入党申请交给我！

我一听全明白了。如果立功，我不可能这么快就入党。我说过，在赵德刚手下当兵，真让人愉快！当然你得是那块料。不是那块料他连看也不多看你一眼！

这年冬天我入党了。

举拳头宣誓的时候，我突然想到了我爹，心一酸，眼里涌出一圈泪。宣罢誓，我买了两包红雪莲香烟拿到戈壁滩上，烧给我爹抽。我一支接一支地烧，烧完一支续一支。我对我爹说：抽支烟吧，不喝酒了，酒不是个好东西！爹，你怎么不小口小口地喝呢？怎么就被一口酒呛死了呢？就为我当球个副班长么？

王光有点急了。刘社会、孙国庆以及福田福地也都急了。他们被我的飞速进步闹得晕头转向，闹得惶惶不可终日了。他们在明里暗里拿出吃奶的力气朝前奔！拼命奔！要追上我！我成了他们的目标，他们的榜样。刘社会经常来找我，约我到戈壁滩上散步。他的进步不小，知道用脑子当兵了。他要到我这儿来找窍门。他说咱一个村，一起来，在一个连一个排呆着，你怎么就那么会干？那么有运气呢？你他妈每一步都赶上趟了！我也使了那么大的劲，可每一步都晚一点，都踩空了！家忠，你教教我吧，你一定得教我！

我不知道该怎么教他。

一步步走过来，我自己都不知道是怎么走的。我忘了！我不回头看走过的路，顾不上。我两眼只盯着前面，一点也不敢愣神，怕稍一闪失也会一脚踩空！我没有什么固定的套路。前途光明但道路曲折。走一步看一步不行，得看三步看四步，至少得看四步！要说有绝窍，恐怕就这么一点！我怎么教他呢？

我说：你得想清楚你下一步干什么。

他说：我也要当副班长，也要入党！

我说：你得知道怎么干！

他说：我就是不知道怎么干！

问题就在这儿，我没法教他。我说你得好好琢磨琢磨，知己知彼，把全班的情况搞透，就知道该怎么干了！我只能说到这儿，我已经点拨得够透了。可他还是糊涂，他一脸茫然地摇头，叹气，一副灰心丧气的样子。他把他的前途寄托在我身上了。他说：家忠，你上去了，可一定要拉我一把！

这就是没出息的人才说的话。

我真想骂他，还想扇他。

但他可怜巴巴的样子让我心软了。

我突然想起了他讲过的他怎么当兵的事。

他说：队长个王八蛋想要我妈！

他说：我妈洗得真干净啊！

他说：我爹烧的水！

我想起了他哭着求我让我骂他。我的心又硬了，但我没骂他。他不是不想干好，他是不知道该怎么干。我不能骂他。我像是和他商量什么事一样对他说几句比骂他还要伤人的话。我说：社会，想想剃头的刀，劁猪的刀，想想是怎么来当的兵，你就知道该怎么干了！

他咬着牙点了点头。

我不是成心要伤他。这是我的经验。

过去我想老大，想老二，想老三！

现在我想我爹的死！

心越乱，越不敢想的时候我越想！

一想我的狠劲就出来了。

狠劲一出来我就知道该怎么干了！

孙国庆让他姐姐寄来了黑木耳！

我们老家的黑木耳又肥又大全国闻名！

王光告诉我的这事，他收的包裹单。

我不知道国庆的黑木耳准备送谁。

我想告诉他不见鬼子不要挂弦！

但我又担心让他尴尬。我装不知道。

有招都使出来吧，两年兵再不动手就晚了！

福田玩了点绝活，让他姐姐以家长的名义给他们连支部写了一封信。我估计信是他写的，寄回去让他姐姐抄一遍又寄了回来。他姐姐的话不可能说到部队的点子上。但他姐姐信上的话说得很到位。福田瞒得了别人瞒不住我。他姐姐那点水平我清楚。他姐姐的信对福田有帮助，但作用不大。家长给部队写信的太多了。我们连有一个长沙兵，父亲是市革委会的头目。我们新指导员是湖南人。指导员和那个兵的父亲也常通信。这样的通信才有点意思。福田没把这事琢磨透。他姐姐不是树，是根草，没什么荫凉可遮的。有那功夫多琢磨点自己怎么干，何必舍近求远呢！

福地倒是传统的招数：做好事！天天做！一个人做点好事并不难，难的是一辈子做好事。看来福地是认准这条真理了。一个不新不老的两年兵还能持之以恒地做好事，不简单。福地在军事训练和其它工作上也不弱。福地的招虽然笨了点，但不失为一条笨鸟先飞的踏踏实实的好路子。只要沉住气，恐怕要比福田飞得要高要远了。

好像只有福山不着急。被老军长赶回来的重大打击他竟然经受住了。除了沉默寡言之外，他一点也不像个经受过打击的人。埋头学毛选，埋头读雷锋的故事，专心致志地喂猪，他过起了平静如水的日子。夏天和秋天他常到湖边去打猪草。头天打，第二天用手推车拉回来。慢慢悠悠地去，慢慢悠悠地回，从容的不得了。谁都没注意他，仿佛都把他忘了。便年底时他让全连都吃了一惊。除了陆续宰掉的二十四头猪，春节前福山又从圈里赶出来膘肥体壮的五大头。那五头猪肥得路都走不动，刀架到脖子上老实得连哼都不哼一声。

福山立了功，三等功！

用指导员的话说，福山在平凡的岗位上干出了不凡的事。福田终于来看了福山一次，他是来告诉福山不要翘尾巴的。那天我在。福山客客气气地和福田讲了几句话就不理福田了。他一下拉开了兄弟间的距离，一下让福田明白了他们是堂兄而不是一母同胞的亲兄弟。福田有点灰溜溜的走了。连我都没料到立了功的福田竟然会那么平静。一提到立功，他就把话题扯开了。

他说到了我爹的死。

他说：老人为孩子高兴死比操心死值得。

我不知道他是怎么琢磨出的这句话，我真不相信这话是他说的。看来他不光在这喂猪了。看来人还得经受点磨难。毛选四卷他已经读完了一遍。他没白读。读出点名堂了。他和王光的读法不一样，他连一个字的笔记都没记。我们都还在为他担心，在同情他。刘社会甚至担心福山没准哪一天会一绳子吊死在猪圈里。我们都错了，我们都小看了福山。到底和老军长一起呆了那么久，我觉得福山身上隐隐约约有那么一点处事不惊从容不迫的大气魄。这气魄我们身上都没有。连我也没有！

福山竟然毫不回避地谈老军长。他说老军长是有战功的人，屁股上有火烙的功印，像有功的战马一样。说老军长在战争年代屡建奇功，也屡犯错误。立一次或升一次，犯一次错误撸一职。老军长曾在四野做过师长，老军长经常说这事，一说眼睛就放光，挺自豪。说着说着福山不说了，脸色又灰暗了，像晴朗的天空突然遮满了阴云。

猪在哼哼，我告辞了。

看来毛选和猪并没完全把福山从阴影里解脱出来。

王光是真急了。我之后又发展了一批党员，还没有他。有一天，干部们都到营里开会去了，王光把我叫到连部，专门商量这事。他说怎么办呢？怎么办呢！我说别慌别着急。他说指导员跟我谈话也让我别着急不要慌！我怎么能不慌不着急呢？这事放在你身上试试看？试试看！

我看着他笑了。我不生他的气。我比他大，我们是戈壁滩上叩过头的拜把子兄弟，我们对天发过誓要互相扶着往前走。我已经走到前边，他却走不动了。谁都以为他是连首长身边的近臣，是个太监角色，能事事占尽先机。其实他有他的难处，他得一张嘴说出连长和指导员都喜欢听的话，得一张脸一半对连长笑，一半对指导员笑。不管是不是两只船，他得一只脚踏在连长那边，一只脚踏在指导员这边。两个首长不管谁笑一声，谁说了一句意思不清的话，就够他琢磨半夜的了。还有副连长、副指导员，哪一个糊弄不好都够他喝一壶！连部要给全连做表率，文书也是最合适的角色了，只要还有一个班长副班长，有一个老兵骨干没入党，可能就轮不到王光头上。下面要的是公平，连首长把公平摆在身边的人头上让人看呢，他能不急么？

我得帮帮他！

我说：兄弟，你让我好好想想。

王光灰心地摇摇头，好像把招儿想尽了。

我问他：你和他们谁更铁一些？

他说：我和指导员住一个屋，还用说么？

我说：那你就重点攻连长！

他说：没用的，四个排长都朝自己排里争名额，争得打破头，连长和指导员敢给我说话么？

我说：那就攻四个排长吧！

他说：司务长也他妈瞎搅和。

我说：把他也算上，一锅煮！

我们把赵德刚先放在一边了。我和王光都是他从新兵连带来的兵。王光那么早就当文书，也算为赵德刚争了光。王光也处处向着赵德刚，连队有点大大小小的事，王光总是屁颠屁颠地先透露给赵德刚。前年的老兵退伍王光也暗中为赵德刚出了一把力。就看王光出的那些墙报吧，哪一期也少不了表扬一排的兵。

方向一对头，办法都出来了。

二排长结婚好几年没孩子，毛病出在人身上，据老兵们私下讲，二排长“下水道不通！”王光的舅姥爷是有名的老中医，靠几帖祖传的秘方子专治稀奇古怪的毛病。王光担心治不好二排长的病怎么办。我笑了。我说：关键是咱对二排长有这份心！几千里咱从老家弄来祖传的秘方子，礼轻人意重！

听我这么一说，王光也笑了。他是个聪明人。先前他是急糊涂了，我帮他找准路子后，目标一对准四个排长和司务长，他就豁然开朗，茅塞顿开了。他和几个排长打交道比我多，没少琢磨他们。剩下的事他不用我帮他。

他说：行了，我知道该怎么办！

他办得很漂亮。

一九七五年建党节王光向党旗举起了拳头。

那些日子我在干另一件大事：练口令！像在新兵连的羊圈里练步伐一样，我天天早晨跑到戈壁滩深处对着空旷的戈壁滩喊口令。有时候也到湖边去。我什么时候都有一个明确的目标，知道该干什么，怎么干。我盯着的目标离我都不远。

我得考虑考虑我当班长的事情了！

一旦当班长就得整队列，就要喊口令。

我有两副嗓子。

一副嗓子说话，土啦吧叽的家乡话。

另一副嗓子喊口令，能喊出炉火纯青的口令！

我练得真苦。当副班长的一年多，业余时间我没干别的，全用来练口令了。我的嗓子破了好多回，大口大口吐出的血丝子在戈壁滩上干得像生满铜锈的古钱儿。戈壁滩上成群的乌鸦都跟我熟了。开始他们害怕我，被我的吼声吓得东躲西藏，哇哇乱叫。后来它们不躲不藏也不叫了，在我的口令里成群结队的时而翱翔时而盘旋，黑色的翅膀沉默着，时起时伏，就像我的忠实的士兵。我的口令里浸透了日月的精华。我每天把太阳喊到戈壁滩上来，又用口令把它送走。我在早晨喊，在深夜里喊。在春天的季风里喊。在瑟瑟的秋风里喊。在飞沙走石的狂风中喊。在烈日酷暑下喊。在冰天雪地里喊。我把自己喊得身心疲惫。喊得泪流满面。喊得热血沸腾。我练得太苦了，我的喉咙里肯定长满了茧子。

就那么几句口令，我练了一年多！

别小看那几句口令，讲究可是太多了！每一个好的带兵人都有一嗓子好口令。大到指挥千军万马，小到指挥一个班，没有一嗓子好口令你趁早别朝部队面前站！丢人现眼是小事，别把部队喊软了，喊散了，喊垮了！好口令能一嗓子把自己喊得热血沸腾，威风凛凛！能把你面前的部队喊硬了，喊坚挺了，能把他们的一腔英雄气概都喊出来！能让你面前的部队站在你的口令里任凭天崩地裂都坚如磐石毫不动摇！不管你是多么小的芝麻官，就凭那一嗓子你得让你面前的部队对你生出敬仰之情来！让他们站在你的口令里感到一种骄傲和自豪！

光到这程度还不行，差远了！那几句口令里学问实在太大了。咱中国人讲感情，重情义，内心世界太丰富太复杂。你口令里得含着这些东西。一个好的指挥员，得预备好几副嗓子。对不同的部队，不同的环境，不同的精神状态，你得用不同的嗓音不同的节奏不同的情感喊出千变万化的口令来！你想一嗓子征服你面前的部队？光有严不够，光有爱不够！你得懂他们，从里到外懂他们！只有懂他们你才知道你的口令该怎么喊！

你别摇头，你不懂部队！

你这身军装白穿了！

你真该在我手下当几天兵！

我问你，大战来临时口令你怎么喊？

我参过战，所以要这么问。

我再问你，冲锋临阵时怎么喊？

引而不发时又怎么喊？

站在威武之师面前你怎么喊？

站在得胜之师面前你怎么喊？

站在悲忿之师面前你怎么喊？

站在屈辱之师面前你又怎么喊？

你能喊出悲壮之情吗？

你能喊出苍凉之情吗？

你能喊出忧伤之情吗？

你能把几千人喊哭吗？

我把一个甲级团喊哭过！

有时候忧伤和眼泪也能变成无坚不摧的力量！

我知道你该点头了，可你还是不懂！

老军长懂！他说：声音大有什么用？光整齐有什么用？他真是个大行家。可惜很多带兵的人都不懂。炉火纯青的口令不讲究规范，超越了规范。就像你们写文章的人讲究看山不是山，看云不是云，看山又是山，看云又是云。这是王光告诉我的。他那时候就知道这些了。他要是不死，至少是比你有名的作家！有规矩的文章是八股文！八股文有什么用？声音大有什么用？整齐有什么用？口令道德讲究爆发力！再小的声音它也是爆发出来的！像一轮红日跃出地面的那一瞬间。声音应该是从喉管里喷射而出。

最重要的是感染力！

到这一层就难了，真功夫就在这儿！

就那么一嗓子，哪怕只有一个字，你就能和你面前的部队达到心灵相通的境界！全在嗓音和节奏的变化上。有时候你只需在两个字中间那么稍微停顿一下，效果就截然不同！难就难在这儿。该不该停顿，停多长，怎么个停顿法，停下来的那一刻你用什么样的表情看部队，这就要看你的水平，看你的火候了！

我得首先去掉我的土音。我站在戈壁滩上喊出第一声口令时。连我自己都脸红了。声音很大，但不是宏亮，像狼在吼一样。我把“立”吼成了“驴”，把“定”吼成了“腚”。我吼得真费劲，恨不得把肠子拽出来。我一吼整个身子都跟着摇晃。最要命的是掌握不好节奏，我自己喊自己就踏不到点上。

半个多月的功夫我才把那些该死的从娘肚子里带来的土音消灭掉！土音一去掉我一下子轻松自如了，有了自信心。再半个月我能把口令喊到点上了。三个月我已经喊得有水平了。我站在班队列里悄悄地和邹志比，他在嘴上喊，我在心里喊，我的口令已经比他差不了多少了，我站在排队列里、连队列里，都在心里悄悄地喊，悄悄地比。这是我唯一能够实践的机会！半年之后，我的口令突飞猛进，很有火候了。以我的判断，我已经不输给连队的任何一个班排长。连连长也不输给他。连长的口令肯定没像我那样经过严格的锤炼。瘤癖不少，很多小地方不到位。他也要用很大的劲，一喊口令脖子就青筋暴露，像爬满了蚯蚓，身子还突然往上一窜。看是很好看，好像很有精神。但在行家眼里就凭他那一窜，就凭他那一脖子青筋，他就露馅了！我是行家。我一次还没站在队列前，我就已经是行家了！他们的口令在我看来，简直是漏洞百出！上过军校的也不行！军校生能像我那样用一年多的时间专门琢磨和练习口令吗？那时候我开始经常到湖边去练，对着湖水练，我能看到我映在湖中的影子。我喊口令时头不动，整个身子纹丝不动，像一棵白杨一样挺拔。我毫不费劲，轻松极了。一撩嗓子，声音那么自然流畅地就从喉管里奔腾出来！喷射出来！没有杂质，纯粹异常，亮丽而浑厚。标准极了，规范极了。我已经到了看山是山、看云是云的境界。就是那时候，成群结队的乌鸦开始在我的口令中盘旋翱翔了。但仅此而已，山就是山，云就是云，我再也没法前进了。

后来那种炉火纯青的境界，是我在班队列，排队列，一直到全团的队列前逐步逐步锤炼出来的。最终还是得靠实践的磨炼。

这是后话了。

一九七五年底，邹志终于到集团军的军官教导队去集训。我顺理成章，稳稳当当地当上了班长。赵德刚不担心别的，他担心我的口令。他竟然担心到我最得意的地方了。

他说别害怕，慢慢来，脸皮放厚就行！

我对他说：排长，你放心！

第二天早晨，我一嗓子把他喊懵了！

他吃惊地看着我。他说：我操！

他找不到更合适的词表达他的意思。

他叉着腰站在操场里得意极了。

连长说赵德刚你说说你是怎么捣鼓的！

赵德刚只笑。我给他带来了骄傲和自豪。

我的兵对他们的新班长刮目相看了。

和邹志交接的时候是头天晚上，我什么也没对我的兵们说。我在等第二天早晨。什么也不用说，凭我那一嗓子口令足够了！

我的兵在我的口令里憋足了劲。

我听到了他们的骨头在嘎巴嘎巴地响。

他们要翱翔了！要盘旋了！

他们的眼神仿佛在对我说：下令吧，让我们上刀山下火海！

你知道我的第一声口令怎么喊的吗？

我喊的是：全班都有了——！

我喜欢这句话！我热爱它！

我当排长第一声口令是：全排都有了！

一直到当团长我还是这么喊：全团都有了！

但当副手时我从不这么喊。你站在队列前，可面前的部队不属于你的，你不配那么喊！

我喊了六年“全团都有了！”

真舒服！真威风啊！

现在呢？现在我什么都没有了。

一兵一卒也没有了。真孤单！

监狱里犯人都把管教干部叫政府。

政府喊：五六三号！

我答：到！

我成了五百六十三！

我连名字都没有了！

你知道我为什么要求种葵花吗？

我现在常常对葵花喊：

全班都有了！

全排都有了！

全连都有了！

全营都有了！

全团都有了！

喊得最多的是：全师都有了！

这是我没实现了的一个梦！

这个梦我做了整整六年！

从当团长的第一天就开始做。

我现在的嗓子还那么好，口令还是那么棒。我一喊“全师都有了！”就有成群成群的麻雀从葵花地里飞起来，叽叽喳喳乱哄哄地飞跑了。

我对着麻雀们流泪。

我的梦和那些麻雀一起飞跑了！

一天下午，大约是三四点钟吧，王光慌慌张张到班里来找我。我还没起床。我们那儿和内地时差是两小时。三四点钟，正午休。王光把我摇醒后，像个幽灵一样站在我面前发抖，脸白得像张纸。我问他怎么了。他说快，你快跟我出来！

王光告诉我，毛主席逝世了！

紧接着团里的号响起来。紧急集合号！

连里的紧急集合哨也吹响了。连长在吹，铁哨子咬在他嘴里像取不下来了，哇哇地响着，要被他吹炸了。附近几个连队的哨子也在哇哇地响，伴着哨响的是轰轰隆隆的脚步声，咔咔嚓嚓地枪碰枪的声音和眼泪砸在地上的声音。连长在哭，指导员在哭。刚开过紧急会议的排以上干部都在哭。一连的兵都不知道他们在哭什么。但被他们的哭感染了，都预感到有不得了的事情发生了。我知道，但我不敢说。都等着连长把不得了的事情说出来。他不说，全连都集合好站在他面前了，他还在吹哨子。他的眼泪流了一脸。满嘴的白沫把哨子捂起来。湿透了的铁哨子快没有声音了。连长连口令也没喊，掉头就跑，边跑边抹泪。指导员做了个手势，全连都掉头跟在连长后面朝团里跑。没人喊口令，队伍很整齐。

我们刚跑到团里的大广场，哀乐响起来了，一遍又一遍，响了很久。有人在哀乐声里晕倒了。不止一个，不止两个，我听到了好几次咕咚倒地的声音。团长在哀乐里下达了进入一级战备的命令。政委哭软了，一把鼻涕一把泪，连话也说不成，一硬一硬地说出几个字，不说了。参谋长上前扶住他，命令各连带回待命。轰轰隆隆的脚步声一下没了。不得了的事情终于说出来，天塌了。那么多人都挺不住了，垮了。一连很多天的沉默，都憋着。憋不住了就掉泪。现在想起来，那真是一副怪样子，人见了人话都不说，都用沉默来表达自己的悲痛，一股哀丧之气笼罩了整座兵营。哀乐代替了军号。球场空了，营房也空了，所有的兵都爬到大卡车上，停在营房外的公路上枕戈待旦，严阵以待。没有说话声。没有歌声。压得很低的口令都走调了。营部一个来队家属腆着大肚子，可能快生了，又生不了。叉着腰在营部的小操场里走来走去，很肥大的裙子缓慢地飘着。不知为什么她竟然笑了一声。蹲在地上笑，可能是笑地上打架的蚂蚁吧。蹲在地上时她的花裙子喇叭花一样扣在地上。笑声很短，像一个水泡咕嘟了一下就破了。但她笑得很响很脆，又嘎然而止，就有了不凡的效果。她的做助理员的丈夫吓坏了，在众目睽睽之下给了她一个也很响很脆的嘴巴。她卧在地上流了很多泪，也流了很多血。血把那朵喇叭花打湿了。血在操场上被秋风吹紫、吹黑，快要吹干的时候，她的孩子生出来了。孩子的哭声嘹亮极了，给沉闷的营区带来了一点鲜活之气。一连很多日的阴天，秋雨将落未落，被很稠的灰云捂住了。营区的炊烟四处飘荡，被灰云压着，没有出路。终于有一股风把它们托着，慢慢地浮上去，与整片的灰云渗透到一起时，天终于破了，终于也哭了！秋雨里没雷声，默默地下，一直下。秋天像我们一样只流泪不说话了。据老兵们说那是很多年也没有过的连绵雨。这让我们悲痛的心里生出了无限感慨，也让我们更加悲痛，老人家是太伟大了！戈壁滩终于湿透了一回。湿透的戈壁滩有了点复苏的迹象，开始变黄的植物想返青，稍青了，身和根还黄着。说青不青，说黄不黄，青黄相间相杂。博湖一下高了许多，不断有水从四处哗哗地注进去，远看像一个白亮白亮的大气球，让人担心一下子哪儿就会破了、漏了、爆炸了。

王光忙坏了。他像个木偶一样僵硬着身子到处奔来跑去。写挽联，出墙报，扎花圈，布置灵堂。他手上到处是渗过血的小红点，连成一片像生过了红斑狼疮，那是他扎花圈时细钢丝和大头针戳的。墙报上那篇很长的悼念文章是他用诗写成的。那是王光最好的诗，是他用血和泪写的。他有很长时间不跟我说话了。见了我像不认识一样，翻着死鱼一样的眼看我。他已经瘦得脱了人形，他被悲痛压垮了，被哀丧之气裹住了。

我在墙报根碰到他。墙报刚出完。他像只蛹一样蜷在墙根。粉笔灰落了他一脸，墙根的泥巴沾满他的军装。我以为他肚子疼，扶起他之后，他哀伤地看我一眼，摇摇晃晃地走了。

他不是肚子疼，他心疼！

那天，我在连队设的灵堂里又碰到他。我们班守灵。守到半夜时，幽灵一样的王光突然来了，他吓了我和我的兵们一跳。事后我的一个兵告诉我他当时以为看到的是鬼魂，他说他觉得文书快要死了。那个兵一点也没夸张，他知道文书跟我是铁歌们，他不敢胡说。连我都觉得王光像快要死了。他的眼窝深陷下去，里面灌满了绝望，他那张哭丧着的脸好像随时都准备抽嗒起来。

但他却哭不出来了。

他的眼睫毛都像是枯了，没了泪水。

我不敢看他，不敢跟他说话。

他是我们那些人中最悲痛欲绝的一个了。

但他哭不出来。他快要死了！

我知道为什么。

王光一直没缓过来。

军营却终于从悲痛中缓过来。又有了军号，有了歌声，有了锣鼓声，比过去有了新的生机和热闹。“四人帮”倒了，拎小鸡一样被捉了出来。就是鸡！王光的墙报上把他们画成了四只可怜巴巴的鸡！他太恨他们了，他们把主席逼死了害死了！但画鸡他也没缓过来。王光又填水调歌头了。水调歌头他也缓不过来了！

那天早晨我们跑操刚回来，赵德刚站在班门口跟我说话，说得很高兴。一个兵给我打好了洗脸水，端到门口让我洗。赵德刚站着，我蹲着，洗脸。洗着洗着我不洗了。团部的大广播在播新闻，有一条新闻说毛选第五卷正在加紧整理，很快就要出版了。我猛地站起来，激动得心都要停止跳动了。我踩翻了脸盆，水灌了一鞋，赵德刚说你怎么了？我说排长你放心！他咦了一声更糊涂了。我不理他。给我打水的兵以为我被烫着了，赶忙跑过来。

我说：快，快去！

他说：到哪儿去？

我说：笨货，快把文书叫过来！

不知他对王光说什么了，王光慌慌张张地朝我跑过来，嘴上的一圈牙膏沫还没擦净。我揽着王光的肩膀就朝戈壁滩上走。

我说，毛选五卷要出来了。

他眨着眼睛好像我说了他听不懂的话。

我说毛选五卷出来你更得好好学。

王光还是不明白。

不明白我也没法再说了。

大约是半年之后吧，毛选五卷发下来，隆重的发行仪式上很多人又流了泪。王光没用多久又记了厚厚的几本读书笔记。

王光突然明白了。拿出了他所有的读书笔记。

你能想像是什么样的景像么？

王光一下子红透了，红透了半块天！

连我们整个连也都跟着红透了！

王光很快又胖起来，圆乎乎的脸神采奕奕，红朴朴的，红得透亮，红得要发紫了！

事情说来就来了，真突然。想了一千遍、一万遍，做梦都在想的事，事到临头还是感到太突然。一九七七年冬天，哪一天我忘了，太突然，太激动，我顾不上记它了。只记得是个雪天，很大的雪。雪很漂亮，雪片真有鹅毛那么大。比鹅毛好看，比鹅毛清爽。我们正在训练，我在雪天里喊了一声“全班都有了！”雪里有风，让人张不开嘴，一大半班长都草鸡了，缩着脖子，口令喊得像鸭叫。我在冰天雪地里练过，我的口令仍然那么流畅地从喉管里喷射而出，仍一下就把我面前的兵们深深地打动了。我没急着下达训练科目，那天的科目是“潜伏”，我们叫“卧雪”。我先为将要进行的科目铺垫了几句。别看那几句话，能说到点子上不容易。

我说：夏练三伏，冬练三九，今天是几九？

我的兵们回答我：三九！

我说：好大的雪啊，来“例假”的出列！

当然没有！我的兵们都笑了。他们懂我的意思，是男人，是汉子，是个好兵就在队列里站直了！别皱眉头，别缩脖子，别像蹲着撒尿的娘们对着雪打哆嗦，犯软蛋！

铺垫足了，我对笑得雄纠纠的兵们下达了科目。你就听卧倒的声音吧：咚！嚓！全班合在一块就那么两下。一声是人倒地，一声是出枪。旁边是二排的四班，咕咕咚咚，稀里哗啦响了半天。班长站在兵们的屁股后面骂骂咧咧，骂着要重来。就那么十几个兵，被他带成了那样，他还有脸骂！那句话怎么说来着？，对，老婆都是人家的好，儿子都是自己的好。四班长带兵像带女人。我们两个班隔道墙，窗户挨窗户，我常听到他在班务会上训他的兵，他说你们看看三班的兵！处处给班长争脸。你们呢？丢我的脸！他把他的兵看成他的糟糠之妻了，他看上了我的兵！我从不像他那样说我的兵，我喜欢我的兵，爱我的兵。我说：你们看看我的兵！我不骂我的兵，从不像四班长那样站在兵们屁股后面指手划脚，骂骂咧咧。班长的位置不应该在兵们的屁股后面，是在前面，最前面！应该像一群兄弟中的老大一样，什么时候都要站在打头的位置上。我和我的兵同时卧倒在雪地里！

就是这时候，我刚卧倒在雪地上的时候，赵德刚来叫我了。他亲自来叫我！

他说：名额到了，马上去检查身体。

我愣在雪地里。太突然。他说得太轻松了。

这么大的事怎么能这么轻松这么随便呢？

我都想过了一千遍。应该很隆重！有锣鼓，有鞭炮，有一个惊雷劈下来！应该有国庆、刘社会和黄家兄弟们在场，他们应该抓着我的胳膊腿把我很高地抛起来，然后眼巴巴地看着我。

什么都没有。只有赵德刚和漫天的大雪。

我有点不相信，我说：排长，是真的么？

赵德刚说：快去吧，多穿点衣服，别感冒。

一共两个名额，另一个是王光！

王光排在我前面。他有点钦定的意思，团里把两个名字给下来时，有一个戴了帽，点名让王光去。王光不是个一般的学毛著积极分子，那些日记还说明他是一个很有水平的人。团里正缺笔杆子，师里也缺，哪儿都缺！他那些日记还放在师里搞展览，师政治部主任说这个兵送到教导队去，回来后到师里搞理论！团政治处主任说我们辛辛苦苦培养了好几年，我们用几年再送上去！我们报上去的材料你们老打回来，以后我就指望他！

四个兜还没穿上，师和团开始抢王光了！

团里检查不了身体，到师卫生队。团里一共十几个，坐着一辆破轿子车摇晃到师卫生队时，我一下紧张了。我在白大衬里看到了女人，很年轻的女人。

当兵时我没参加体检，但我知道体检要脱得光屁股。我有一个多月没洗澡了，训练时总出汗，身上早有了臭哄哄的味。我怕一脱衣服，医生们尤其是年轻的女医生闻到身上的臭味，一恶心，一马虎，再一生气，填个身体不及格可就全毁了。我问王光要不要脱衣服，他说不知道，估计要脱吧。我又问团干部股带队的干部脱不脱衣服，他说脱，当然脱！怎么能不脱呢？

我跑进厕所，见厕所里有自来水，还有拇指盖大的一块肥皂头，就先脱了上衣，光着膀子洗。水很凉，可我一点都不冷。我凭什么要冷？怎么会冷呢！我浑身火烧火燎热得烫手了！我用巴堂在打湿的肚皮和两肋里一搓，搓出一层小虫子似的垢条儿。就那么大块地，我几巴掌就搓遍了。有人进来上厕所，一推门吓了一跳，看着我的光脊梁呵呵地吸凉气。我有点生气，操，我都不冷，他吸什么凉气呢！我顾不上理他，继续洗。胳肢窝有点费劲，腋毛上霜似的结了一层汗渍，我把那块肥皂头全打上去，使劲搓了半天也没搓净。洗完后，我勾着头在胳肢窝里闻了闻。厕所里有很浓的药味和臭味儿，把我身上的味道全盖住了，啥味也闻不出。上身洗完，我准备把裤子也脱了洗下边，但厕所的门挡不住，想了想，我把背心沾上水又拧成半干，当作毛巾伸进裆里搓了好几遍。王光慌慌张张地喊我，我刚答应一声，他就冲进厕所了，他说快，马上喊到你的名字了！

量血压时还是出了问题。这一关本来马虎，医生们都知道这些体检的兵太激动太兴奋，一般血压都偏高。但我的血压高得太吓人。医生说你别紧张，让我大口呼吸了几次又重量。一量，血压表上的水晶柱子比刚才又蹿高了一截。医生叹口气摇摇头，刚要在体检表上填什么，我一下哭了，我说：求求你医生，我血压不高！医生看了我几秒钟，看得我泪珠子叭叭直掉。他说好吧，你出去散散步，松弛一下神经，等会再量一次。

我擦干眼泪出来，问王光怎么办。他说他看到好几个人刚才到卫生队的炊事班喝醋，让我也去喝几口。我赶快跑到炊事班，炊事员一见到我就骂起来。他说：他妈的，你也是来喝醋的吧，每次体检都喝我好几瓶醋，伙食费能不超支么！

骂完，他指了指醋瓶子。

我说：能过这一关，我给你买烟抽。

他说：喝完了快滚蛋！

我估计这么对他说的人不少，还估计喝完醋都把他忘了。我一口气灌下半瓶醋，回到量血压的地方时，嘴里还在冒酸气。医生苦笑一下说了一句什么玩笑，我理解他的好心，但我没听清他的玩笑。他把我的袖管一撸，我的心又开始咚咚地跳起来，伸在他面前的手抽筋一样地抖。医生不看血压表，看我的脸。看了一会，他说：算了吧，有这个机会不容易，放你一马。

医生竟然放了我一马！

我忍不住又把泪掉在了他面前。

我真想给他叩头，我说：我一辈子不忘记你！

我们就是在那儿认识了“雪里红”。七五年天津入伍的兵，一个疯丫头。师机关几个体检的兵都和她很熟，嘻嘻哈哈地和她说笑。她的笑很嫩很脆，像个小铃儿一样，笑着笑着让人受不住了，咽唾沫，想飘起来。她本来是药房的，专门接方子，拿药。那天体检的人多，忙不过来，抽她去帮忙。她的任务是用一根很细的针扎我们的耳朵，然后把一滴血刮在小玻璃条儿上。她对每人人都很好。她的心很软。她对每一个人都问：疼么？然后用棉球在我们的耳垂上捏一捏。很轻很认真地捏。

女人心软不是好事，要吃亏的！

心一软就给狗男人们留下空子了。

雪里红后来吃亏可能就吃在这吧？

可当时我和王光都喜欢她的心软。她给王光扎耳朵时，突然就那么叫了一声。王光以为她是自己扎着自己的手了，很不好意思。

她说：你叫王光？

王光点了点头。

她说：我叫杨光，就和你差一个字！

她又说：你怎么取了个女人名字呢？

她不说自己取了个男人的名字。

就这么几句话，遇到我也就过去了。可遇到王光就过不去了。我这兄弟也太多情，太那个了。他一下子让雪里红迷住了，迷懵了。事后想想，也怪不得王光。我们那时候多大年纪？用老兵们的话说：如狗的年纪！到处闻的狗！见了漂亮女人眼睛发直的年纪！要怪只能怪雪里红太美了！那么样的一个小美人，谁不迷呢？不迷才怪了！

那天晚上，我们住在师卫生队的病房里，第二天早晨要查肝功。给我们体检完，天还早，雪里红又回到了药房。王光在药房门口　来　去，想找雪里红，又没借口，怕碰鼻子。最后把我拉上了。他说走，找雪里红去。

我说什么雪里红？

他说扎耳朵的小姑娘！

说实话，在这之前我根本没注意什么雪里红，顾不上，量血压时把我吓惨了，扎耳朵那会儿我还在哆嗦呢！跟王光从药房门口过了一趟，我还没怎么上心。我没下死眼看，只不经意地瞟了一眼。我在心里让王光了，我觉得王光看上的女人我下死眼看，有点对不住王光。瞟那一眼的时候，杨光站在药架前不知在忙什么。白褂子套在她身上有点大，有点吊儿郎当随随便便的样子。但随随便便中却有了一种动人心魄的东西。不知这东西是什么，我没仔细看她的脸，不知她白褂子里的身条怎么样。总之，我没怎么上心。

可是后来我就不是上心的问题了。后来下班了，她脱掉了那该死的白褂子。王光像苍蝇一样盯上去，还叫上了我。王光求她帮忙，帮大忙，给我帮忙。

王光把我利用了。

也利用了杨光的软心肠。

她一听说帮大忙，把我们领到了她的宿舍。宿舍四张床，三个兵姑娘陆陆续续进来，又陆续出去了。杨光又脱掉了那该死的黄棉袄，露出一身利利索索的黑毛衣。我总算下死眼看了看她那张脸。就那么一个照面，我的心碎了！哗啦啦地碎了。她不是杨光，是阳光！我在阳光里要死了！要化掉了！我再不敢看她。我以前不是没见过美人，比如电影里的李铁梅。活生生的美人我也见过，就见过一个：老家王五的女人。好几年，只要梦里有点事，准是她！两条软软的大辫子，一条细腰，两瓣大屁股！可这些算得了什么呢？和眼前的美人比，那个美人简直是泥巴，是块土坷垃，是狗屎！

我没听清王光和杨光在说什么。

好像是说我，说我的肝！他们在说我的肝！

杨光记下了我的名字。

她把她写的字条递到了我面前。

她说：是这三个字么？

我看到了她写的三个字：许家忠。

我忘记我说什么了，我的汗滴到了纸上。

她安慰我：你别害怕么。化验单一出来，我先看，没问题就算了，有问题我来想办法，你放心。你看你，流这么多汗。

她说我，流这么多汗！

她让我别害怕！

她的心眼真好。王光还以为我的汗是为他流的。从杨光宿舍出来后，我们在卫生队外面的廊道里站了一会。我不说话。我看鹅毛一样的雪，看被雪盖起来的卫生队的空花坛。我站在那儿做梦了，我在想春天杨光穿着单衣在花坛里种花的样子。王光把我摇醒了，他说：家忠，你真行，你装得真像，我一说你肝有毛病，你的汗就出来了！

王光把我当灯泡使了一回。

那天晚上，我和王光睡在一间病房里，双人的单间，杨光给我们安排的。她让我们早睡，说睡晚了对查肝功不好。还让我们别把衣服脱“狠”了，她说病房脏，你们将就一晚上吧。可我和王光都睡不着，想想有杨光保驾，我们也不怕了。拉熄灯，靠在床头抽烟，说话。开始我还想杨光，嘴里有一句没一句地敷衍着王光朝下说。后来狠狠心不想了。忍痛割爱了。我和王光是好朋友，好兄弟，他看上的女人，我偷偷地在那儿想算什么呢?

我想我爹，想我妈，想我的三个哥哥。

王光也不想杨光了，他在想我们的将来。

他说：家忠，看来咱俩一辈子就在一块了。

我说：教导队还得好几个月呢！

他说：好几年熬过来，还在乎这几个月！

我说：妈的，叩了九十九个头，就差最后这一哆嗦了！

他说：剩下的这一哆嗦，是包狗屎咱也吃！

我说：妈的，这几年熬过来太不容易了！

他说：能遇上你真是我的福气！

我说：可惜，一下命令你就得走。

他说：妈的，哪儿我也不去！

我说：团里、师里都比连队强，去吧！

他说：豁上了，这一辈子就和你在一个壶里尿！

我说：你先到机关吧，以后下来当指导员。

他说：对，你当连长！

我说：咱俩一起干，肯定呱呱叫！

他说：妈的，你当营长！

我说：妈的，你干教导员！

他说：你当团长！

我说：你当政委！

他说：给你个师长你敢干么？

我说：有你当政委，军长我也敢干！

他说：好，就这么定了！

我说：行，你当政委！

他说：你当军长！到时候还是你说了算！

我说：那不行，政委是书记，你说了算！

他说：会上我说了算，会下你说了算！

我说：别分你我了，咱哥俩商量着来！

他说：是这话，集体研究决定吧！

明知是玩笑，可这么一路说下去我们却一点玩笑的意思都没有。都不笑。我们又说开了其它的话题，一个接一个。说着说着又说到我不原想的事情上去了。

王光说：家忠，你想找个什么样的老婆？

我说：这事慢慢再说吧。

他说：我想好了，就找她，谁我也不要了！

我知道他说的是雪里红杨光。

我心里疼。我不说了，我只听他说。

他说：能娶她做老婆，这一辈子足够了！

我不理他，他一个人慢慢说下去，他说：她有点太疯了，对人也太好，对谁都太好。女人怎么能这样呢？长得也太好，女人长得好打主意的人就多了！肯定有很多人打她的主意！师部里那个屌兵不是好东西，看她时满眼都是色！她怎么还跟他们笑呢？妈的，这卫生队的家伙们都是吃素的么？没人打她的歪主意么？要是当官的打她主意怎么办？能跑得掉么？！说着问着，王光开始不踏实了。我心里也被他说得七上八下。躺在那儿沉默了一会，像死了。王光突然很沉地叹口气，一翻身坐起来，拉亮电灯，很伤心地看着我。

他说：你看她像不像泄过密的人？

我说我不知道。

他的声音很大，愤怒的样子让我感到害怕。我怕惊动别人，尤其怕吵醒了旁边宿舍里的杨光。我朝窗户外指了指，顺手关掉电灯。我以为他会继续坐在那儿，结果他咕咚一声又躺下了，在黑暗中一声接一声地叹息起来。

他说：我不管，我豁上了，她有再多的毛病，是只大破鞋我也要娶他当老婆！

我不接他的话茬，他说的破鞋两个字刺疼了我的心。可他的决心又让我感动。他也不说话了，就那么躺着。很久之后我以为他睡着了。我也困了，想睡。王光像在梦中的声音轻飘飘地又飘进了我的耳朵。我知道那不是梦话，他醒着。

他说：我真想她啊！

他说：现在就想，想死我了！

就这么着我们俩恋上了一个人，一个我们俩都不该恋的人。可就那么眨眼的功夫，我们恋上了，不能自拔了。

剩下的事，我以后告诉你。

我想杨光，现在还想。

我的心早为她碎了。

离开连队去军官教导队的头天晚上，班里的兵们要给我送行。他们买了点瓜子，买了一瓶“伊犁特”。我买了一条“红雪莲”烟，会抽不会抽的兵我都敬他们。我说大伙过去抬举我，今后回来还靠大伙多抬举。结果他们马上就开始抬举我了。一个兵说班长你家的祖坟冒烟了，肯定有龙蛇之类的东西拱进你家的祖坟里，和你祖宗睡在一起。我拍了拍他的头，友好地对他笑了笑。兵们抽着我的烟，又车轮似地回敬我。我手里拿着，耳丫子里夹着，嘴里叼着，有点不胜烟力了。但我还得抽！这是大伙抬举的，不抽就是不识抬举，瞧不起人。我抽得腮帮子麻木，舌板子乌黑，嗓眼里火烧火燎。

过一会刘社会来叫我。他和国庆聚在福山那间小屋里为我送行。福田和福地也来了，哥俩有点不太自在，脸上的笑很勉强，心里不是滋味吧。我心里也不是滋味。一个闷罐车拉来的，我撒丫子跑到了前面，把他们远远地丢在后面了。我觉得有点对不起他们。福田已经当了半年的副班长，也入了党。刚有点感觉良好，以为差半步之遥就追上我，料不到我这么一蹿又把他拉下得更远了。从副班长到排长，可谓咫尺天涯。福田的脸有点灰，心更灰！他在笑，装得无所谓，可他瞒不住我。

一瓶酒，一个碗，我先敬福田。

我说：福田，我先趟条路，你跟着上！

福田一仰脖把酒喝了，没说话。

福田明白，他恐怕上不动了。

谁都在心里掂量自己吧？

福地也入了党，是骨干。

国庆是考察对象，入党没问题。

刘社会在我们排，我以后会关照他。

福山没写申请，他越来越让人琢磨不透了。

谁都明白在部队没什么戏可唱了。想想村里以前那些当过兵的人，想想老大老二老三，他们几个能混到这程度，本来都应该知足了，都不错。可我这么一上去，把他们害苦了。他们就这么回去么？怎么跟家里人交待呢？

酒喝得很难受。我不再说跟着我上的话了。那么说等于用刀子戳他们的心。我不知道该说什么。我想说点我的难处，苦处，我这个得意的人说点软话，也许多少能给他们一点安慰。

我说：我们家兄弟四个都当兵，老大不当兵死不了。我不当兵，我爹死不了。我爹连我提了个副班长都经受不住。求求你们先别把这事告诉家里，我妈要是知道了，恐怕更受不住。

我说的是实话。我是真想用我的苦处给他们点安慰。但我知道我怎么也安慰不了他们。他们的脸都告诉了我。

我总算熬出头了，我应该高兴。

可我想哭！

真想哭！

临走时赵德刚告诉我，到了军官教导队少说话，别出风头。赵德刚是对的。

能进军官教导队的人都是人中的尖子。尖子们聚在一起，全是尖子，就全是傻瓜了。和傻瓜在一起，最好的办法就是少开口。

我们那一期教导队是集团军开办的第三期，有人称作“黄埔三期”。黄埔两个字让那些傻瓜的血都沸腾起来了。瞧他们说话的样子，走路的样子吧，处处要显出一股牛 × 劲来！好像真进的是黄埔！好像也要惊天动地了！区队长和教官们放了两天羊，让傻瓜们得意，让傻瓜们表演，到第三天，区队长说话了。

他说：都他妈少给我要牛 ×，还黄埔呢，狗埔！看看你们这内务，看看你们这铺位，连狗铺还不如！你们以为你们是什么？兵，大头兵！教导队这一关过不了，你还是个兵！

教官说得更明白：想穿四个兜，想当大爷是不是？先当了孙子吧！各位，尾巴都夹紧了，别让我踩着！

就这么几句，一个个都老实了，蔫了。都像新兵一样争着抢着打水、扫地、给区队长和教官打洗脚水、洗衣服。做起这些事都很老练，就像在重操旧业一样透出一股麻利劲。但毕竟都是老兵，都是要穿四个兜的准排级干部了，难免让人感到不那么舒服，不那么是滋味。就像一个半老徐娘装扮成情窦初开的小姑娘，让人感到有点恶心。

第一期有两个退回去了，有几个身体不合格，有的被建议继续考察，有的被鉴定为不够成熟，不够诚实或团结不够好，不够谦虚等等。有的干脆来那么一句：此人不可用！据说，头两期最后栽在鉴定上缓下和没下命令的有十几个！

尾巴是得夹紧，来不得半点麻痹大意！

我知道该怎么做！我不给区队长和教官打洗脚水、洗衣服。有人给他们做，再争再抢，让他们烦！再说我长得老相，脸黑，不是巴结人的好料，让长得嫩的小白脸去做吧！我听赵德刚的话，他交待我少说话，别出风头。我越琢磨越觉得这话太符合教导队的情况了。就那么几个月，我用不着出风头，不靠前不靠后，平平安安地回连队就行。我把赵德刚的话当成了我那几个月的基本方针和政策。我只稍稍动了点脑筋。我们那一批有三个区队，区队之间明里暗里都在比试。区队长和教官都怕垫底，都想争第一，他们的心思都在这儿呢！我一下就抓住了问题的要害，知道该怎么干了。我在硬功上稍稍露了一手。露得很艺术。教官上军事课时我是最虚心最用功的一个，不管在教室还是在操场，只要他一说话一动作，我瞪得像铜铃一样的眼睛看着他连眨也不眨。我的动作显得有那么点生硬，很标准但就是有点说不出的别扭，好像就差那么一点点火候，就差那么一个有经验的教官来点拨一下了。我就留了那么一点点，那一点点恰恰是基层没经过严格训练的干部们教不出来的地方，又恰恰是教官们最得意最能亮绝招的地方。

我把这一点留给了我们区队的教官。

我让他那么悉心一点拨就变得炉火纯青了！

教官很喜欢点拨我。

他说：许家忠悟性高，进步很大！

我一点也不谦虚，我说：在基层摸爬滚打了好几年，基础有一些，但很多动作不到位，就差那么一点，能感觉到别扭，不舒服，但就是不知道别扭在哪儿。

教官说这就对了！我能看出他的得意来。被教官点拨了几次后，我成了区队标准班的一员，常被拉出去为全区队做示范。我只露这么一点。但这已经足够了。我一点也不为我的鉴定操心。

最后我的鉴定上有一条缺点：不够开朗。

我操，这是缺点么？

它比优点还让我高兴！

我有点为王光担心，他做了几年文书，早先的那点军事技术已经丢光了，在教导队恐怕糊弄不过去。但我的担心多余了。王光一到教导队就主动找到区队长和教官，说自己做文书，军事技术不行。他的诚实把区队长和教官都感动了。文书、炊事班长、机关的打官员、收发员、首长的公务员、司机也来了不少，但都撑着、憋着，像王光那样主动跑去说自己不行的一个也没有。

你见过老兵挨打吗？

教官打！用脚踢，用手里的棍子抽！

那些撑着的人都没少吃苦头。挨了打比新兵还老实。新兵敢哭鼻子抹眼泪，他们不敢，他们连屁也不敢放一个。想做官就得付出点代价，得当孙子！也有个别人哭，悄悄地躲着哭。我一点也不可怜他们。活该！谁让他们不诚实呢？那些“老杂”们没挨骂没挨揍的不多。王光是一个。王光不是诚实，他是聪明。

聪明又把王光害了。我一直在想，王光要是和那些人一起挨骂挨揍没准是件好事，也许就不会那么惨了。我了解他，以他的性格，别说挨揍，几句话一骂他就受不住。他就会蔫，就会闭上他那张嘴，一咬牙也就过去了。

没几天功夫，王光就在我们区队成了风云人物。那时候正在批“四人帮”，王光整天忙着写文章、出板报。他又开始写诗填词了。他一点也用不着为军事技术不行操心。他连训练也用不着参加，区队的那几块板报把他忙得够呛。他要做的只是在三个区队的板报比赛中拿回名次就行。有几天夜里，王光趴在被子里还在写文章，区队长知道后给他找了一间小屋，再赶着写文章时，他就可以单独躺在那间小屋里了。

他把区队长骗了。

连我也被他蒙在鼓里。

直到有一天他对我说：你知道我天天夜里在写什么吗？写信！给杨光写信！写诗！我为她写的诗快有一本书那么厚了！

我看过那个本子，很漂亮，缎面的封皮，里面怎么样我没看。里面的诗我也没看。王光让我看我不想看。他给杨光的那些信发走没有，不知道，发走了杨光给没给他回信，更不知道。我没问他，我装出毫不关心的样子。他一首一首地把那些诗朗颂给我听，他被自己的诗打动得鼻涕都流出来了，我却一句也没听进去。我在发呆，我的心疼得像一群鸟在叼一样。

他念罢了词问我：怎么样？

我说：什么怎么样？

他说：词。词怎么样？

我说：什么词？

他说：给杨光的词！你没听么？

我说：噢，杨光，就是那个“雪里红”么？

他没生我的气，人高兴的时候总是格外宽厚。我呢？我只顾心疼了。我怕他看出我的心思，我说：别只顾写词，耽误了板报！

他说：放心呢，那点活我闭着眼就干了。

他说得很轻松，有点伤感地合上了本子。

我们在教导队的另一个重要课目是政治课，内容是批判“四人帮”。政治教员上一课，留下一大堆讨论题。区队组织讨论时，第一个发言的总是王光。他不想第一个站起来也不行，区队长点名，让他抛砖引玉。王光一站起来就坐不下去了，他一个人能占去半堂课的时候。他连草稿都不打，就那么说，口若悬河，滔滔不绝，不时夹那么几句古人诗词之类的玩意，让别人听得云山雾罩，便又不得不佩服他的水平，佩服他的胆量。那么多人看着他，他连嗑巴都不打一个，脸上的神态那么轻松。我尤其佩服他的口才，也不知道他这一口绝活是什么时候练出来的。我甚至怀疑他是不是像我练口令一样，悄悄地练过他那张嘴。

连区队长都对王光感到吃惊。

他说：真想不到一个战士有这么高的水平，这么好的口才，天生吃政治工作这碗饭的料！

王光激动得脸都涨红了。

我也替他高兴。我把赵德刚交待我的那句话忘了。别出风头！王光的风头出得够高了。可是我还在为他高兴，我连做梦也没想到王光要大祸临头了。

一天晚上，我在厕所里听到两个人说话，不知他们在说谁，边说边骂，一副咬牙切齿的口气。听着听着我听出点名堂了。

一个说：这小子也太他妈牛 ×！

一个说：张狂吧，看他能张狂成什么样！

一个说：看他那张嘴吧，我一听他说话就烦。

一个说：妈的，他还真以为他成理论家了！

这不是说王光还能说谁呢！我不知道王光怎么得罪了他们。我在黑暗中听出了那两个家伙的声音，有一个就是挨揍时悄悄哭的那位。他们刚走出厕所，我慌慌张张地提着裤子也出来了。从他们恶狠狠的声音里我听出了一股杀气。我不知道有多少人像他们在恨王光。我去找王光，要给他提个醒，让他提防点，别跳得太高，别犯了众怒。

可是一切都晚了，来不及了。

有人一刀子捅在了王光最要命的地方。

起初，区队和教导队都想保王光。除了爱护王光，还有点害怕事情闹大的意思。闹成个重大政治事故谁也吃不消。我们团和师也有保王光的意思。但后来谁也保不了，谁也不敢保了。有人给集团军首长写了一封信，说王光为“四人帮”鸣冤叫屈。王光的具体言论我记不清，大概他说了“‘四人帮’那几个小爬虫能把全国闹乱么？有那么大的能耐么”之类的鬼话。

鬼话两个字是王光的原话，他一遍一遍地对区队、教导队和集团军工作组的人说：我怎么会说这种鬼话呢？我没说过这鬼话！

我相信他没说。但那些言论又太像他说的了，连语气都像。看来写信的人琢磨王光不是一天两天，而是把他琢磨透了。

王光说：我用党籍、军籍、用我的生命担保，我没说过这鬼话！

又说：你们查吧，查出来枪毙我！

查不出来。写信的人找不到。事情闹得太大，他们害怕了，缩头乌龟一样躲了起来。工作组把全区队的人一个一个单独叫到队部问，都说没听到王光说过那样的话。区队干部那几天一个个也都灰头土脸的样子。队长牙疼，腮帮子肿得很高，捂着嘴，一说话就咝咝吸凉气。王光整个毁了。他是毁了一半，他发誓要找到写信的人。他在区队里骂人，他说：都没听到王光说过那话，那信是谁写的？有胆量陷害人，没胆量承认，算什么玩意？王八蛋，哪个王八蛋写的信，给我站起来！

区队长还仔细核对了每个人的笔记，但仍然是枉费功夫。我知道是谁，我越来越有把握了。我一直在暗中观察在厕所里骂人的两个家伙。他们表面上很同情地安慰王光，他们骂写信的人比谁骂得都凶。但他们躲不过我的眼睛，他们害怕了。尤其是区队长说过那番话之后，他们怕得要死。

我敢肯定就是他们。

他们睡不好觉，眼睛里布满了血丝。

我在他们身后一咳嗽，他们就心慌意乱了。

他们知道我是王光的哥们，连我的眼睛都不敢看。他们单独出去，然后在戈壁滩上会合，他们一定是去商量对策了。从戈壁滩上回来后，他们的眼睛里多了一种东西，一种鱼死网破的凶煞之气。我想揭发他们也不能了，我怕逼急了他们会豁出去，会一口咬定王光说过那话。

你想想我会放过他们么？

王光或许还有一线希望。

为这一线希望，我只好暂时放过那两个杂种。我连王光也没敢告诉。他问我，家忠，你琢磨琢磨会是谁要害我呢？他有气无力地咬着牙齿，眼睛里凶巴巴的。他说：我要宰了他们！

我一点都不怀疑王光会这么做。

我说：顾不上了。先沉住气，还有希望！

王光像个孩子一样对我点了点头。我的话像根稻草一样被他抓住了，他使劲对我点头，可怜巴巴地看着我。想说什么，没说出来，又对我使劲点头。他没哭，我的泪水却涌了出来。我哭着说：兄弟，没完！咱还没完！还有希望！

工作组走了，作了一个很有弹性的结论，没说属实，也没说不属实。待查！让王光和我们都从这次事件中吸取教训。事情就这么不了了之，告了一个段落。这结果比我料想的要好。如果写信的那俩杂种一开始就豁上了，站出来一口咬定王光说了，那会是一种什么样的结果呢？事情总算没有糟到一点余地都没有的地步。不过，“待查”两个字值得琢磨，待到什么时候再查呢？还有“吸取教训”这句话也值得琢磨，既然没查出结果，有什么教训可吸取呢？教训倒是有，就是王光不该出风头，不该太聪明！王光那张呱呱叫的嘴沉默了，除了和我他跟谁也不说一句话。难得跟我说那么一句两句话时，一张嘴我就能闻到一股又酸又臭的气味。他沉默得嘴都发臭了！还嫌不够，闭着的嘴巴还死死地咬着，好像生怕一不小心又张开了嘴巴。可惜他这么做得太晚。王光死死闭着嘴巴的样子让我想起了我们老家的一句话。那句话是老家吃公家粮的人常常挂在嘴边教导自己的。农民们不说。农民没资格说。

那是一句很有意思的话。

笼统说就是：管好三巴。

上边管好嘴巴，另乱说！

中间管好巴掌，别乱摸！

下边管好什么我就不说了，都明白。话难听，但道理不差。仔细想想，栽了跟头的人，十有八九都是没管好了这三巴！做老百姓也好，做官也好，只要不乱说，不乱摸，不乱戳，灾祸就免掉了一多半。

王光没管好上边，他的聪明不该让嘴巴显出来。那些天，王光的眼泡一直肿着。脸也肿。区队长以为他身体虚，浮肿，把自己攒起来准备回家老婆坐月子用的红糖拿出来让王光喝。喝了还肿，我猜想王光一定躲在什么地方扇了自己的嘴巴。

王光还留在教导队。我对他说只要还留在这儿就还有戏。他明白我说的戏指什么，身上好像来了点精神，也不跟我说要宰谁的话了。过完春节，到阳历三月教导队的日子就要结束。还有拼的机会。王光想拼，可他实在有点拼不动。身子虚，心里只怕也空了，那一闷棍实在要了他的命了，任谁只怕也难缓过劲来。王光不再出板报，不再写文章，这些事区队已经换了另一个人去做。就是不换，王光那副恍恍惚惚的样子恐怕也写不出文章了。王光整天跟在我们一块训练，本来没什么基础，又有气无力，那副尴尬的样子别提让人多难受了。教官也很为难，虽然同情他，可让他站在队列里又实在太别扭。想给他找点公差什么的，不让他在队列里站着，但又怕伤他。王光呢？他不可能看不到这一层，可他偏要争口气，硬撑着。那支七斤半的枪最终没让他撑下去，只舞了几下，他便喘作一团，再也支撑不住。教官让他到一边歇一会，他只好出列，抱着枪蹲在操场边的树沟里默默地流泪去了。

春节时教导队放几天假，允许学员们各自回老部队去过年。很多人都走了，整个教导队没剩下几个人。王光不回，我只好留下来陪他。他连一天也不休息，还要训练，要赶上去。旧雪没化，又落了新雪，我们俩个把空荡荡的大操场上的新雪踏得乱七八糟。副指导员代表连里来看了我们，他一遍遍地安慰王光说：没关系，没关系！可说着说着他开始叹气了。副指导员是个细心人，除了吃的东西，他还给我们带来了一挂鞭。直到临走时他才把鞭掏出来。他说：他妈的，大过年的，你们放放鞭，驱驱邪气！

说完，他哈哈大笑着拍王光的肩膀又拍我的肩膀。他这手真灵，王光憋在眼里的泪一下就流了出来，我也跟着精神一震。

王光像是被那挂鞭炸醒了，脑子又有了灵劲。他把他为杨光写的那一本子诗交给我保存。直到这时我才知道他写给杨光的那些信一封也没发走。他把那一大堆信也交给我。看我有点紧张，王光笑了起来，他说：你想到哪儿去了，我的事不是待查么？我是怕他们查我写过什么，查出这些东西也够我喝一壶的。

我说：你怎么不把信寄给她呢？

王光一下不笑了，他说：我是想下了命令再一封一封寄给她。

他又说：不知道还有没有机会寄给她。

我明白他的意思，如果不提干，他的这些信等于白写了。一个没能提干的人向一个天津姑娘谈什么爱情呢？

我看着那些信，有点伤感。

我觉得王光有点像古戏里的落难公子了。

杨光呢？她应该是公子恋着的小姐吧。

那么我呢？我算什么？

我什么都不是。我是一个看戏的人。

我差不多已经看出点悲剧的味道了。

所以我伤感，我还想流泪。

我把那些信扎扎实实地包了起来。

春节之后，集团军要举行春季运动会。教导队是空架子，全靠我们那些学员。摸底时我想报军事五项。但教导队的几名教官把这个项目包了。清一色教官，不让学员参加。他们要是拿不下这个项目就太说不过去了。我只好改报一万米长跑。我耍了点小小的滑头，没急着报。直到最后这个项目还空着，区队、教导队动员了好几次还没人报时，我才颇有点悲壮地站了出来。区队长说，在运动会上能拿名次，将做为评选优秀学员的一个重要因素。他虽然留有余地，但谁都明白，能拿上名次，优秀学员当定了！

谁都不想放过这个机会。

优秀学员意味着优先提干！

我当然不会放过这么好的机会。

这个风头没有危险，我出定了！

王光也想抓住这个最后的机会，可他能干什么呢？眼看着那么多项目他只有叹气的份，连拉拉队都没选上他！区队倒是安排了一个很适合他的差事：通讯报道，把区队的好人好事写成表扬稿，送到运动会设立的广播站去。

干这差事的有好几个文书。

区队专门成立了一个通讯报道组。

王光只是其中的一个。

好不容易缓过来的一点劲又软了。离运动会召开的日子越来越近，我们参加项目的人吃起了小灶。学员里真是藏龙卧龙，很多人本来就是各单位要保留的文体骨干。有项目的人都在练，连拉拉队也集中在一起练习喊加油。剩下来的人不多，没什么可干，都在做些为我们服务之类的工作。我把区队的闹钟借出来，让王光帮我看时间，帮我数圈。我绕着大操场一圈一圈跑，王光抱着闹钟蹲在一边，眼睛跟着我划圈。我跑一圈，他就在地上用树棍划道杠。后来他不看我了，蹲在那儿像在打瞌睡，我跑到他面前时，他就有气无力地划那么一下。他终于蹲不住了，放下闹钟到别处去看打篮球，打乒乓球，看跳高的跳远的。他在各个训练点上穿来穿去，好像在找一件什么东西。有的项目他看得很马虎。有的看得很认真很投入，好像在掂量自己是不是也是那块料。不知道他在看什么，想什么，看到别人那生龙活虎的样子他不难受么？晚上他去了乒乓球室。我也去了，但我没进去。他看别人打球，我站在窗外看他。他的样子真让我心酸，他坐在一边的条椅上，瘦长的脑袋像个拨郎鼓一样，细脖子像根轴，随着飞来飞去的乒乓球转来转去。球落到他面前时，他慌慌张张地捡起来远远地朝打球的人抛过去。人家连看也不看他，接了球继续打，他默默地坐在那儿继续看，球再飞过来，他又继续慌慌张张地弓着腰去捡。直到别人打完球，走了，他还呆呆地坐在那儿。

你想像不到他要干什么。

他站在空荡荡的球台边，空着手，拉开打球的架势，就那么空空地抽几下。坐了一晚上，难道就为最后这么空空地抽几下么？我突然想起王光也是一个喜欢打乒乓球的人，而且打得还不错。但要到集团军参加比赛，恐怕就差得太远了。

他低着脑袋出来时，我赶快躲开了。

他天天晚上都到乒乓球室去。

我再不忍心去看他。

一天夜里，我睡得正香，王光把我捅醒了。他站在我的头边，像个魂一样。我跟着他去了操场。他很平静地沉默着，然后告诉我他要参加比赛。我以为他要参加乒乓球，没敢说他水平不行，我说参赛人员都定了，名单已经报上去。我还没说完，他就点头，他说他已经问过区队长，特殊情况可以换人。他看着我，看了很长时间，看得我都有点发毛了，好像有什么话要对我说，又说不出口。我没问他，觉得说什么都不合适。等他说。他终于把不好开口的话说了出来。

他说：家忠，我想换你。

我说：你疯了么？

他看着我，用眼睛向我哀求。

我说：我不换！你想进步，我不想么？

他说：家忠，别这么说，我知道你不是这么想的，你是怕我跑不下来，是么？

我不理他了。天很凉。我站起来要走，他一把拉住我。我们沉默地坐在那儿，像是找不到什么话可说。隔了好长时间他才长长地叹了一口气，然后慢慢说开了。

他说：家忠，求求你，把这个机会让给我，好么？你会让的，你不会见死不救，是么？我到了这一步，向谁开口，谁都会让我的，可我能干什么？我能比别人跳得远么？有别人跳得高么？一百米、二百米，那些短矩离我能跑到人前面去么？想拼命都没法拼！我想了，只有一万米这个项目我还能拼一拼！别人是要名次，要奖牌，我是要拼命！我肯定能跑过他们，我豁上了！家忠，我豁上了！你别婆婆妈妈，不要瞎操心，你只要把项目让给我就行。只有这点机会了，你就让我拼一拼吧。这个机会抓不住，我就完了，彻底完蛋了！

我还能说什么呢？

我只能答应他！

几天后的那个上午，我和王光一起站在了万米起跑线上。事情比我们想像的要简单，参加万米赛的人本来不多，又有几个不参赛的，用不着换我，王光也能参加比赛。这么一来我倒不怎么担心了，沿途我可以照顾他。我已经打消了拿名次的念头，哪怕垫底也无所谓，我要陪着王光，照顾好他。

赵德刚那天也来了，他带了几个人参加军事五项。人很多，大操场用白灰画了很多道，当成了田径场。到处都是人，乱哄哄地在喊加油。他从广播里听到万米赛中有我和王光，慌慌张张不知从哪儿跑了过来。几个月没见，他连句客气话也没有，先把我臭骂了一顿，然后又骂王光，边骂边把王光朝场外拉。他说王光你疯了么？不想要命了么？王光推了他一把，挣脱了，又站回自己的位置上。赵德刚又去拉他时，王光像个孩子一样挣扎着乱叫起来，赵德刚已经被裁判赶到一边去了，他还在乱叫。

他说：我要跑，我要跑，你别来管我！谁也别来管我！

发令枪响了！

赵德刚站在一边跺脚、摇头、叹气。

我们先在大操场绕场一周，然后上了公路。赵德刚追上我们，跟在我们后边跑了一段，婆婆妈妈地交待了我们半天。

他说：王光，你那事我和连里都在帮你想办法。

他真聪明，他知道王光为什么要跑。

他说：你放心，没事的，真的没事！

王光抹了一把汗，呼哧呼哧地喘着。

赵德刚说：悠着点，跑到哪儿算哪儿吧。实在累了，走一走再跑，啊。王光，你听见没有？前面有很长一段搓板路，小心让绊着。跟着家忠跑，让他带着你。

他最后这句话其实是说给我听的。我装着吐痰错过后两步，对赵德刚点点头，又轻轻地摆了摆手。他又跟着跑了几步慢慢停下了，对着王光和我的背后喊：我一会来迎你们！他还喊了什么听不清了，被跟上来的乱哄哄的脚步声踩得乱七八糟。我回头看了看，见他还站在那儿伸着脖子一直目送我们。

我紧跑两步，跟上了王光。

跑在最前边的人已经把我们拉下了好远。我知道王光有点急了，他不断抬起眼巴巴地朝前面看。后边有脚步跟上来时，他急得左看右看，恨不得一步迈过去拦在人家前面。他喘着气的嘴不时嘟噜一两句什么，像是在骂又从我们身边超过去的人。他看了我一眼，加快了脚步。

我说：你跑你的，不要管别人。

我跑到他前面后，又和他拉平，想把他的速度压下来，但压不住。

我说：按照自己的节奏来，不要被别人打乱了，别怕人家跑到前面去。该加速的时候，我知道。你只管放松跑，什么也别想。要想，就在心里哼点队列歌曲，一步一步踏到点上。别想跑了多远，也别想还剩多远。

这些话我事前给他讲过无数遍，可一看到别人跑到前面，他全忘了。我现在再说已经没有多大用处。有几个一直跑在我们前面的人，渐渐慢下来，有一个捂着肚子慢慢走，一个两手撑在膝盖上停在路边喘气。我终于找到了敲打王光的机会。

我说：你看看，这就是想跑快的下场！

这一下他有点害怕了，随着我的节奏慢了下来。我乘机给他鼓劲，让他平静下来。那天我把区队长的手表借来了，我敲敲表壳，显出胸有成竹的样子。我说：刚跑了三分之一，咱们悠着点，沉出气，一个一个都得被咱们追过去。

怎么样？又一个不行了！

他终于说了一句话，他说可不敢大意啊！

我说：你忘了我是赤脚大仙么？这些人里没咱的对手！

王光那天可真行。按我的预料，他能硬撑个两三千米也就不错了，结果大大出乎我的意料。我们跑得不慢，中游靠前。已经能看到前面那面在风中招展的红旗了，我们竟然快跑了一半。又有几个人软了下来，但都没停下，像走一样在跑。有的东倒西歪，趺趺撞撞，走得深一脚浅一脚的样子，就像喝醉了酒一样。有的走得悄悄惚惚，像在梦游。我不知不觉放慢了脚步。王光的样子也有点不太对头了，脸色通红，汗流如注，张着嘴呲着牙喘气，脚下开始打绊。我问他是不是嗓子发干，胸口发闷，喘不过气。他费力地摇了摇头。他在骗我。他被一股劲撑着。我明白一旦这股劲撑不住，他连像别人那样走都走不动。我没敢停下，一停下他就完了。

王光的脸由红变白的时候，我们绕过红旗，开始往回跑了。

插红旗的地方放了一大桶凉开水，王光伸手去接水时，手抖得碗都快端不住了，好像连脖子也仰不起来，水都顺着脖子流到胸前。拐弯时我数了数，在我们前面的有十几位，从他们的姿势上我判断有一大半也快要垮了。从我们身边错过去时，王光痴呆呆地看着他们，眼神露出了绝望的样子。喝完水又跑时他像疯子一样。但我把他拉住了。

我什么也没说。

我扶着他开始慢慢往前走。

我们就那么走着超过了两个人。

他的怒气消了下去。

他扭头对我惨笑一下。像个孩子。

我不理他，边走边捏他的膀子。捏完两条胳膊，又捏了捏他的脖子。他不再大口大口呲着牙喘气的时候，我让他在路边躺下了，捏他的小腿肚子，捏他的大腿巴子。他躺在地上，从闭着的眼缝里涌出了泪水。

他说家忠，谢谢你。

我轻轻地踢了他一脚。

那天我让王光缓过劲之后，我们一鼓作气跑了有两三千米。最后，我们前面只有那么摇摇晃晃的两三个人了。

王光软得像一堆泥巴。

我差不多在架着他跑。

跑得很慢，我也不行了。

王光说：家忠，快，再想点办法！

我没办法。

可我不敢说。

后面的脚步吧嗒吧嗒追上来了。

前面的人却越晃越远。

他说：家忠，说点高兴的事，给我鼓鼓劲！

我说不出来，我不记得有什么高兴的事了。

我说我怎么当兵，说大哥和我爹的死。说刘社会为了当兵连他妈都让队长干了。我一直没细问过王光的家事，他也不细说。我们好到那个份上他都不说，只凭这一点，只凭他这副拼命的架式，我猜想他心里肯定也有什么难言的苦事。痛苦能让我和刘社会像抽大烟一样，那么吧嗒一口就来精神，就长狠劲。我不知道这一招儿对王光有没有用。

他在咬牙！

他泥巴一样软的身子挺了一挺！

已经追上我们的人又落了下去。

就差那么两步吧？我好像听到吼了一声。

我听到身后咕咚了一声。

我不敢看。吧嗒的脚步声没了。

我觉得是我们把那个人捅倒的。

他以为会超过我们。可我和王光让他失望了。他就倒了！

可我顾不上了，我连想都没想回头去拉一把。

王光又软了。烟劲过去了。

我差一点把那两个写信的人告诉他。

他不是要宰他们么？宰人得有力气！

可我拿不准会出现什么样的后果。

我怕他哇地一声会把肺炸开。

我还怕他真的去宰他们。

我说：没准杨光今天也来了。

他架在我胳膊上的身子哆嗦了一下。

他剩下的力气只够哆嗦一下了。

就在他哆嗦那一下的时候，我们跑进了大操场。还要跑一圈！我记不清那一圈是怎么跑下来的了。不少人围着我们，乱哄哄地跟我们一起跑。好像有人在扶着我，很轻，就像是用一根细棍在撑着我。要不是那根棍我们肯定要倒下去。我模模糊糊听出有赵德刚的声音，区队长的声音和一些似曾相识的声音。但听不清他们说什么，耳朵里嗡嗡的响成了一片。我却能听我自己的声音，很小很小。我一直在喊：杨光！杨光！杨光！王光能感觉到我的声音，他一定感觉到了。我们头挨着头，我一只胳膊搂着他的腰，想松已经松不开了。我也感觉到了他的声音，那是他留在世上的最后一句话。

他把最后一点力气用在了这句话上。

他说：兄弟，我早知道你喜欢她。让她当我嫂子！

架在我脖子上的胳膊一下子软了。

我又移了一步，朝那根模糊的红线倒下去。

后来我才听说，倒下去时我一只胳膊抱着王光，让他先碰到了红线。我们一起倒在了赵德刚的怀里。他说费了很大的劲才把我们分开。

王光是第三名。

我是第四名。

两天后我在医院里醒来了。

王光没醒来。

我在太平间拉开那个大冰柜时，王光浑身透湿，苍白的脸上密密麻麻爬满了像汗珠一样的东西。 两个月后，我成了一名四个兜的小排长。

下命令的那天，我开始把王光的那些信一封一封地寄给杨光。一个星期两封，我用了半年的时间才把它们寄完。最后把那本写满情诗的笔记本也寄给了她。我有过要把它们和王光埋在一起的念头。到现在我也拿不准是埋掉还是寄给杨光更符合王光的心愿。我按我想的做了，我想让王光真的谈一回恋爱。

杨光一直没有回信，也没把信退回来。但我知道她把那些信都看过了。直到她最后收到笔记本和我夹在里面的一封信，她才回给我一封信。那封信很长。

她说她没想到写信的人已经不在人世了。

那封长信上沾满了油腻一样的东西。

密密麻麻像还没洇开就干了的雨点。

我能闻出来，那是杨光的泪水。

没有。我当然没放过那两个杂种！我把我的怀疑和我在厕所里听到的话告诉了区队领导。他们开始还想抵赖，后来有一个家伙先承认了，想把责任全部推到另一个头上。结果两个人相互咬起来了。咬来咬去，事情终于真相大白，他们诬告了王光。

教导队结束的前一天，他们被开除回去。那么多人都想揍他们，我真想替王光把他们宰了。但我们都没有动手。

我们用唾沫吐他们。

他们也完蛋了，灰溜溜地哭着走了。

但还是便宜了他们。

他们还活着。

王光却死了。

王光，我的好兄弟！

第五章

我刚当上排长那会，形势已经紧张得不行了。老兵们基本停止了探家，也用不着害怕让退伍复员了。养兵千日，用兵一时。到了该用的时候啦。老兵都成了宝贝。

我在教导队的那个春节，福田回去探家。十五天假期，他利利索索把婚结了。媳妇是肖寡妇家的二女儿，叫巧儿。肖寡妇家住过下乡工作队的一个女队员，巧儿初中毕业后在大队喂过一阵蚕，后来在村里当记工员，最后当了村小学的民办教师。我们当兵走时，巧儿还在读初中，模样我记不清了。只记得她姐很水灵，很秀气，和我们差不多的年纪。我们几个在一块开玩笑时常提到她，不记得是谁说过还要娶她当老婆，想不到福田娶了她妹妹。

时间真快，眨眼的功夫巧儿都成了媳妇。

福田说：妈的，咱一拨的姑娘全没啦！

又说：乖乖，村里那么多人我都不认识，一群新媳妇，一大片小崽子，看着眉眼熟，对不上号。我们走那会还拖着两条鼻涕的孩子，这会都当爹了，妈的，他们都当爹了！

福田说我妈的腰弯了，弯得很厉害。

他说：你二哥的头也白了一半！

又说：你三哥的儿子这么高。

他用手在胯骨那儿比了比。

他还不知道我已经定婚了，谁都不知道。

我的未婚妻是支书的女儿!

我刚从教导队回来不久，就接到老三的信，他说是支书自己亲自上门去提的亲。我妈和全家都吓傻了，以为支书疯了。但我知道支书没疯，我算了算日子，支书提亲时，我提干的外调信应该已经在支书手里了。

不久，支书的女儿也给我来信了，随信还寄来了照片。照片上她穿了一件大红的上衣，下衣看不出来，被一丛花遮住了。她站在那篷盛开的花后面，摆了一个很俗气的姿势，又白又大的脸圆得像一盘葵花。

她问我要照片。

我没给她，我连信也没回。

但我跑不脱了，我成了她的未婚夫。

支书选来选去，选上我做他的女婿。

支书对我妈说：让他回来结婚!

我不想结婚。

我的未婚妻叫玉琴。

玉琴的来信我连拆都不拆。顾不上拆。我正忙着给杨光寄信呢！老三也一封接一封信催我回去结婚。我懒得理他。他比我还积极，他看上这门亲了，他想沾支书的便宜！他竟然教训起我来了。他说：人家支书不讲门当户对，你还拗什么？!

你听听这话。这话肯定是支书说的!

支书算什么？算个屌!

支书的女儿算什么？算个屁!

她和杨光能比么?

谁能和杨光比?

可我跑不脱了。支书一网把我罩了个严严实实，怎么蹦也跑不脱！我试过，跑不脱!

到了冬天，我想回家结婚也走不了了。形势紧张的消息不断从南边传来。广播、报纸上的消息让我们义愤填膺，又激动万分。听说边界上的老百姓已经撤了，还听说很多部队都在悄悄地集结，已经压上去了。确切的消息还没有，训练比过去紧张，枪呀炮的擦了又擦。刘社会和国庆瞅着空就向我打听消息，以为我这个排长知道很多军事机密。他们的眼睛已经红了，和许多老兵一起咬破手指在请战书上戳了指印。刘社会已经写过两回遗书。国庆的遗书我也看过，说的尽是他姐姐的养育之恩。不像遗书。但是我想哭。我们几个常在福山的猪圈里聚一聚。那年老兵退伍差一点把福山作为非战斗兵员复员了，我和赵德刚副连长下了很大功夫才把他留住。福田的女儿已经出生，按辈份起名叫明秀。福田一封信回家给否了，但他琢磨了很久也没把女儿的名字琢磨出来。每次聚在一起，我们每人都要为他贡献出一个名字，但还是没有一个让他满意。刘社会实在想不出来了，对福田说：叫西边吧？黄西边，这名字全国不重！我们都骂他扯蛋！黄西边算什么名字呢？没想到福田却从西边受到了启发。

他说：是这个意思，叫塞西吧！在塞外，在西边，等我闺女长大了纪念我。

他又说：好了，我最后这个心愿算了啦！我没什么牵挂了，妈的，上战场吧！

福田的一句话一下把我们都说伤感了。就他结了婚，就他当了爹，可就数他心里沉。他一会说不该结婚，一会说要是生个儿子就好了，又唠叨说真死了留下巧儿和塞西怎么办呢？他变得都有点迷信了，他说：巧儿她妈是寡妇，会不会遗传呢？

他的这些丧气话像刀子捅我们的心。

刘社会说：福田你个王八蛋，好歹你睡过女人，你当爹了。你饱汉不知饿汉饥，说这种没良心的话。我们怎么办？我他妈这么大年龄，连女人也没碰过，跟你比我们亏不亏？！可我们谁他妈叹气了！ 福田脸红一红，又笑了。

他说：妈的，死，也能给我女儿拼出个当英雄的爸爸来！值了！

刘社会说：我以为这兵当到头了，完蛋了，回去不是剃头，不是劁猪就是修地球。谁知道又赶上了好运气！死了拉鸡巴倒！死不了，等着吧！

等什么他没说出来。

指望一仗撞大运的人不止刘社会。

我敢说，把命运押在战场的人有不少。

你说对了，是农民意识！

当然得批判！

就想痛痛快快打一仗的人有没有？

就想英雄一次的人有没有？

肯定有，太多了！

事到临头还不想上战场的人有没有?

肯定也有吧！什么样想法的人没有呢?

所以有我们这样的人也就毫不奇怪了。

批判吧，谁让我们是农民呢！

农民的脑袋脏，什么屎盆子都能扣！

只要是中国人的毛病，都能朝农民身上说。

不在乎，来吧！

死都不怕，还怕你批判么?！

福山有一句话说得更绝。

他说：活都不怕，还怕死么?！

战场还不知在哪儿呢，我们已经把脑袋别在裤腰上了。我们都想到了死，那么多人都想到了死。那么多人说死我都没往心里去，可福山一说出那句话，我的眼皮就抖起来，我觉得福山回不来了。

几天后的一个下午，老军长终于又到我们连来了。现任军长和好大一拨人跟着他，吉普车停了半操场。这一次老头不是来选警卫员。他把他的小儿子送到我们连。我们都没想到老头还有那么小的儿子，没想到老头的老伴那么年轻。很白的不太胖的脸，像尼姑的脸那么干净。我们没想到老头还有一个那么漂亮的女儿。穿军装，很静地站在那儿，不说话，扶着比她矮一头的小弟弟。她弟弟也穿军装，崭新。

老军长的儿子小皓，十五岁，读高一。这是现任军长告诉我们的。他说，老军长把读书的最小的儿子送到部队来，老军长给我们全体官兵做出了最好的榜样！他还要说下去，被老军长一挥手打断了。挥手的老军长显得很不满，嚷着让那些人都走，他像轰蚊子一样把一个挂了几架照相机忙着给小皓拍照的干部赶走了。

他说：我送儿子来当兵，你们兴师动众地都跑来干什么?别人的孩子能当兵，我的孩子就不能当兵?战争来了，人人平等！滚，你们都给我滚！

老头还是那么又怪又可爱，看上去他竟然比上次来精神了很多。他一点都不糊涂，我们以为他早把福山给忘了，结果他没忘。他说：那个叫黄福山的孩子呢?

他说的孩子已经是胡子拉碴的老兵了。

他没让福山来见他，他领着老伴、女儿和儿子在连长的陪同下去了猪圈。他看福山，看福山喂的猪，看福山的军功章，在福山那间挨着猪圈的小屋里坐了半天，把他送福山的那套毛选翻了又翻。

他问福山：都看完了？

福山说：看了很多遍。

他说：想明白没有？

福山红着脸点了点头。

老军长的女儿也进去看了看福山的住处，出来后眼圈红着，背着人擦眼泪。福山喊她姐，样子真像个小弟弟。福山把老军长的老伴喊阿姨。阿姨的眼圈也红了。福山没哭，福山尴尬地笑了笑。可是福山一看到老军长的儿子却掉泪了。他摸了摸小皓的头。过去常这么摸吧？就这么一摸，他的泪水出来了。

他说：小皓，你长这么高了！

那个谜底终于被揭开了。是老军长的老伴说出来的。她不说任谁也想不出福山到底干了什么。说出来，传开了，还有那么多人不相信。

据她说，自从福山到他们家之后，每次去买菜总比其他首长的公务员买的菜要便宜。便宜不多，一斤就便宜那么一两分钱。买菜在指定的食堂，不讲价。后来才发现不是菜便宜，是福山把他的津贴费一次几分钱贴在里面了。

老军长一下就把福山的动机看明白了。

他说：你少给我搞这种名堂！

然后就打发福山回来改造世界观。

很多人都不相信。可我信！

那天老军长的女儿一直到走还在哭。她哭什么呢？是哭为了他们家，为她爸爸的一句话，福山竟然在猪圈里住了六年么？再怎么哭，她也不会理解福山为什么那样做。她是同情和可怜福山吧？我猜想她可能还有点恨，恨她父亲和连队。不恨，她怎么会那样说呢？

她说：为什么？为什么？这太不公平了！

她真是少见多怪。这有什么不公平呢？

不过她那么一哭，那么一说，倒是帮了福山的大忙。老军长的心被女儿哭软了，他对连队的干部们说：这孩子是个好兵。

他把自己的话回味了半天，又摇了摇头。

然后对福山说：你那个军功章不值钱！是好样的，到战场上给我弄一个！

就凭这句话，没人敢阻拦福山上战场了。

从老军长送他的小儿子来当兵这事上，我们明白，战争离我们不远了。

果然，在不久后的一个早晨，战争来了！

出发的前几天，我终于去找了杨光。没见着她。药房里没有，宿舍里也没有。我一进她宿舍，头嗡地一下就大了。杨光那张床只剩下了张床板。床板上堆着乱七八糟的东西。

她走了，被处理回家了。

据说她和卫生队教导员干了那事。

我不信，死也不相信这是真的！

可杨光走了。那个教导员被处理了也是真的。这是杨光同宿舍的三个女兵告诉我的。她们的样子不像是在说假话。她们本来不想告诉我，要轰我走，要我站在宿舍外面跟她们说话，她们紧张害怕的样子就好像我要对她们图谋不轨。她们可能是受到了杨光的连累吧？她们那儿成了别人眼里的脏地方，她们不敢让我这个陌生的男人站在她们的宿舍里，她们怕遭闲话。可我管不了那么多，我痴呆呆地站在屋中间，看着杨光睡过的那张床发愣。她们问我是谁，是杨光的什么人，来找杨光干什么。她们就像是在对一截木桩讲话，连我的半个回音也没听到。我把她们吓坏了。谁也不敢再问我什么，都闭了嘴，三个人拥在一起，紧张地看着我一步一步地朝杨光的床铺走过去。我在床板上扒拉出一块空地，不知什么掉在了地上，哗 啦啦地滚了好远。我在扒拉出来的空床板上坐下来。双手抱头，默默无言。不知过了多长时间，我抬起头，一抬起头就止不住泪如雨下。

三个女兵一看我这样更慌了，但总算有一个看出了点名堂。她说：你就是那个王光的朋友吧？是你把王光的信寄给杨光的？

我点了点头。

她们这才坐下来，感叹了好半天。然后终于吞吞吐吐说出了杨光的事。按照她们的说法，教导员的老婆生孩子，杨光去看过几次，帮着照顾，一来二去的杨光就和教导员弄到了一块。按照她们说的时间，那时候我正把王光的信一封一封地寄给杨光。她们说着说着骂起来了，骂教导员不是个玩意儿，是头色狼。骂他老婆也不是玩意儿，把杨光的脸挠得全是血印，头发抓下来好大一绺。大概就是杨光接到笔记本给我写信之后不久，教导员和杨光的事露馅了。三个女兵不停地说着骂着，我能看出来，她们也想骂杨光。可她们在我面前忍住了，没骂。她们像是从我的眼泪里洞察出了我的心思。她们说杨光真可怜，太惨了，临走的时候哭得腰都直不起来。我想象不出杨光哭的样子。我只记得她的笑了，那么软，又那么脆，清爽得让听到的人都觉得心里干干净净、亮亮堂堂。我还记得她笋尖一样的手指，那么软和，轻轻地捻着我的耳垂，问我：疼么？我不疼，我倒是觉得她在心疼。她说：你看你流那么多汗，别怕么，有我呢。她这么说话时，就坐在我坐的地方。我想象不出，要是一辈子都有这么个人这么跟我说话，那该是一种什么样的滋味呢？！

我需要她！我不在乎她做过什么丑事！

她哭得腰都直不起来时一定想到了王光。

她想到我了么？

她哭得那么狠，一定是后悔了。

知道后悔就对了，她本来就是个好姑娘。

一定是别人在陷害她，冤枉她！

不然她怎么会哭得那么伤心呢？

我抹把泪，腾地站起来，硬梆梆地对三个小女兵撂下了一句。

我说：行了，你们别胡说八道！别瞎编！

她们在那儿发愣的时候，我嗖地一下窜出她们的宿舍，砰地带上了她们的房门。我怕她们说话，怕她们追出来向我解释。

可是我鬼使神差地去了厨房。

炊事员还是那个老兵，还是那个老样子。他正在大案台上揉馒头，一手一坨面，手扣着，像画圈一样两个圆丢丢的小馒头就出来了。他揉得正来劲，正舒服，把面坨子当着别的什么了吧？我轻轻咳嗽了一声，吓了他一大跳。

他说：你干吗？要喝醋吗？喝吧！

他有点慌神，没看清我的四个兜。

我不喝醋，我不知道我要来干什么。

我说：我喝过你的醋。

我抽出烟喂一支到他嘴里，给他点上火，自己也点燃了一支，然后把半包烟扔到案台上。他一点也不客气，但冷冰冰的脸热情起来了。

他说：噢，原来是你呀。

他在瞎蒙，他根本不认识我了。

我说：我说过一定请你抽烟的。

他说：你还真当回事呀。

我说：你们教导员呢？

他说：哪一个？老的还是新的？

我说：怎么，教导员换了么？

他说：看样子你是找董教导员吧？

我点点头。

他说：这会儿他该在老家种地了吧！

他的口气有点幸灾乐祸，让我感到了不妙，眼看着想躲开的那个劈雷朝我劈过来了。我想跑。可我却动不了。傻呆呆地戳在他面前，等着他把烧红的刀子朝我心里捅。

他说：老二不老实！

又说：按我的方法，骗了他！

他越说越来精神，问我：你知道是谁吗？

在他说出那个名字的一刹那，我跑掉了！

我没听到他说出来。

什么都没听到。

我不知道是谁。

不知道！

我们到达前线时，很多部队正在往回撤，胜利了，凯旋而归。鲜花、掌声、崇敬、爱戴，还有爱情都不属于我们。说实话，我们自己感到有点灰溜溜的味道。我们去的所有人都是作为骨干从全集团军抽出来的，加在一起不到一个团。我们有一个明确任务，就是把战争经验带回来。按照上级指示，我们本来是要分散到各个参战部队中去的，但大规模的行动已经结束，没地方可分散。好像已经没我们什么事了。

一到前线，我们就推了光头，住进兄弟部队留下的茅草棚，在丛林里进行适应性训练，在刚挖的湿漉漉的猫耳洞里练习蹲坑。我们自己把自己折腾得够呛。我们在丛林里一匍匐就是一天，在猫耳洞里一卧就是一夜或几夜。我们嘴上打了泡，裆也开始烂了。可我们连根鬼子毛都没有见着。我们的光脑袋上又长起了头发，但懒得刮了。我们憋坏了，憋得要出毛病！就凭憋成那样，我敢说，只要把我们放过那条河去，我们一个个准会像条疯狗一样，见人就扑，见人就咬。我们的牙实在太痒了。不光是牙，浑身上下，哪儿都痒！哪儿都憋！恨不得捅自己一刀，把憋着的都放出来。

战争真不是个玩意，它把我们耍了！

我们那么真心地想和它亲热亲热，走近它了，看见它赤裸裸地就站在我们面前，闻到了它热腾腾火辣辣的肉香，可它一扭身，让我们热扑扑的脸贴在了它的冷屁股上。它像鱼饵一样吊起了我们的胃口，勾出了我们肚里的蛔虫。它闪了我们一把！

我们成了战场上的待业青年。

我们只有憋着，只有干上火的份了。

我们想哭，可哭不出来。

看样子，有让我们撤的意思。

我们没啃上骨头，连点汤都没喝着。

我们使劲抠自己烂了的裆，抠得流血。

总算有几滴血洒在了战场上！

值不值就是它了。

狗操的战争，把我们耍惨了！

想拼一把的人拼不成了。

想英雄一把的人做梦去吧。

想赌一把的人眼看要输了。

连想死也死不成了。想死的人可不是没有。我就是一个。我和刘社会不同，和国庆和黄家兄弟们都不同。他们和我差了整整一个境界。我当过官了，过了瘾了，就那么回事！活着能娶杨光么？我瞒不过我自己，我知道那事是真的。就算我不在乎，可我能娶上她么？我到哪儿去找她？能找到她她就能嫁给我么？我凭什么要活着？活着娶支书的女儿么？我为什么要便宜支书那个王八蛋？我爹死了，难道就是为了换来一个王八蛋做我的老丈人么？我能把队长那老杂种的拜把子兄弟喊爹么？能让我厚道了一辈子的妈和鱼肉乡里的支书当亲家么？娶了他女儿，我就给他锦上添花了，他就在那把宝座上坐得更稳当，我就成了他的帮凶和走狗。有这么多理由，哪一条都让我不想活。我总算找到了给我的未婚妻玉琴写信的机会。我坐在猫耳洞里喊了她一声亲爱的，我写下这句话时，自己都感到肉麻。我在信纸上揉满了泥巴，还蹭了一点血在上面，然后我请她慎重考虑我们的关系。我对她说战争太残酷了，我不想让她当寡妇，请她趁早另择良婿。如果她不是傻瓜，她一定能明白我的意思。这就是战争给我带来的一点好处，我能够冠冕堂皇地退掉支书的女儿了！

我狠狠地打了支书一个窝心拳。

我让他哑巴吃黄连。

我死了他也休想占我的便宜。

好几千人的大队，谁不想当支书的驸马爷？

只有我许家忠不想！也只有我敢！

玉琴是无辜的，我有点同情她。

可我不是无辜的么？谁来同情我？！

我只不过不想娶她罢了。谁我也不要！

我想要去死！

任务终于来了。你想象不出给我们的是什么任务，任谁也想象不出。竟然让我们深入到整个战区去寻找尸体。别说我们，连军区、连集团军的首长们也没料到，也想不通吧？我们那近一团的人可都是挑了又挑的尖子，准备回去作为有战争经验的骨干洒向整个集团军的。让我们去收尸体，算怎么回事呢！预料到部队会有情绪，先在干部中做动员。

那天，我跟在赵德刚后面垂头丧气地走进会场时，脑子里尽在琢磨些与战争毫不相干的事。去把尸体扛回来，本来就是件与战争毫不相干的事，琢磨它干吗呢？那么多人都在叹气摇头发牢骚，委屈得不得了。我懒得说话，也没我小排长说话的份。可就那么一会，首长才刚讲了几句，会场就不对劲了。我的心也一点点往下沉。我们只知道仗打胜了，付出的代价却远远出乎我们的想象。不是任务的关系，恐怕不会把实情告诉我们吧。首长干巴巴地给我们念一串数字，参战多少人，活着的和牺牲的加在一起回来了多少人，剩下的他没念，让我们算。

不敢算!

算出来不敢相信。

我想象不出那串数字是要是活着的人，能密麻麻站成多么大一片。我想到了漫山遍野这个词。那串数字活动起来，像一窝老鼠啃我的心。我们刚到前线去烈士陵园时，我觉得那些牺牲的人埋不进祖坟，离爹妈那么远，太惨，太可怜了。我不敢看那些趴在坟头上哭儿子的爹妈们，他们让我受不了。可和那些我们要找的人一比，我倒是觉得他们是幸运的了。

我不再想要死的事了。人一辈子总有那么几次能认识到自己是个王八蛋!这不是坏事。我在心里痛骂自己，羞辱自己的时候，突然又想到了被手榴弹炸死的大哥，被一口酒呛死的我爹。不过这一次想的时候心情和从前大不一样。我是把自己和那些失去亲人的父母们、兄弟们和妻子儿女们在做比较。我得去找他们，好好把他们背回来、抱回来。就是进不了祖坟，见不着爹妈，也不能让他们像孤魂野鬼似的在外边游荡。得让他们回来，回到自己的国土上来!

静了半天，没有一个人说出那串数字。那个给我们做动员的首长也始终没说。

他不是我们集团军的，是代表总部来给我们下达任务的。看样子年纪不轻，有五十或者六十了。他说：这不是一般的作战任务。能找回一个，比打死再多的敌人也值得高兴。值得欣慰。

他的老泪流了出来。

他说：把那些孩子们找回来吧。

我没见到过有这样下达命令的。

他说：同志们，拜托你们了!

虽然只有不足一个团的兵力，但我们是代表集团军来参战的。上级安排了一个特务连配属给集团军，负责在前面开路，侦察敌情。他们像一把梳子一样在我们前面梳来梳去。我们要做的只是把尸体找到，聚在一起，然后送回去。我们连的任务是专找尸体，放在指定的地点，由其他连队像接力棒一样，一段一段中转。随着不断朝前深入，每个连队负责中转的距离越来越大。那条像传送带一样的尸体运输线，越来越长，也越来越细了。担架抬回去的是尸体，抬回来的是食品。慢慢中转到我们手里的食品，沾满了腐烂尸体的气息。

为了安全，我们整个连的活动范围以堆放尸体处为中心，半径控制在一公里之内，但执行起来就不那么好掌握了。一会儿上，一会儿下，一会是灌木林，一会又是山洞里，找着找着就走远了。

尸体找起来很难，也很少，并不是像我想像的那样到处都躺满了。可能是刚打过来时，牺牲的人还来得及送回去吧。

我们排第一个发现尸体的是刘社会。他和国庆、福山还有老军长的儿子小皓都编在我那个排里。尸体是在一处炸塌了一半的山洞里发现的。刘社会和国庆一个组，小组都是在班范围内自由组合，主要是两人在一起能相互照应，也便于搬运尸体。刘社会比国庆胆大。钻山洞总是他在前头。发现那个炸塌了一半的山洞时，国庆先从洞口扔进去一个罐头盒，没有动静，刘社会就端着枪打着手电钻进去了。出来时刘社会一手提枪，一手抱着一个战士，嘴里咬着手电。国庆在洞口惊叫了一声，我带着几个人赶过去时，他还站在那儿哆嗦。刘社会放下尸体，从嘴里取下手电，生气地看着国庆，说：你叫什么？吓我一跳！

国庆的脸由白变红。

第一次见到尸体，害怕的不止国庆一个。我也有点怕。尸体的脸肿得很大，变成暗绿了，血是黑的，头发成了一块饼。我挨着尸体蹲下去，下死眼盯了一会，不害怕了，但恶心，想吐。有人跑到一边吐去了，我没看他是谁，怕他难堪。这没什么不正常的，多看几个就习惯了。我在水壶里倒点水打湿毛巾，替那位牺牲的兄弟擦了擦脸。

我站起来时，眼泪不知不觉地流了出来。

就从那会儿开始，我再也不想死了。

不是怕死。我是说能活着一定要活着。

我把那张暗绿的脸洗得干干净净。后来又找到的几个兄弟，我的兵们都要给他们洗脸，要把军装给他们扣得整整齐齐，但再后来就顾不上了，太多，那些事只好拜托后方的弟兄们去费心了。

这位兄弟还好，不是最惨的。

我们找到过只剩半边脑袋的兄弟。

没有胳膊腿的兄弟。

肚子成了一个空洞的兄弟。

在丛林里被虫子嘬光了肉的兄弟。

和敌人抱在一起被咬得面目全非的兄弟。

还有只剩下胳膊和腿的兄弟。我们只能凭袖管和裤管的布料及颜色认出他们。我也不再流泪，麻木了。但更仔细，更细心了。哪怕全是敌人的尸体叠在一起，我们也要翻找一遍。我们从看上去可疑的土堆里、草堆里扒出来好几个兄弟。他们是牺牲后被战友们匆忙埋起来和藏起来的。

就在我们不再流泪、不再害怕、把越来越多的兄弟找到的时候，危险来了。其实我们刚趟过那条河，走进丛林的第一步危险就跟着我们了，黑洞洞的枪口一直在瞄着我们。那么多天没有动静，静得让人发毛，让人不踏实。并不是没有意识到。但意识到了就不管那些牺牲的兄弟们么？我们就像一群赶在雷雨之前抢收庄稼的人，明知道那声惊天动地的劈雷要砸下来，可顾不上了。

只是没料到是那么大的一个阴谋。

杂种们终于下手了。

他们成功地躲过了最前面的侦察连，绕了那么大的圈子到了我们的背后，等了那么久才动手，他们准备足了。最先受到袭击的是我们后面那条越来越长、越来越细的运输线。在最后面。那是我们的归路。让我们大着胆子，顺顺当当地深入了那么远，杂种们要掐断我们的归路了。我一下想到了口袋！没错，一只大口袋。在我们前面，侦察连的兄弟们终于也接上火了。离我们不远，子弹嗖嗖地在我们头顶上飘来飘去。有的很高，在天空和树梢儿上拉着哨子。有的很低，在我们前前后后的岩石上崩出一簇簇的石沫子。手榴弹也响起来了，前后左右都有，轰轰隆隆地响过之后，嗡嗡的余音夹着人的乱七八糟的声音。说实话，我们被打惨了，有些晕头转向，措手不及。不过我们一下倒踏实下来了。悬在头上的东西终于砸了下来。就这么回事，没什么可怕的，豁上了！这么一想才终于明白，我们一直暗暗盼着的不就是这个么？

是的，我们一直在盼它！

那么多的尸体让我们实在受不了了！事后想想，要是就那么一直顺顺当当地下去，不打起来，不见点血，不体验一下脑袋别在裤腰上的滋味，不亲手宰几个，不把我们的心划道口子把憋着东西放出来，我们就毁了，会憋死，我们会觉得连自己都对不住。再说头上的那把刀不剁下来，我们永远不会踏实，会心惊肉跳地等它一辈子。

杂种操的们把我们救了。

可是看不见他们，他们在耍我们。朝我们打冷枪、放黑炮，神出鬼没地在丛林里窜来窜去，打一枪换一个地方。运输线没停下来，还在源源不断把我们寻找到的尸体运往后方。我们也没停下。杂种操的们别想让我们停下，别想让我们丢下我们的兄弟不管。连队重新进行了部署，收缩活动半径，由赵德刚带领一个排顶在前面，占领制高点，其余三个排呈品字形继续朝前寻找。我们排在右翼。我把三个班调整成四个，我带一个班游动在最外侧，把活动范围一点一点朝外扩，形成一道防线对全排起到保护作用。同时，我把原来的两人一组改为三人一组，寻找和搬运尸体时，专门有一人担任警戒。每个组也是一个战斗集体。我不怎么担心我这个排，大多都是有四五年以上军龄的老兵，除了八个正副班长，还有刘社会、国庆和福山他们几个铁杆骨干。我唯一担心的是小皓。赵德刚本来想把我这个排带到前面去的，考虑到小皓在我这个排，他也只好把另一个排带走了。这倒不是因为小皓是老军长的儿子。我们担心他、护着他是因为他还是个孩子。十五岁，应该在教室里读书。他什么都还不懂，在丛林里睡觉，他做梦都还在喊妈。天亮时要把他叫醒，得让福山费很大的功夫。他连害怕都不知道。他醒来后还迷迷愣愣的样子真是孩子相十足。小皓是好样的。过河时，一起到前线来的集团军首长要把他留在身边的指挥部里，他死活不干，说什么也要跟连队在一起。他和福山熟，在丛林里像个跟屁虫似的福山走到哪儿他跟到哪儿，他还把福山和我们都叫叔叔。我训过他很多次，让他改掉这毛病。我是想让他从心里暂时忘掉自己是个孩子。我逼着他一遍一遍喊福山的名字，他喊福山这两个字时脸都涨红了，可一到关键时候，一张嘴他又忘了。福山呢，也真成叔叔了，连小皓拉屎拉尿他都跟着，端着枪眼睛瞪得牛蛋一样护在一边。时间稍长一点，他就伸着脖子看一看蹲在隐蔽处的小皓。连小皓蹲在哪儿拉屎，地方都是他亲自选。别人都是抬尸体，福山是背，是扛，他像是不忍心让小皓看到那么多的尸体。福山像个保姆，像个忠心耿耿的老家奴。我知道这么想不对，可我还是忍不住要这样想。不过，有福山这么护着小皓，倒是让我放心了很多。

重新调整人员时，小皓首先抢着要跟我带的那个班一起执行游动侦察任务，他竟然一眼就看出来这是个最危险的事。他让我一下就觉得他不是孩子了。我小看了这孩子，他竟然跟我顶了起来。

他说：我连书都不读了，我是来干吗的?

他要是不说后面那句话，我肯定不会同意。

他说：你欺负人，我知道你恨我爸爸！

这孩子真让我一点办法都没有。

我说：那好吧，跟着福山，在他后边！

我又特意交待另外两个老兵，让他们和福山一起保护好小皓。我喜欢这孩子，心疼这孩子。我没有弟弟，我打心眼里把他当着自己的弟弟了。那时候我想，我这个排都死光了，也得让小皓活着，让他活着回去继续读书。我同意他的要求之后，小皓高兴坏了。在一丛灌木旁，他悄悄地扯了扯我的衣角，对我说：许叔叔，谢谢你！

他生怕别人听见，说完就跑了。

我看着他很瘦小的脊背，鼻子发酸。

凭这孩子，我得原谅他爸爸。

老头纵有多么对不起福山，我都不计较了。

我在堆放尸体的地方，碰到了福田。他告诉我他们连已经和敌人遭遇过几次，死了十几个人。他边跟我说话，边指挥人把尸体捆在担架上，看样子他指挥的不止一个班。他脸上有好几道血口子，右耳朵上豁了有铜钱大一块，干血印顺着耳根到了脖子里。见我在看他的耳朵，福田笑了笑。

他说：妈的，差一点十环！

他说得轻描淡写。但很快又显得心事重重了。我知道他牵挂福地和福山。我已经让一个兵去叫福山，但半天没回来，福田也等不急了。他死盯着我，想说什么又没说，眼神里很复杂。和他搭档的那个兵挑了一个大个捆在担架上。捆得很结实，用一块黑塑料布蒙在上面，然后把他们叠好的雨布塞在尸体的头下面，像个枕头，看上去躺在上面的人很舒服。但一抬起来，担架上的两只脚就露在外边了。个太大，很重，福田肩上的带子勒进去很深。担起担架后，福田突然一把拉住了我，拉得很紧，半天没松手。

他说：家忠，福山交给你了。

又说：你可要多关照他！

说这话时福田的脸红了。我点点头，什么也没说。我打心眼里不爱听他这话。战场上，大家都是生死兄弟，用得着他这么交待么？我不知道他说的关照是不是还有别的意思。他死盯着我。脸红了。他抓我抓得那么紧。我琢磨他的眼神里恐怕是有别的意思的吧！我越想越觉得别扭，一下子就觉得他耳朵上那个铜钱大的豁口轻飘飘的没什么分量了。我把福田的原话告诉了福山，我想听听他怎么说！

福山明白我的意思。他说了一句我没想到的话。

他说：这话他该说，你也该听。可该怎么做你还得怎么做！

福山这话真是堂堂正正！

说完他就走了。

脸红的该是我了。我在心里骂自己真不是个东西！想抽自己的嘴巴。福田怎么就不能说那话？就是真有点别的意思又怎么了？！福田不是孬种，他专挑大个的尸体抬，子弹差一点崩了脑袋他都没当回事！他也不会让福山当孬种！可是他担心弟弟。他要不那么说，才真不像个人了！

我想对福山说点什么。

说不出来。

也来不及了。

枪声突然响起来的时候，福山在我左边几米远的地方。枪声噼里啪啦响了好大一阵，然后静了，很长时间再没有动静。只有福山和小皓没爬起来。不知谁先发现了他们，叫了一声。我跑过去时，福山在动，想从小皓身上爬起来。两人身上都有血，不知是谁的。

我把福山从小皓身上抱了下来。小皓没事，一骨碌从地上翻了起来。他身上的血是福山的。枪打在福山的背上。枪刚响的时候，福山应该是面朝敌人的，他是回头扑倒小皓时，后背上挨了那致命的一枪。

福山的背真薄，被穿透了。

小皓是个明白孩子，知道那一枪福山是替他挨的。他连哭都顾不上了，端着枪就朝前跑，朝前面的林子里撸了好几梭子。冲锋枪快要把他弹起来了。他连枪都压不住，打到后来，枪口跑到了天上，子弹嗡嗡地飞进了空中。子弹光了，他还站在那大喊大叫地骂。

他说：王八蛋，你们出来！给我出来！你们打他干什么？有本事你们出来！

几片树叶一悠一荡地落了下来。

福山很清醒，听见小皓拖着哭腔的骂声，他很高兴，很满足的样子，朝我笑了笑。小皓跑过来哇哇地哭，叔叔叔叔地叫个不停。福山听他哭了一阵，叫了一阵后，突然说：小皓，别哭了！

小皓真不哭了，一抽一抽地忍着。

福山说：听许叔叔的话，听叔叔们的话！

小皓一抽一抽地点头。

福山说：家忠，别难为小皓，他还真是个孩子呢，就让他喊你们叔叔吧！

我说：你放心吧，我听你的。

我觉得福山已经不行了。

我边给他包扎，边让人去喊卫生员。他的血还在朝外流，把按上去的一团纱布染红透了。军衣上的血一层染一层，慢慢变紫、变黑。

福山说：家忠，别费事了，有这点时间说说话吧，刘社会和国庆呢?

我说：来了，马上就来了。

一见到刘社会和国庆，福山自己先哭了。没哭出声，涌出了一串泪水。

福山说：社会，有句话我一直想跟你说。

刘社会说：你说吧，我好好听着。

福山说：我喜欢你大妹妹。

我们都愣住了，刘社会的大妹妹已经结婚了好几年。

刘社会说：好的，我让她嫁给你。

福山笑了一下，说：可惜，太晚了。

刘社会说：只要你不嫌弃，我让她改嫁！

福山说：我是说，我要死了。

刘社会说：怎么说这屌话！活着，一定要活着！福山，

你不够意思，你怎么不早说? 早说我妹妹就不嫁给别人。你看得上她，我们全家肯定高兴，我也高兴！福山，这口气撑着，别咽！回去我就让我大妹改嫁！真的！她听我的话。福山！福山！！福山！！！

福山睁开眼睛，声音弱得听不见了。

我把耳朵贴在他的嘴上。

他说：太亏了，没赚一个，连本都不够。家忠，我亏死了！

我听到咕嘟了一声，不知道哪儿在响。但我敢肯定是从福山身上响出来的。

刘社会还在说要把妹妹嫁给福山的话，声音很大。我琢磨福山听到了。他的眼皮那么轻轻地动了一下，但没合上。我的手刚放到福山脸上，又拿了下来。

我问：谁还有话要对福山说吗?

都在哭，都不说话。

我说：福山，我们一定替你赚一个!

我合上了福山的眼皮。

林子里下起了雨。这一下就再没停过。我没听刘社会和福山的话，也不顾小皓的哭闹，坚持把福山交给担架队担走。小皓趴在福山身上，我一把将他拉开了。我请担架队的人给福田传话，让他们告诉福田福山死了。只要他们能遇上福田，兄弟俩就能见上最后一面。没准还能遇上福地。我能为福山做的只有这点事了。还有就是我答应的要替他赚一个。我不知道能不能做到，这要看能不能再遇着杂种们了。只要遇上，纵有多大的代价，我也要把答应福山的事兑现了！刘社会跟我打个招呼，也不管我同不同意就和国庆到了我带的这个班里。他在心里已经把福山当成妹夫了。几天之后，我们开始奉命撤退。每个班都开始面临同样的危险了。

直到这时才跟我们动真的。那么顺顺当当地放我们进来，能轻易地放我们走么？起初是顾不上我们，怕我们掉头就跑吧？他们只顾和后面的大部队较劲了。现在开始要动我们了，躲在暗处的眼睛看出了我们要走的意思。盯了那么久，他们也着急了吧？该动手了。

怎么说呢？我只能说我们很惨。太被动了。平均算下来，我不知道我们连是不是够本，我们差不多只有半个连回来了。但我兑现了答应福山的事，我亲眼看到自己撂倒了一个。至少我让福山够本了。刘社会撂倒了两个。这两个就算为福山赚的吧！但刘社会付出了沉重的代价。用他的话说，敌人用一颗铜弹换了他一颗肉蛋。

他说：我爹劁了一辈子猪，临了我被骗了。我一颗肉蛋换了他们一颗铜蛋!

我的小腿肚子受了点轻伤。

国庆一根毫毛没损。

最让我难以接受的是赵德刚也死了。他的死对我是个沉重打击，就像身边的一棵大树被一阵狂风连根掀倒了。我想象不出他怎么会死。他在我眼里是最出色的一个了。他一直顶在最前面，带着一个排，像一只张开翅膀的老母鸡护着我们。开始撤的时候，他又留在了最后，为全连断后。他身体上有五个枪眼，个个像酒盅一样。他的血从那五个黑洞里流尽了，连脸皮都塌得不成样子。我不敢看他的脸。我上去背了他一段路，身体轻得让我不敢相信是他。他的头软软地搭在我的肩上，在我的耳朵上蹭来蹭去，就像在跟我说着什么。我也跟他说。说的都是半截话。我和他心有灵犀，用不着唠唠叨叨说得太明白。说着说着，我觉得他的身子又重起来。

福山死后半个月，我们撤回来了，总共还有一个营多点吧。朝后撤退的那十几天，我们一直在和敌人干仗。记不清打了几仗，也说不清怎么打的了，稀里糊涂。我们没有攻占过一个山头，也没坚守过什么 ×× 号高地之类。这好像是战争中必须有的玩意！但我们没有。我们找不到一个恰当的战争俗语来概括我们打过的那些仗。敌人一直围着我们，追着我们，所有的仗就是在这种背景下干起来的。说实话我们打得不怎么样，有些窝囊，有些狼狈。但我们问心无愧！

我们把那么多兄弟的尸体找回来了！

我们是那场战争中损失最惨重的部队之一。

总部首长给过我们一句话，他说，难为你们了！有他这句话我们知足！

我们找回来上万具尸体，可我们有不少尸体却回不来了。还有活着的也没回来，被打散了。那么深那么密的林子，他们能回来么？

福田还没回来。

福地还没回来。

不知道他们是死是活。

福田的爷带着巧儿一起来了。他们是作为烈士家属来处理福山的后事的。部队还暂时住在前线，与那片林子隔河相望。每天都有被打散的战士从那边回来。福田的爷爷和巧儿一起哭过一回福山后，就顾不上了，整天要到前边去等福田和福地。前面不让去，他们就在后面打听，见到人就问：你们看见福田哥俩没？

我以为福山的爷会哭得死去活来的，结果没有。吧嗒吧嗒地掉了一阵眼泪后，他坐在福山的墓前抽起了旱烟。连队干部们站在一边劝他，让他想开点。

他说：我有啥想不开的？娃么，说金贵也金贵，说不金贵也不金贵。吃了军饷就是国家的人，死了只当在我们身上割块肉！

他有他伤心的地方。他说：福山他妈不会生呢，就他一根独苗。福山这一脉咋办？就这么断了么？巧儿，你们多生，过继一个到福山名下。

他这么说时，眼泪哗哗地又下来了。

他还骂福田。他说：杂种，他不听我的话，交待了让他哥仨抱成团，打架亲兄弟，上阵父子兵，东一个西一个能不吃亏么？杂种，回来了，看我不一烟杆敲死他！

巧儿泪水涟涟地听着，不说话。她恍恍惚惚发呆的样子比大哭大叫还让人难受。她的泪水把眼睛都要憋坏了，可忍着，不敢流。不知道福田死活，她怕流泪不吉利。一见到我和国庆她就问：他们能回来么？

我们开始还说能，安慰她。后来不敢说了，只点头。对面的林子里还常有炮和地雷轰隆隆的爆炸声，勾勾的枪声也不间断，巧儿一听到这声音就浑身哆嗦脸吓得发白。福田的爷耳朵聋，听不到声音。但他的眼皮跳。他揉了两片青树叶贴在眼皮上，让巧儿也贴了两片。我害怕见到他们。一见到他们就不自在，就想从他们面前逃跑。我没脸见他们。不为别的，就为福山死了，我没死！为福田福地没回来，我回来了！

福田是在一天夜里回来的，带了四个兵。他们身上的衣服全成了一绺绺的布条，脸上的神色就像死过好几回了。没有枪，担架也扔了，赤手空拳，摇摇晃晃地回到这边，几个人就咕咚咚地倒下去了。

第二天，福田醒过来一看到爷爷和巧儿，愣了一愣就呜呜地哭起来。后来不哭了，却一句话不说，用巴掌蒙着脸，埋头坐在那儿，泪水止不住从巴掌缝里爬出来。

他爷爷问他：福地呢？福地咋没回来？！

福田摇了摇头。

他爷说：杂种，你只顾自己！

我告诉他福田和福地不在一个连。老头不管这一套，也顾不上巧儿在旁边，呼一下跳起来，一巴掌拍在福田低着的头上。老头气急了，没用烟锅子朝头上砸已经算便宜了福田。他说：管球他那么多！兄弟仨在一块咋了？在一块更顶事！双拳难抵四手，你们仨在一块，能吃这个亏？你是死人么，就不知道把他们俩叫到你一块？杂种，一个死了，一个不知道下落，你还有脸回来！

他又跳过来要拍福田，被我抱住了。那时候他有七十多吧，力气还真不小，我低估他了，被他一拐甩我个趔趄。

他说福田：你去把福地给我找回来，找不回来，你杂种别回来见我。

福田不说话，动也不动，仍然用巴掌蒙着脸埋头坐在那儿。福田心里有事，不是小事。他瞒不了我。

那一阵老军长也来了，老伴和女儿也跟了来。听小皓说福山是为他死的，老头一下就愣住了，张着嘴半天说不出一句话。那母女俩先是抱着小皓哭，后来又一起去看福山。在墓地，老头终于撑不住了，哆哆嗦嗦地给福山鞠了几躬。然后让母子仨走开，他一个人在福山的墓前站了很久。不知道他说了什么。他是在反省么？可他反省什么呢？连我都说不明白他有什么不对。他恐怕到现在也不会明白福山当年为什么要那样做。

不过他得好好想想了。

福山死了，我们不怪他，跟他没关系。可他俩牙一嗑就让福山住了六年猪圈，无论如何我们也不能原谅他。让他鞠躬，让他难受，让他流他的老泪吧。他活该！带了一辈子兵，临了他把一个兵伤得那么狠。

他太不理解人。

可偏偏让福山救了他儿子。

偏偏让福山的爷和他碰到了一起。

真够他喝一壶了！

他说：老哥哥，我对不起福山这孩子。

福山爷说：你这是啥话么？你把这么小的孩子都送来打仗，说这话，羞杀我么？我看出来了，你是个有种的人！

有种的人不说话了。不过他的确是有种。临走的时候，集团军首长们劝他把小皓先带回去，让小皓回学校去读书。他一听就火了，说小皓是个战士，就得跟部队一起行动。集团军首长们也火了，说让小皓这样的高中生参军上前线已经违犯了纪律，现在不是长征，不是抗日，还没到国破家亡的程度，还没逼到不让孩子读书的份上！孩子只是你个人的么？是国家的未来！这话合情合理，于公于私都说得过去了，按说老军长也不该再让老部下们为难。可他不，他竟然指着老部下们的鼻子骂了起来。

他说：妈的，你们倒教训起我来了！违犯纪律怎么了？这一辈子违犯纪律的事我干多了！可搞特权，走后门的事就这一件！这个特权老子搞到底！你们让他离开部队试试？部队没动，他敢先动一步，老子砸断他的狗腿！

说什么我也不能不崇敬这个老头了。他这些话和我一点关系没有，可让我骨子里长劲。我不知道别人怎么看他，我是认定他是天底下最棒的军人了。我突然不再替福山感到委屈，倒是羡慕福山。别说做他的警卫员，就是做狗我也愿意！真的，我愿意！

我再也没遇到过这么让我动心的军人了。

我不是说没有，但我没遇到。

那天他骂完之后，就去和福山的爷告别。他把所有人都拦在门外，连老伴、女儿和小皓都没让进去。后来听巧儿说，老军长一进去就在福山的爷面前跪下了。一只腿。

老军长说：老哥哥，你不是队伍上的人，我也是为家事，咱按乡下的规矩来吧。

福山的爷慌得不知道怎么办了，说着使不得使不得，就也要朝下跪，被老军长托住了。

老军长说：老哥哥，我这腿不跪天、不跪地，跪过父母，跪过共产党。这一跪

不为别的，只为福山救了小皓一命。人死不能复生，老哥哥你珍重吧！

福山爷说：福山他该知足了！

是的，福山地下有知也该知足了！

终于有了福地的消息。先一个消息说福地领着的几副担架连活人和担架上的尸体一起被敌人围住了，全做了俘虏。报告这消息的是一轻一重两个伤员，轻伤的把重伤的背回来了。他们两人算是漏网的。据他们说，围住福地他们的敌人至少有半个连。

这消息让人接受不了。一上战场我们都想到过死，被枪打死，被刺刀捅死，踩雷炸死，被手榴弹崩死，一颗炮弹落在头上粉身碎骨，各种各样的死都想过了，就是没想过要做俘虏。能想到，但不想，不敢想像做俘虏是什么滋味。福地他们连封锁了消息，悄悄把福田找去，商量怎么跟他爷爷说。我作为善后小

组成员也被叫去了。我不敢看福田。福地真死了，我还能说几句安慰的话，陪着他哭。可遇到这事我不知道该怎么说，哭都哭不出来。欲哭无泪！其实福田早就预感到了什么，活着回来的人越来越少，那边的广播也在叫抓住了多少多少俘虏。福田曾跟我嘀咕说，福地千万别让杂种们给抓住了。果然被他不幸言中。虽然预想到过这结果，可事到临头，福田还是接受不了，就像被一个惊雷给劈在了头上，傻了，呆了，半晌说不出一个字来。

福地的连长说：先别想那么多，看着怎么跟你爷爷说合适。

福田埋着头，好像无话可说。

我说：要不，就说牺牲了吧？

我是想这么说福田的爷或许能好受点，给老人来个痛快，伤心透了也就罢了，别再为福地揪着心，更别让他难堪。咱们对待俘虏没的说，厚道着呢。可咱们的人当了俘虏那可就难说了。至少在老百姓眼里和当叛徒差不多吧。我的另一层意思是福地或许真的能死。到了这个份上，这是福地最好的结果。我是这么想的。福田也是这么想的吧？我从他的眼神里看出了这意思。

他说：是死是活还不一定呢！

他倔强地说出这句话，眸子里是一股死气，我一下就看出他是希望福地牺牲的了。那一瞬间我感到荡气回肠。突然觉得人那么简单的一条生命里有那么多东西。做个军人真好！真富有！哪怕你什么都没有，单凭一条命就有那么多的路、那么多的东西可供你选择。英雄、崇高、悲壮，狗熊、叛徒、可耻等等等等这些平常百姓望尘莫及的东西，你那条命里却堆满了，遍地都是。想流芳百世，想遗臭万年，你自己决定吧！真他妈痛快！真他妈来劲！可真是太有意思了。我一下就明白平静岁月中的军人们为什么那样无精打采却又虚张声势了。生命太单薄，自己可操纵的东西太少了！

可福田眸子里的那股死气又让我害怕。

说不清怕什么，只觉得心在哆嗦。

我从没见福田那么愤慨过，好像有谁污辱了福地、污辱了他。他站在那儿，拧着脖子，眼里的那股死气把整张脸都罩住了。他又重复了一遍刚才的话。比刚才语气更重了。

他说：是死是活还不一定呢！

过了一阵，又说：不管是死是活都先别告诉我爷。再等一等吧！

没人说话，福田突然有点撑不住了。

软了，他毕竟没有把握。

他说：再等一等，行么？

正说着，福田的爷来了。他不知道从哪儿听到了风声。看样子他要气炸了，果然是孙子的被俘比死对他的打击更要命。福田倒了霉，叭叭地被揍了两个耳光。他没倒，他爷却要倒了。老头已经糊涂了。

他说：杂种，你放屁！你看见福地当俘虏啦！你亲眼看到啦！谁看到啦？！

老头没糊涂，他的话是说给别人听的。

他说：这屎盆子咋能往咱脑袋上扣？咱孩子多，咱好欺负是不是？福山死了，咱说过一句孬种话没有？咱脑袋脏，啥屎盆子也不怕，可朝咱脸上吐唾沫可不行？俘虏是咱当的么？这事不查个水落石出，咱不走了。福地他杂种真当俘虏，你们把我也剐了，把咱满门抄斩！把咱的祖坟也全刨了！

有一个干部，我忘了他是干什么的了，大概是福地他们连的副指导员吧。他真是个白痴！福田的爷把话都说到这个份上了，他还在那儿解释当俘虏也没什么。好几个人给他使眼色，用眼睛剜他，他还在说。他大概以为别人都不懂。他说：大爷，俘虏和叛徒汉奸不是一回事，黄福地同志真是俘虏也没关系吗？福田的爷涨红了脸，空空地张了张嘴巴，不知想说什么。那家伙还要说下去，被我堵住了。

我说：我操你妈！

他不说了，莫名其妙地瞪着我。

然后说：你怎么骂人！

我说：老子还想宰了你！

福田的爷坚信孙子不会当俘虏，他说一泡尿也能把人淹死，大活人怎么就能当俘虏呢？！他和福田和我都想到一块了。我们都为福地想好了一条路！除了这条路他无路可走。我说想宰了那家伙是气话，他不够死罪。我倒是后悔没扇他。可能就因为他那一通解释，让福田的爷越想越不踏实了。他把一双手伸出来看了又看，好像刚发现十个指头不一样长短。他说十个手指也不齐呢，谁知道福地是不是孬种？他不那么硬气了，眼窝干巴巴的，看人时强撑出来的一点硬气，扭脸就没有了。他不再出招待所的屋门，不敢见其他的烈士家属们。

福田把饭打回来，他勉强吃那么一点。夜里福田不再和巧儿一起住，睡在他房里看着他。我和国庆只要连里没事就跑去陪他，对他说各种宽心的话。但没用。小皓也一趟一趟地朝那儿跑，那么甜地喊他爷，也没用。我甚至想告诉领导们，干脆告诉他福地死了。但想来想去又不敢，让他看出破绽，谁也收拾不了。

老头的眼睫毛都枯了。

我觉得他十有八九回不去了。

一天早晨，有雨。我刚起床，看到在前边值班的战士们背着几个人朝卫生队跑，我一看就知道是有人又从那边回来了。

那几个人带回来一个让人震惊的消息。

有几个被俘的人集体跳崖了。

不知道是不是福地他们那一拨。

但我认定了那里面有福地！

对福田的爷、对福田，还有我，这消息真是一个喜讯！我飞快地冲进招待所时，他们还没起床。我擂着门，隔着门朝他们喊着：死了！死了！福地跳崖死了！

我的喊叫惊动了很多人。大多是烈士的家属们。他们不理解我为什么那么高兴，以为我疯了。他们涌在走廊里，又纷纷退回房间，我从砰砰的撞门声里感到了他们的愤怒。有一个中年人站在走廊的尽头，毫无表情地看着我。但我觉得再过一会，他就会突然朝我扑过来了。我真抱歉。我感到害怕。幸亏福田打开了房门。

福田的爷坐在床上。没说话，也不看我，隔着窗看外面的雨。雨很细很密。他显然听到了我的喊叫。我又小声说了一遍，他还是没动。房间里很暗，他的脸也很暗，看不出他是高兴还是悲伤。

但我看到了他的眼泪。

他有好几天不流泪了。

我听到了泪水打湿他干枯的睫毛的声音。

滋啦啦，滋啦啦

滋啦啦！

抚恤金发下来，福田的爷坚决不要。开始干部们以为他嫌少，后来才明白不是。

他说：兄弟俩都不是孬种，咱不能坏他们的名声！

干部们反复解释，说这是国家政策，可老头还是不要。兄弟俩的抚恤金加在一起千把块，很厚一叠。看着那些钱，他把头摇得拨郎鼓似的。后来连看都不敢看了，像是那些钱烫眼睛。福田也劝他收下。刚说了一句话，他爷的一耳光就呼地刮到他脸上。

他爷说：杂种，这是你俩弟弟的命钱呢，咋花？我有脸要娃们的命钱么？！他们爹妈能要他们的命钱么？

我说：大爷，回去用这钱给福地福山哥俩一人修座坟吧。

他这才哆哆嗦嗦地把钱收下。但我们谁也没料到临走之前，他给部队出了那么大一个难题。他要求部队给他出个证明，允许福田和巧儿多生两个孩子。

他说：我们那儿搞计划生育，杂种的干部们狠着呢，生一个就不许生了，让结扎，不去的用绳子捆，拉到医院按到床上就劁了！你们队伍上说话管用，给咱写个证明，只要你们让生，他们就不敢对咱下手了！

他说得很轻松，一点也没觉得这是什么大事。大概他觉得让福田和巧儿多生两个是天经地义的事。他没说三个，没说一个，他俩出两根指头就说两个。说完后就等着要证明了，他根本就没料到部队会不答应他。

福田躲了，害怕又挨巴掌。

福田的连长说：大爷，这事不好办呢。

福田爷说：为啥？为啥不给咱办？

不等连长再解释，他就大声嚷起来。他说：咱死了两个孩子，说了一句孬话没？福田生了个丫头，他这一份咱就不提了，好歹算有个苗苗。可那兄弟俩咋办？让他们绝门么？再生两个，咱不算福田的！过一个给福地，过一个给福山，算在他们名下。这点要求还过分么？咱两个大人还换不来 两个孩子么？你们忍心让那兄弟俩绝户么？你们说说，凭啥不给咱办？

没法跟老人说，天大的道理也没法说。

他说：咱连烈士也不要！

他问：行么？咱就要孩子！

他看出点门道了，又说：你们是小官，做不了主，印戳子不在你们这儿，咱不为难你们。福田，福田个杂种呢？家忠，好孩子，你给咱领个路，咱去找大官。

我咬了咬牙，说：大爷，您别找了。

他愣了一下，看着我，张了张嘴又紧紧地把嘴巴闭上了。我想不出来他想说的是什么。我没法形容他看我的那种眼神。我真不该说那句话。我知道，我在老人的眼里永远是个卑鄙小人了。

从此之后，他连看都不再看我一眼。

他呆呆地坐在那儿，泪水夺眶而出。

他委屈伤心得像个孩子。

他无论如何也想不通。就是想不通。

我永远也忘不了他坐在那儿流泪的模样。

我也忘不了他那句话。

他说：不讲理，你们不讲理，国家也不讲理。

他和巧儿最后上车时，还这么嘟囔着。

几天后我们撤离前线，开始返回我们西部的军营。迎接我们的有歌声掌声和鲜花。有用胡杨树干和红柳骆驼刺以及蚂黄草扎成的凯旋门。蚂黄草看上去如松柏一般。但我不知道我们算不算凯旋。我说不清我走过那道大门时的感受了。我只记得我想哭。想大哭一场。

后来，刘社会告诉我，他一走进那个大门就哭了。他说他不是为自己的那颗蛋子哭。是为福山。他说他猛然就听到福山喊了他一声哥，他想起他的“妹夫”了。

国庆没哭。他说：那会我就想走！我有好多年没好好想过我爹妈了，他们的模样我都忘了，很模糊。只有回老家，可能才能想清楚他们的模样。下半辈子我哪地儿都不去了。我还想我姐姐。也想我姐夫，我一下就觉得他们待我真不错。我还想老婆，想赶快找个老婆生孩子。

他说：我一下就想有个儿子。

去了一趟前线，国庆变得婆婆妈妈了。

我不知道福田哭没哭。我没敢问他。他心里还憋着一件比两兄弟的死更让他难受的事。回到部队进行全面总结时，他终于把那件事吐了出来。到那会儿我才知道，福田在前线已经代理过一段排长的职务了。后来打起来时，他带的那个排一下被冲散了。福田领着的那几个人先是把担架上的尸体埋掉了。再后来，他让那几个兵把枪也埋掉了。

说实话，福田不该这么做。

军人怎么能把自己的枪丢掉呢？什么理由、什么情况也不行。用一句时髦话说，这事没商量！或许不把枪埋掉，他们真的就回不来。但回不来也不能那么干！

用不着别人说什么，一个有八年军龄的老兵，上过战场的老兵，不会不明白把军人视为生命的武器埋在敌人的土地上意味着什么。不但自己埋，而且下令部下也那么做。

其实，福田刚从那边回来时，已经把情况向连里讲过了。部队很够意思，没让福田的爷和巧儿知道这事。对福田的处理，部队也考虑到了他爷爷和福山福地这两个烈士。

如果不考虑呢？

我不知道应该怎么处理他。

福田默默地接受了开除他军籍的决定。

他无话可说。

他把他爷爷和兄弟的脸都丢了。

我总在想福田他爷。

一个孙子为救战友牺牲了。

一个孙子视死如归跳了悬崖。

一个孙子为活命埋掉了武器。

对老人这无论如何也太惨了点。

我想像不出福田怎么向他爷爷交待。

决定开除军籍之后的有一天晚上，福田去看刘社会、国庆和我。他不像我们想象的那样消沉，很平静地跟我们谈话。他军装上的领章已经扒掉了，没载军帽，看上去像个已经离开了部队很多年的老兵。自己的事他一个字也没说。他要去看福山住过的那间小屋。自从福山搬出来后，小屋再没人住过。门锁着，他扒在门缝朝里看了看，我们也看了看，很黑，什么也看不见。然后福田就在猪圈那儿和我们告别。

他说：我走了。

说完之后，他站在那儿看了我们一会。我们谁也没在意他那句话，谁也没在意他站在那儿看我们的样子有什么不对，更没想到发地是他对我们说的最后一句话。

福田走了。

在遣送回乡途中，他失踪了。

那年冬天，刘社会和国庆也复员走了。留下来的只剩下我。他们走后的那段日子我心里空得要命，空得哪儿都疼。我不知道做寡妇是什么滋味，但我觉得我那会儿就像一个刚死了丈夫的寡妇一样，无着无落。几年前我们一个车拉来，那么年轻的一群孩子，眨眼间死的死走的走。我不敢想他们，越想心里越空。我想王光，想杨光。想他们也没用，还是空。不久我越级当了连长。按部队的说法，这叫小跑一次。如果在一年前，我可能又跑到戈壁滩激动得哭鼻子抹泪去了。现在不会了，我一点也不激动。是团政治处主任来跟我谈的话。他没上过前线，他的眼神里清澈透明，一片和平时代的景象。他的眼神还告诉我不少很有意思的东西。我却像个傻瓜一样，一点也没领会，一点也没有领他情的意思。

他说：小许，这次在前线你表现不错。当然，你过去基础就不错。这一仗下来，连队的主官缺了不少，但大多是以副顶正，像你这种情况不多。下面也不是没有说法，包括我们讨论这个问题的时候，也还有不同意见，主要是认为你快了点，没有在连职岗位上工作过的经验，主张先在副职上过渡一段，这也是从爱护你的角度出发。但经过慎重研究，团党委、包括我个人，我们相信你能干好。希望你谦虚谨慎，但另一方面又要放开手脚大胆干。有什么问题你可以直接找我，现在不是有个新说法叫扶上马、还要送一程吗？我可要不歇气地对你抽鞭子了。怎么样，小许，有信心吗？

我像个傻瓜一样，连句谦虚话都没说。

我没看他，把目光放到窗外去了。

我捂着腮帮子，吸了几口凉气。

他说：你怎么了。

我说：牙疼，心里空。

他说：牙疼怎么会心里空呢？

我不知道。我知道的是主任很不高兴。但我一点也没在意。我是全团最年轻的连长了，像我这个年龄的有老兵骨干，有班长、排长，了不起的成了副连级，我却已经当了连长。可我就是高兴不起来。我一点也没有像别人预料的那样风风火火，神气十足，昂着头走路。我那副要死不活的样子，倒是一副十足的谦虚相。谦虚得过份，让人反感了。副连长和副指导员背后嘀咕说：操，有他这么谦虚的么？来这一手，好像我们不服气挤兑他了！我真不是谦虚，也没玩什么心眼。他们冤枉我了。我是没法让自己精神起来。

我知道我妈想我。我妈让老三来信开始骂我了，责问我为什么不回去一趟，说我只顾当官把妈忘了，说再不回去，妈就要入土了。刘社会和国庆都给我来了信，都说我妈想我快想出病了，一见到他们就流眼泪。我也想我妈，想妈也没法让我空着的心充实起来。

玉琴的情书也打动不了我，反倒让空着的心变灰了。她来了那么多信，我连一封信也不回。一看到她的信，我就想到杨光。心更空了。

空着吧，早晚还得实起来。

一九八二年五月，我当了丈夫。我终于没有跑脱，也不想跑了。我累了，疲惫不堪地做了支书的女婿。头一年探家，我只在家住了十天，陪我妈没日没夜地坐了十天。就那么多话，被我妈车轱辘一样说来说去。我一点都不烦，只要她老人家喜欢说，我就爱听。就那么把结婚的事拖掉了。开始支书还撑着。玉琴也撑着。后来撑不住了，主动跑到家来说结婚的事。真难为她了，一个大姑娘主动跟我说要结婚，连我都替她难为情。说实话，我有那么一会还真被她打动了。

玉琴说：家忠，我一心一意等了你好几年。

我说：那就再等几年吧！她一下就哭了。

我想抱她，给她擦泪。

我把她当成另一个人了。

我差一点喊出杨光的名字。

她说：你打仗那会，我提心吊胆。

我说：谢谢，让你费心了。

她说：你看不上我么？

我说：看得上，我敢看不上么？

她说：你在外边有心上人么？

我说：没有，好女人谁看得上我？

我想，这句话把她伤得不轻。可她不怪我。

她说：家忠，我想现在就结婚。

我说：有耐心你就再等几年吧。

我的意思已经够明白了，我不想跟她结婚。我不是看不上玉琴，她也算个不错的女人了，长得白白胖胖，一副水蛇腰丰满却柔软，这很合我的口味。说实话，我真想立马就把她睡了。我有这把握，我从她眼里能看出来。可我不想跟她结婚，所以也不能睡她。我不想做支书的女婿。玉琴每次一来，我妈就躲出去，留下我们俩坐在火盆边烤火。烤着烤着，我心里面的火就窜上来了，一把捏住玉琴的手揉来揉去。真软，真好，女人身上到处都是好东西，揉着揉着我把自己揉得泥巴一样软了。就是在这时候，玉琴又说了那句话。她说家忠我想结婚。我一下就凉了！手却像被烫了一样，一下猛缩了回来。我骗了玉琴，可我骗不了自己。我是有心上人。我心里有杨光。可我的心上人在哪儿呢？

玉琴她爹一眼就看穿了我的把戏。他放出了风声。他说：拖吧，拖黄我闺女他试试！

就这么着在家住了十天我跑了。

我跑到了天津，可我没找到杨光。

第二年五月，我是开好结婚证明后回去的，可我没把那张纸亮出来。支书那个老杂种果然在试了，先在我二哥和三哥身上动了手。二哥结婚时二嫂带来一个孩子，后来又生了一个。二哥他们本来不打算再生了，可怕去挨那一刀。过去仗着我这层关系，二嫂一直没去结扎，说有病，大队和小队也没人敢动她。后来，支书亲自动了，点名让二嫂去做结扎手术。二嫂去医院那天，支书也去了。支书说：你不是有病么？让男人来吧！

二哥为我去挨了一刀。

三哥也被支书整了。夏天抗洪时，河堤决口，那么多人，支书单让老三去堵口子。结果还算幸运，吓得浑身哆嗦的老三在跳进决口的一瞬间又被支书叫了回来。不是支书心软了要饶老三，是留了一手给我看的。老三在他手里捏着，单等我明明白白说出个不字，他能把老三像捻死个蚂蚁一样给捻了。

就在我揣着结婚证明回家时，支书也给我露了一手。他嘴巴那么一扇，村里就要修一条新路，新路正好从我家的房子中间穿过。

我能怎么办？我不怕支书，他连我一根毫毛也动不了。可我七十多岁的老妈怎么办？两个哥哥怎么办？他们的孩子又怎么办？明晃晃的刀悬在他们头上了，说不定哪一天就会咔咔嚓嚓地剁下来。

我二哥倒是看明白了。二哥是好样的，他为我挨了那一刀，一点也没怨我。二哥已经做了准备。准备要为我的幸福牺牲了。二哥是个幕后英雄，看来他和二嫂把什么都琢磨好了。话是二嫂对我说的。二哥不说，他和我坐在那儿埋头抽烟。

我二嫂对我说：四弟，你一辈子还长，别管我们。你二哥不怕，我也不怕。我已经当过一回寡妇了还怕啥？和你二哥过了这几年，我这辈子知足了。大不了再当一回寡妇！

我不说老三了。他先是劝我，也骂我，后来什么也不说了，一副认了命的样子，在我面前吧嗒吧嗒地掉泪。三嫂也哭。可我不怪他们。是我对不起他们。我尤其对不住三嫂。我当兵时是三嫂把我的军装藏起来，才没让我爹一把火给烧了。我不但没报答三嫂，反倒差点把她害了。她没当过寡妇，可眼看寡妇的日子离她不远了。她能不哭么？

最让我感动也最让我难过的是我妈。她老人家要是好歹劝我一句，我可能二话不说就顺顺当当地和玉琴结婚了。但我肯定别扭一辈子。我妈没劝我。我没想到我妈会那么平静，就是从那会我才掂出妈这个字的分量了。

我妈说：你走吧，回部队去，放心干你的事！别操心我，半截入土的人了，我怕啥！房子拆就拆，我打雨伞、戴斗笠！还有你二哥三哥呢，我还怕没人管？你也别操心他们，人的命老天爷都安排好了，管那些干啥？啥叫孝心？你堂堂正正，过得舒坦，就是对妈的最大孝心！

我妈担心的是我，害怕我干出糊涂事。

我妈说：别跟他们一般见识，坏了自己的事不值！

我妈为我担心得睡不着了。她躺在床上，我醒着的时候她装睡。到我迷迷糊糊的时候，她醒了，在床上翻来覆去，一声挨一声叹气。我蜷在床上，打着呼噜流泪。我为我妈感到心酸，她老人家一辈子小心谨慎做人，踩死只蚂蚁都心疼，怎么到老了还没见个好报呢？四个儿子当兵，好不容易有一个当出点名堂，一点光没沾上，倒惹出一身的麻烦。我恨我自己，当初要是不当兵，我爹能死么？能有现在这么多麻烦么？想着二嫂的话，想想三哥三嫂的那些眼泪，听着我妈的一声声叹气，我终于明白我该干什么了。那一夜，我在我妈的叹息声里，踏踏实实地进入了梦乡。

可是第二天早晨，我对我妈说出那句话时，还是忍不住鼻子发酸。

我说：妈，我要和玉琴结婚。

话一出口，我的眼泪涌了出来。

去支书家的路上，遇到了刘社会。他和国庆都被安排在悬粮食局。国庆已经结婚了。刘社会掉了一颗蛋籽，但追他的姑娘仍然不少。据他自己说勉强还能干事，生孩子恐怕不行了。刘社会倒是劝我和玉琴结婚，他琢磨的是另一回事。他说跟你老丈人说说，把队长那个杂种给撸了。给我报仇，给贫下中农们报仇！从生死线上走了一趟，他仍然没有大度起来。看来辱母之恨，他这辈子是忘不掉了。刘社会无形中给了我一点安慰。让我多了一点给支书做女婿的理由，一时间心里倒有了一种悲壮之情。

支书坐在一张老太师椅上，那样子好像知道我要来，特意坐在那儿等我。他笑眯眯地看着我，红彤彤的脸像抹过一层猪油，亮汪汪的闪着光。

我说：玉琴呢？

我亲热的口气让他有点吃惊了。

他说：玉琴，家忠来了，快上茶。

我一点也不客气，坐在另一张太师椅上慢慢品茶。玉琴有点怕我，显得拘谨，这让我有些得意。我没接支书递给我的烟，我抽自己的，抛了一支给他。我根本不在乎什么规矩，也不管他是不是高兴。我很放肆地看我的未婚妻，看得我老丈人的老脸上都有点挂不住了。

我说：我不在家，家里的事你多照顾。

支书说：女婿半个儿么，家里你放心！

我说：你那个拜把子兄弟还不让他下来？

他不动声色地看着我。

我不动声色地喝茶，抽烟。

玉琴在一边说：爹，家忠他大哥的事你不是不知道，别说家忠，连我心里都恨他。

支书说：那好吧，我也对得起他了。

我把结婚证明拿了出来，递给他。

我说：我和玉琴去跑挺麻烦，你去办吧。

这一下他不能不动声色了，就像有人在挠他的痒痒一样快活地在太师椅上扭动上身。他忍不住噢了一声，大概是为证明上的“连长”二字在噢吧？他没有想到我已经当上连长了，他一点也不摸我这个女婿的底细。在这之前我连一句话都没跟他说过。在这一点上，他还不如他的拜把子兄弟聪明。队长那杂种不明白我是什么长，可从刘社会和国庆身上他掂出我的分量了。我的两个兵一回来就安排到县粮食局，不管我是什么长，他也不敢不昂着脑袋看我了。他再不敢杂种长杂种短地叫我。他叫我家忠，叫我侄儿，他问我和玉琴的婚事怎么样了。他是在提醒我他和支书是拜把子兄弟。他看我的时候眼神发怯，躲着我。在老远的地方看我时，眼睛在我的腰里瞅来瞅去，好像在琢磨我裤腰里别没别枪。我把证明掏出来。玉琴就变了脸色。潮红。看我的眼神也变了，说不出来的柔。身子也软吧？她大概已经把自己当做了我的人。我喜欢看她那会的样子。那会她就像一只刚熟透的桃子，好像就盼着我摘她了。我还不懂女人，可我觉得女人就那会最特别、最有味道了，处在由姑娘变媳妇的那么一个节骨眼上。我被处在节骨眼上的玉琴迷住了，想一口吞了她！可我看着看着心底藏着的哀愁却出来了。还有一股怒火也腾腾地窜出来。

我对支书说：图早不图晚，快去办吧！

他大度地对我笑了笑，点点头。

我对玉琴妈说：你也忙去吧，我想和玉琴好好说说话。

我想两个老东西是明白我的意思了。我要单独和他们的闺女说说话。这好像正是他们所盼望的。他们被幸福冲昏了头脑，眼里互相暗示着匆匆忙忙地走了。我的丈母娘真不错，临走还交待她闺女一番话。她说：我说么，谈恋爱谈恋爱，你们咋就不谈呢。我和你爹去公社给你们办手续，你陪家忠好好谈，谈累了自己做饭吃！

他们只想到我要说话，没想到我会干别的。是没想到？是以为我不敢？还是把我当成一个老实本分的孩子看呢？要不就是我那身军装太让他们放心了！玉琴想得比他们深，我捏过她的手，可也深不到哪去。她没料到我会干什么大事。她爹妈替我把院门锁上了，她关的堂间门，我插上了她的闺房门。我也以为自己干不出什么大事的，可最后一道门插上后，我终于明白我到底要干什么事情了。

乡村的五月真是好时候，气候很宜人。

雕花儿的木床，古色古香的味儿。

有一只蝴蝶在窗棂间飞舞。

玉琴犹犹豫豫地在我身边坐下了。

她找不到事做，用手一下一下捋头发。

我说：别捋了。

她听话地把手放下来。

我说：把衣服脱了！

她没想到，绝对没想到！

我又说了一遍：把衣服脱了！

她紧张地看了我一眼，把头扭到了一边。

我不再说了，我已经说了两遍！

沉默了好一会，玉琴脱掉了衬衣。

我很喜欢她那件乳罩，淡颜色的细花布头拼成的，用鹅黄的线滚了花边。平时她一定花不少时间在摆弄这小玩意儿了。包得很紧，像一只大蝴蝶张开翅膀卧在一片雪地上。

我想让那只蝴蝶飞起来。

我摸了摸蝴蝶，问：你自己做的么？

玉琴不说话，点点头。

我后悔说了这句话，它差点让我心软了。

我说：脱，脱光了！

玉琴可怜巴巴地看着我。

她说：家忠？

我说：好吧，我帮你！

蝴蝶碎了。

什么都碎了。

我扑倒在雪地上。

玉琴最后那句话永远留在了我耳朵里。

她说：家忠，再等几天好么？

我没理她。我不等。我凭什么要等？！

雪在咔咔嚓嚓的融化。

我的脸上脖子上沾满了玉琴的泪水。

我在喊她，可玉琴不理我。

我错了。我喊的是另一个人。

玉琴的泪水哗哗地在流。

破了！玉琴的身心都破了。

我不知道我是有意还是无意喊出的那两个字。

我躺在雕花的木床上泪流满面。

我的泪让玉琴心软了。她什么也不说，什么也不问。擦了自己的眼泪，又擦我的。擦不净时，就换了我的头，揽在她怀里。女人比男人大度，比男人心软，也比男人有情。女人真是怪东西，身子一丢心就再不是自己的了。

玉琴把她那颗破了的心给了我。

几天之后，我和玉琴结婚了。支书家非常隆重，我们家却简单极了。婚礼是刘社会帮着我张罗的。他和国庆一个是我的伴郎，一个是我的证婚人。我让二哥三哥都换上了他们的军装，然后请来了福田、福地和福山的父母。除了他们之外，我再没请一个客人。那天刘社会和国庆都喝醉了。我二哥和三哥也醉了。他们在一起划拳、喝酒、猜令，吐得一塌糊涂。

然后他们唱歌，一支接一支唱军歌。

开始笑着唱。唱着唱着都哭起来了。

我领着玉琴去了我爹和大哥的坟上。坟上开满了黄色的小花。玉琴把一瓶酒洒在两座坟上。她在我爹那座坟上跪了下来，叩头。她红色的新娘服上沾了很多泥巴。我在大哥的坟上坐了下来。坐了很久，回想他临死那天的情景。坟四周的地里开满了油菜花，蜜蜂和蝴蝶飞在一起。

我想起了那首大哥爱吹的军歌。

想起国庆为那首歌在羊圈扇肿了嘴巴。

还想起为那首歌福山在湖边看水的情景。

我在心里为大哥唱了起来。

我的嘴像大哥那样吹了起来。

我的脚在大哥的坟上一下一下踩起来。

日落西山红霞飞，踩！

战士打靶把营归，踩！

把营归，踩！踩！！踩！！！

我把自己踩得泪流满面。

玉琴看着我也泪流满面了。

彩霞尽了的时候，玉琴扶起我。

她说：家忠，我们回家。

我说：大哥，你听到了么？

第六章

玉琴是个好女人，既泼辣又温驯。她知道什么时候该对我使泼，什么时候又该温驯，分寸掌握得好极了。泼辣起来让人心里火烧火燎，温驯的时候真让人心疼。她好像有这方面的天赋。结婚的第三天，我跟她一起回娘家，就呆了有那么两支烟的功夫她就要走。她知道我不喜欢她当支书的父亲。她借口要领着我去看她舅舅，就匆匆忙忙地和我一起走了。她舅舅在山里，要走好几十里路，翻好几座大山。一进山玉琴就磨磨蹭蹭，我这才明白她要的什么鬼把戏了。那天我们哪儿也没去，就在漫山遍野的酸梅林子里疯了整整一天。玉琴小我四岁，属马。我属虎。我这头老虎就像长了翅膀，在一匹娇嫩而奔放的马身上飞奔了整整一天。我骑在马身上，吊在马脖子上下不来了。那雪白的脖子让我心荡神驰，也让我心疼坏了，一个那么鲜活的生命好像就是从那里流了出来。

玉琴不是一匹马，她是一只温驯的小猫，她把我心里那个黑洞洞的渗血的伤口舔好啦。

可是玉琴拴不住我。

在马上颠着颠着我突然觉得没了意思。

心又空了。

我想我的部队。我这才意识到再不会有什么东西比部队对我更重要了。雪白如玉也没用！丰乳肥臀也没用！我的汗和泪流在玉琴雪白的细脖子上时，一股热浪不知从什么地方劈头盖脸地朝我袭了过来。我皱皱鼻子，那么熟悉那么特殊的味道，它们翻山越岭地来找我了。

鼻子发酸，我闻到了兵营的气息。

我想，我的第一个孩子就是在那儿怀上的。我一直这么想。可是我没要他。一个多月后，玉琴写信告诉我她怀孕时，我咬咬牙让她打掉了。

我肯定那是个儿子。

都说头胎的孩子血脉旺，精气足。

可是我没要我头胎的儿子。

我对玉琴说：你得在兵营里怀上我的种！

我要让我的儿子将来做个纯种的军人！

纯种！

一点杂质也不行。

我得在军营里种上我的种！

我当上连长后的第一件大事是培训班长。

为这事我琢磨了很久。我当过班长，当过排长，我知道班长的重要性。班长就像一把雨伞上的伞梗一样，得靠他们撑起连队的那片天来。当排长的时候还不觉得，一当上连长，眼界高了，回头看那些班长们，真让我满意的没有几个。能赶得上当年赵德刚和我那种水平的班长就更少了。没有一群好班长，当连长的纵有天大的本事也别想把连队搞好。

这是件新鲜事，营、团一直到集团军都没有这么搞过。所以我一提出来，连队的其他干部们都不表态。指导员倒是表态了，可是他反对，他兜头给我一盆凉水。

他说：咱们没必要出这个风头。我体会，连队的工作就得踏踏实实，玩不得花架子。

我一时哑口无言。就算是傻瓜我也听出了他话中的意思。不同意也罢，可指导员这么说话就有点问题了。我一下明白了我的处境。说到底我从排长一步登天当上连长，对其他干部们不是一件愉快的事。过去平起平坐的几个排长自不必说。副连长、副指导员过去都领导我。尤其是副连长顺理成章应该当连长的，可我一步跨在了他面前，堵了他的路。我理解他，理解那些干部们。我从心里觉得有点对不起他们。正因为这样，我才下决心一定要把培训班长这件事做成。连队是大家的。连队是士兵的土地，更是我们这些做干部的土地。只有这块地丰收了，我们才有收获。我没有私心，也根本没想过出什么风头。我一步登天做连长，风头已经够大了，想避避风头还来不及呢，还敢出风头么？我是真心真意为连队建设着想，也为指导员和副连长他们着想。

我先找指导员。我不是求他，也不和他来硬的，我把我的心里话都亮给他，让他自己去掂量。

指导员姓白，六八年入伍的老兵。

我说：老白，咱们好好聊聊。

指导员愣了一下，可能不习惯我这么叫他吧。

我说：老白，你想想，咱俩要是尿不到一个壶里，闹出个不团结，吃亏的会是谁？板子会打在谁的屁股上？

指导员又愣了一下，大概是没料到我的话说得这么白。他脸红了，生气地说：你这是什么意思？怎么和你搞不团结了？我姓白的毛病不少，可从来不跟人耍心眼！

我笑了笑，不和他吵，继续说我的。

我说：我是年轻干部，本来就没有在连职的岗位上干过，干不好、干砸了，顶多说我没经验，能力差，恐怕还会把你捎带上，说你没把我带好，没配合好。至少说你没搞好传帮带。这倒也没什么，要是整个连队让咱们带垮了，让上面、让下面看出一点点咱两个主官不团结，明摆着吃亏的是你，你是老同志吗。我跳了一级当连长，有什么理由不好好干？有谁相信我会自找麻烦和你闹不团结？可你就不同，能给你找出一大串和我闹不团结的理由来。老白，现在没别人，就咱俩，我先动手，咱俩打一架，然后让别人去评理，你琢磨琢磨有没有人相信是我先动手打的你？就算我姿态高，承认是我的错，可别人相信吗？

老白不说话，在戈壁滩上坐下来，很客气地摊摊手，让我也坐。我在他对面坐下来。继续说：连队上不去，责任在咱俩身上，就算各打五十大板，我受得住，你受得住吗？再过五年我还是个连长也说不上慢，老白你怎么办？要是我跟你老白耍心眼，我不是这干法。我什么也不说，什么事也不干，当个班长、当个兵让你老白使唤，让你大权独揽，让你在连队呼风唤雨，让我说句话屁都不顶。窝囊二字我落下，痛快二字当个人情送给你。可连队的兵怎么看？上级领导怎么看？还有人敢让你这样的上去当副手吗？说心里话，我现在干得再好也没用，刚从排跳到连，还想怎么着？你替我想想，连长这位子没有好几年，我能动吗？我还要出风头干吗？连队上去了，成绩当然有我当连长的一份，但恐怕大头是你的，实惠是你的。总之一句话，干砸了吃亏的是你，干好了也是你的。能和我这样一个没有经验的新连长拧成一股绳，老白你自己琢磨吧，上上下下会怎么看待你？还有谁不想和你搭班子？

我不说了，停下来，和老白四目相对。

老白慢慢点点头，抛给我一支烟，擦着火，捧着。我凑过去，火苗猫舌头一般在他掌心里舔着，把我嘴上的烟舔活了。

老白很舒畅地叹了一口气。

我说：你再想想，既然越级提拔我，好歹我也算半个典型了，领导能自己扇自己的嘴巴，说我不行么？

老白摆摆手，说：家忠，别说了。

说到兵，我和老白都不再说话。我们的眼圈都有点红了。这就是带兵的人。两个带兵的人有疙瘩，有矛盾，只要有一个把话说到兵头上，纵有多大的疙瘩也算解了。就像两个母亲吵着架，突然说到了孩子。我本来打算还要找副连长、副指导员他们谈谈，老白不让我找，他很有把握地说交给他了。但后来我还是分别和他们和几个排长都谈了一遍，我都跟他们掏心里话。就这样，培训班长的计划很顺利地实现了。我专门从教导队请来了一名军事教官，然后让连队干部和几个排长轮流给班长们讲如何带兵的课。尽管我最初的动机不是为了出风头，但我已经料到会引起上级的重视。我把培训班交给了副连长负责，我自己躲到了幕后。

历时半个月的培训班，非常成功。

果然出了大风头。我很受感动，心里也踏实了。

营里、团里一直到师都总结了我们的经验。集团军首长也做了很长一段批示，大意是打完仗之后，部队有所松懈。从班长抓起，抓住了要害之一，要总结经验，加以完善，逐步推广。连队的经验材料是指导员写的，他花了很大功夫，眼睛都熬红了。老白很够意思，明显地把头功记到了我身上，说是我提出的建议，我做的计划，甚至写了一开始连队干部们思想不太统一。排以上干部们都传看了经验材料，都认为老白实事求是，写得很到位、很深刻。可我觉得不能这么写。

我说：为了说我几句好话，不值得把大伙都卖了，什么思想不统一？经验没出来，倒好像我们在闹不团结！思想不统一，培训班能办成吗？能办得这么成功吗？

老白的脸上像泼了鸡血一样，其他干部也都哑巴了。

我把经验材料推翻了。

我说：我来写！

经验早在我心里装着了。

我从分析连队的况状入手，分析班长们如何素质不高，不会带兵，不会做思想工作，打骂体罚士兵等等等等。这么一分析，培训班长的必要性一下就出来了。思想高度也有了。然后我总结连党支部如何统一思想，达成共识。如何有组织、有计划、有步骤地对班长们实施培训。我在总结里狠狠写了副连长一笔，他是培训班的负责人，怎么写都不过分。副指导员和几个排长我也都不放过，我写他们怎么精心备课，怎么结合自己的实践把带兵经验传授给班长们。我没单独写老白。我突出强调了党支部在整个过程中的巨大作用。老白是党支部书记，这么写对他已经足够了。我还强调了营、团首长的领导和支持。我总结出来的经验滴水不漏。要说漏掉了那么一点，就是我自己。我不是有意谦虚，我是觉得这是我当连长份内的工作。我觉得当连长的就像一家之主，或者是一帮兄弟中老大的角色，多干是你应该的。看过我写的材料后，老白说了一句很有意思的话。

他说：惭愧！惭愧！

我说：怎么，不太真实么？

他说：你这不是扇我们耳光么！

最受感动的是副连长。他说：老许，点子是你的，计划是你做的，好却都让我们落了，这算怎么回事？

我说：要是为这点事，大伙都别说了。我是一连之长，老白是指导员，连队是好是歹，都有我们俩一份，怎么是好都让你们落了呢？老白的话也不对，什么惭愧，什么扇耳光？说句掏心窝子的话，我这资历，我这年龄，一下子跳上来当连长，要在其他连队能不能干下去？就算不使绊子，不挤兑我，只要稍稍那么隔着点心，就让我许家忠栽了。过去我和在坐的几位排长平起平坐，我不是最老的，和副连长、副指导员比，我更是新兵蛋子。我有多大能耐？我凭什么当连长？我是比大伙多长颗头还是多长个〖FJF〗　NBA71　〖FJJ〗？要说落好，你们谁有我这个好大？说大伙一点想法没有是假，连我自己都感到突然、不好意思，别人怎么会没有想法呢？有想法很自然，一点想法没有就不正常了。说实话，我已经准备好你们给我使绊子。绊倒了我爬起来，哪怕磕得头破血流，要是皱皱眉头，我许家忠算王八蛋。可没有！你们没这么做。有想法大伙装在心里，仍用一副笑脸伺候我。就说这件事吧，咱们齐心协力干成了，我心里也有了底，看清了大伙的人品。我当连长的还要什么？我知足了！

我说的都是心里话。没料到我的心里话有些让他们受不了。老白低着头抽烟。副连长咬着嘴唇在那儿点头。副指导员和几个排长也都不说话。连我都被自己的一番话说动了感情。这就是连队，这就是带兵的男人们。什么叫心心相印、互相理解？男人们就怕心碰心，心碰心都软了，也都硬了。我的确感到很知足了，我没料到我们会坐在那儿总结经验，更没料到这件事一下就把大伙的心拢在了一起。

我说：总结经验也好，出风头也罢，都不是我们的目的，目的是把部队搞得更好一些！八一节集团军搞不搞阅兵式还没最后定下来。定不定我们先瞄着这个茬，培训班长的成果咱们得亮出来！先下手为强，我们早做准备。根据历史的经验，分列式这面锦旗是重中之重，连各师、团首长也眼巴巴地瞅着它，无论如何我们得扛回来！

紧接着我说出了我的打算。

我让副连长负责抓分列式训练。

老白本来打算六月份探家，回家收麦子。

我说：老白，为这面锦旗，你得牺牲一把！

就这一句话，我为老白铺垫足了。

副连长是明白人，一下就看穿了我的苦心。其实我早在为他打算了，让他负责班长培训班，已经在开始把他往上扌周。副连长能力平平，按说他应该顺其自然当上连长，可把他放在那儿，硬把我越一级提起来，不是很能说明问题么？说好听的是我占了他的位置，其实我不上来，能不能让他当连长还很难说。看来，不干出几件漂亮事，他这个副连职恐怕到头了。班长培训班算一件。只要集团军阅兵，只要我们连能把锦旗扛回来，副连长漂亮到家了！他看穿了我的苦心，谁都看出了。副连长一直想找机会跟我谈谈。我不跟他谈。心里明白就行，话说破了没意思。

但我却找副指导员谈了谈。副指导员是六九年山东莘县入伍的兵，叫邵根贤。平时大伙开玩笑总叫他少根弦。老邵是实在人，很厚道，不善言辞，一点不像搞政工的人。他是从其他连调到我们连来的，平调，在副指导员的位置上已经有三个年头了。除了这些，我对老邵还不摸底。他却把我的底摸清了。

老邵说：你是想把指导员和连副扌周上去吧?

他又说：你这么干是对的。

我说：谁知道能不能扌周得上去呢?

他说：那就得看他们自己的命运了。

我说：可惜，我还帮不了你。

他说：你已经在帮我了，只要指导员被扌周上去，无论如何我还有机会。

老邵实在得真够可以了。

他说：最近报纸上总在喊精减整编，喊年轻化，喊得我心里直跳。按说三十五六的人正当年，可这个年龄还是个副连级说什么也太老了点。我不想走，还想干几年，干到副营职让老婆孩子都军就心满意足了。过去我不着急，敢耐着性子等。现在我不敢等了。老白再不上，再不把位置腾出来，就晚了。我入伍时就超龄，差点没穿上军装，提干时又差点没让年龄卡住。最近我常分析自己，这辈子政治上栽不了跟头，没那个水平，搞女人是有贼心没狗胆，要坏事恐怕就坏在该死的年龄上。想想老婆，想想孩子，有时候真想当一次王八蛋，给老白下个绊子，把他拱走，我上！可又做不出来。

我理解老邵，也同情他。说不清楚是不是还有点可怜他。但老邵的实在让我感动，他把那些心里话说给我听时，我觉得我都有点承受不住了。太实在，实在得让人受不了。自从那次谈话后，在老邵面前我总感到不自在，总觉得我当连长太对不住他。

那之后的几个月，整个连队就像疯了一样，有点像马上要拉到前线去的味道了。指导员老白一头扎到战士们中间，白天和战士们一起操枪、踢正步，晚上下到班里和战士们聊天、谈心。副连长人瘦了一圈，嗓子也哑了，每天下来都要认真给我汇报一次。我心疼他，但我不去换他。老邵更不用说，那么老的同志，颠儿颠儿地跑前跑后，把副连长管的后勤那一摊主动揽到自己身上。排长互相较上了劲。刚培训过的班长们嗷嗷直叫。我呢？我一下找到了当连长的感觉。

六月的一天，我重新挑了一名通信员。那是全连个子最大、最有力气的一个兵。连他自己都感到莫名其妙。几天后我为他办好探家手续。但他没有回家，而是到老白的老家帮着收麦子去了。除了我和他之外，全连都被蒙在鼓里，连老白也不知道。直到通信员回来，我才把事情告诉了老白。

老白不说话，他在我面前流了眼泪。

老白和老邵都开始叫我老许。

我一到训练场，副连长马上就向我报告。

他说：报告连长，部队正在训练，请指示！

我指示：继续训练！

我轻松极了，得意极了，舒服极了！

当然，最高兴的是看到我的连队蓬蓬勃勃地上来了。

有一天晚上，值勤的哨兵带了一个人到连部来见我。那是一个中年男人，灰头土脸，胡子拉茬，一身的军装上打了好几处补丁。他眼睛一眨不眨地盯着我，像是在回想什么。

他说：你是连长？

我点点头，莫名其妙地看着他。

他说：你是小许？许家忠？

我皱着眉头，想不起来在哪和见过他了。他说出我的名字时又惊又喜，一下子跳到我面前。但突然又站住了，显出有些尴尬的样子，朝后退了退。

他说：小许，哦不，许连长，我是老安，安长顺呀，你忘了？

我说：老安？你真是老安？

他说：我天天夜里给你磨牙，你忘了？

他说：我们在一个班，我们还斗鸡，你是赤脚大仙跑得贼快！我们退伍的时候，你伺候我们，你忘了？

是老安！我怎么会忘呢？

我说：老安，你怎么成这样了？

老安的眼泪吧嗒吧嗒地就掉下来。据老安说，那年他回到老家就结婚，不久就开始生病。先是浑身痒得难受，皮肤上生出密密麻麻的红点，用手抓破一层又出一层。他以为在北方呆久了，回家后水土不服，过一阵慢慢会好起来。

妻子以为他长癣，打听到一个偏方，说是用艾草熬水洗。到后来，被抓破的地方连痂也不结了，也没有血流出来，只流黄水。他这才慌了，跑到县医院去看。中医、西医全看了，还是看不好。尤其是夏天，夜里不敢在闷在屋里睡，怕身上的臭气妻子和女儿受不了，就拖张草席睡在屋外。他身上那气味儿还格外招蚊子，他就拿把蒲扇从天黑摇到天亮。老安的女儿已经六岁了，老安说打生下来他就没抱过。不忍心抱，不敢抱，怕一身烂皮脏了女儿。

老安说：家忠，我实在没办法，我只有回来找部队了。

他又说：在部队时，我没给领导找过麻烦，想不到现在我还跑回来丢脸。

说到这儿，老安像个孩子一样呜呜地哭起来。

我说：老安，当过兵的人，部队就是咱的家。回到部队，回到连队就在家里了，你怎么说这话。

老安不哭了，也不再说话，突然在我面前解开衣服。我明白老安的意思，他是怕我不相信，是让我看他身上烂了的皮肤。那些皮肤没一块好的了，就像是皮被揭去了一样。我不忍心看，又不敢不看。我怕老安多心。我看了好一阵。

我的泪水突然涌了出来。

我说：老安，快把衣服穿上。

那天夜里，老安住在我的连部。老安说他身上脏，执意不肯。我说老安，我好多年没听到你磨牙了。老安愣了半天终于留下来。但那天夜里，我们两人都没睡。老安问赵德刚、邹志，我告诉他都死了。老安就叹气，一声接一声。后来老安又讲他的病，讲他刚复员回去那阵总在梦里一支接一支唱歌，歌声中还夹着队操的口令，他常常被自己的口令声喊醒，或者在梦中踢正步时，把新婚的妻子吓得躲在床边。老安娓娓地讲着，不时感叹一声，很轻，却像锤子一下下地敲在我心上。

我想起了老大、老二和老三。

我突然觉得我从骨子里理解了他们。

老安不讲了，开始磨牙。

他磨得真认真，真均匀。

我流着泪打起呼噜。

集团军的阅兵式放在十一国庆节搞。八一之后，团里开始集中合练。暂时抽不出时间领老安去治病。他也不急，安安稳稳地住在勤杂班里。老安闲不住，天天帮着喂猪。早晨起床号一响，他就和兵们一起爬起来了，穿衣、叠被，动作竟比勤杂班的兵们还要麻利。只是整内务时手有些生了。每逢周二周四早晨，要检查内务卫生。起先勤杂班长担心老安的床铺影响评比，悄悄跟我打招呼。没想到老安反倒帮了他们。检查之前，老安嘴里大大地含一口水，站在铺前，憋足气，噗噗一喷，一口水如雾一般落在白褥单上，把勤杂班的兵全看傻了。眨眼功夫，被单干了，像刚洗过又用熨斗熨过一样，板板正正。

老安除了帮着喂猪，就是跑到团部的大操场上去看方队合练。一群临时来队的家属们都聚在操场的角落，看着方队叽叽喳喳地议论，弄得队列中的兵们有些不自在。老安就走过去，像轰赶羊一样，把花花绿绿的媳妇们吆喝到远处的树沟里。老安穿着我给他的新军装，戴一顶没有帽徽的军帽。那些女人和孩子们不知道他的底细，被他一吆喝都老老实实了。老安坐在树沟里，目光投在一列列方队上。每当方队喊口号时，他的身体就随着口号的节拍抖动着。老安常常在树沟里坐到很晚，一列列方队都带走了，他还坐在那儿，愣在那儿。

有一天傍晚，老安竟在树沟里睡着了。几片黄树叶一落一落地飘下来，落到他身上和脸上。我坐在旁边看着。过一阵老安醒了，见我坐在那儿看他，很不好意思地笑笑，接着摸了摸脸。一摸竟然摸出满满一把泪水。老安感到奇怪，也更不好意思了。

他说：连梦也没做一个，怎么就哭了呢?

我也 不明白他为什么就哭了。

更不明白的是老安的病竟然好了。

他连一粒药也没吃。

十一阅兵，我们连扛回了集团军第一名的锦旗，老安激动得又像以往那样走路一颠一跳的了。他对我说：家忠，我们连真是好样的!

说过这话，老安的脸突然红了，好像突然意识到他已经和连队没什么关系了。

我说：老安，咱们明天就去看病。

老安点点头走了，去厨房后面的锅炉房烧水洗澡。到第二天早晨我才知道老安安整整一夜没睡。他在锅炉房里坐了一夜。

第二天早晨，老安哭丧的脸来找我。

他说：家忠，我的病好了。

我说：好了？

老安自言自语：怎么就好了呢？

他解开衣服，让我看他已经痊愈的皮肤，他说已经有好多天不怎么痒了，皮肤上已经结了硬痂，昨天晚上洗澡时，几桶热水一冲，那些硬痂像泥巴一样就掉了。我用手指在老安的皮肤上按一按，很有弹性。的确好了。这真是奇迹，他连一颗药没吃竟就好了。

我说：老安，真奇怪！

我是高兴。可老安一听就急了，又没法解释，憋得脸通红，骂自己：妈的，怎么会好呢？怎么就好了呢？！

他不喊我家忠，喊我连长。

他说：连长，我是真有病啊。

老安一下蹲在地上哭了起来。

他委屈得像个孩子。

我说：老安。我还不了解你么？

老安被我拉起来时，还摇着头，还一遍遍问自己，怎就好了呢？

我把老安又留在连队住了一段。我专门到集团军医院问询了专家。我没有其他的意思，我亲眼看到过老安刚来时那一身烂皮肤，我是想搞清楚他的病因。专家告诉我，可能是水土不服的缘故。我总觉得没这么简单。刚到部队时我也有过水土不服，几次肚子一拉就服了。有很多转业、复员回老家的干部战士，也有过水土不服，可像老安这样的我从没听说过。老安那副皮肉，有这么金贵么？

我一下想到了庄稼。

也许他命中注定要生长在这块地里。

我担心离开这块地老安会慢慢枯死。

连队的两头母猪刚下完猪崽，老安就天天泡在猪圈里，精心得像个猪妈妈一样。他每次见到我就说，等小猪一满月他就走。老安不仅病好了，人也胖了很多，连当兵的感觉也找了回来。可我越来越担心，我觉得老安回不去了。

但我只能送老安走。

我为他准备了很多药。

我把所有的旧军装都送给了他。

他为他的妻子女儿也买了衣服。

我还把一副领章帽徽给了他。

我想这是治安老的病最好的药了。

我说：老安，再犯病你就回来。

老安点点头又摇摇头。

临走的头一天晚上，老安又去了猪圈。我去找他时，他把自己关在装饲料的仓库里，就是福山住过的那间小屋。老安竟在那儿踢正步。隔着门缝看去，老安一只腿立着，另一只腿正有力地朝前踢。踢的是分解动作。可以看出来。老安已经有些力不从心了，动作的幅度很大，有些走形，汗水流了一脸。

我悄悄地离开了。坐在离猪圈不远处的一个沙丘上默默地吸烟。月亮从戈壁滩上升起来时，我听到门响，听到老安的脚步声。然后听到老安有些尴尬的咳嗽，很湿润，就像月光下淡蓝色的云雾。

老安不好意思地对我笑了笑。

我想哭。

我说：老安，你再踢一回正步我看看。

老安愣了一阵，习惯地正正军帽。

还没踢，老安已经泪流满面。

我说：算了，别踢了！

我真后悔，我为什么不让他踢呢！

老安走了。正像我担心的那样，老安回去不久身上的皮肤又开始烂起来。但老安再没到部队来。他写信骗我，说他的病已经好了。他给我写最后一封信时，连耳根都已经烂了。

他说：我真想部队。

还说：家忠你好好待兵。

最后说：下辈子咱们再到一起当兵。

读到这句话时，我知道已经晚了。

老安的死我没和连里任何人谈起过。

想在心里。想得我心口疼。

我把老安当作了我的另一个哥哥。

老白已经升任了副教导员，副连长到另一个连当连长去了，老邵接替老白和我搭班子。这是冬天，又到了老兵退伍的时候。一到这时候，连队主官们眉头就皱了。我不皱眉头。我有些忧伤。又有一批小兄弟们要走，他们让我想起我的三个哥哥和老安，就像有人在我心里揪了一把，让我感到难受。

其他连队提前个把月就开始动手了。又是摸底，又是动员，又是搞教育，闹得鸡飞狗跳。本来挺好的，这么一折腾，把问题都折腾出来了。有的老兵跑到医院去泡病号，进了医院就再不出来。有一个连队的大锅被老兵一块石头砸破了。还有一个连队，一个老兵腰里缠一圈导火索跑到连部去闹事，把一屋的干部吓得屁滚尿流，结果导火索上没有雷管，空的。但连队干部却不敢踏实睡觉了。活该！他们根本不懂兵，是他们把兵们勾引出毛病了。他们把兄弟一样的战士当成死对头一样看，瞪着眼睛去找问题，还打着工作细致的招牌，不是自找没趣么！

老邵也有点坐不住了。

他说：我们也开始动吧？

我说：怎么动？上面还没安排，动什么？

他说：等到上面安排就晚了。

我说：往年安排的退伍时间是几天？

他说：半个月吧。

我说：足够了！人家外国人打仗，全民动员才二十四小时，咱们走几个兵，半个月还不够？我看半个月也长了！拖什么？当几年兵，哪天没受教育？临走了还对人家唠唠叨叨，让人烦不烦？咱不是小看战士们吗？

老邵还是不放心，说明里不动但得暗里动，得把所有服役期满的老兵们好好摸摸底，排排队。

老邵是那种兢兢业业、踏踏实实的干部，加上对我又怀着一份感激，恨不得把一颗心掏出来扔给连队还嫌不够。可老邵太肉，说白了就是水平差点。我们俩是对脾气，不对套路。摸什么底？排什么队？堂堂的连队主官，手底下就那么百十号人，一天到晚摸爬滚打地在一起，心里还没数么？到这会儿了再去摸什么底，早晚了八百年。老邵还跟我感叹现在的兵太复杂。我都懒得理他。兵们的年龄越来越小，有的当满三年兵还不满二十岁，不少人还像个孩子，连鸡巴毛都没长出来，能有多复杂？能复杂过我这个连长么？能复杂过你老邵么？心里这么想，我嘴上没这么说。老邵愿动他就动吧。我不动。

等上级把退伍工作正式安排下来后，老邵和几个排长已把老兵们的底摸清了，队也排好了。我不动声色，我把我心里的底先亮了出来。两分名单一对，吻合得让老邵和排长们都吃了一惊。

我不看他们。我知道他们的脸红了。

按照营里的统一布置，退伍动员一搞，老兵们就坐下来学习、讨论。对安排复员的老兵先班里、后排里、再连里层层先打招呼，然后才正式宣布。这也是老规矩，多少年就这么搞。我把这规矩给改了。团里统一搞完动员后，我把连队直接带到了操场上。我什么也不说，亲自喊口令部队踢了半上午正步。

这是老安给我的启发。都是老兵，什么也不用说了。

我连复员两个字提都没提。

那天，我的口令还是那么嘹亮。

但我的嗓子有点涩。

我的声音像挽歌一样动人心魄。

最后一嗓子喊出来时，我热泪长流。

这就是我做的动员。

面对一连人的泪水，我提前宣布了名单。

我知道不会有人闹事。不会有人躺铺板。不会有人泡病号。更不会有人要砸锅！我的泪是真的，很稠。

那天下午，全连继续踢正步。我让老邵、副连长、副指导员和四个排长都扎上武装带，分散到各班，然后分班踢，让老兵们轮流站出来喊口令。

我对老兵们说：当几年兵别连个口令也不会喊，退伍回去丢我连长的人！在部队都是兵，听我连长的招呼。回去怎么办？哪个生产队还没个民兵连民兵营什么的？一辈子就光听别人喊？到时真重用你，站在人前怎么办？学驴叫？！

老兵们笑了起来。

我说：笑什么？农村干部中有多少不是退伍军人？

老兵们不笑了，一张张脸变得肃穆起来，我的话说到了他们的心里。这些老兵都是一年一年筛选过留下来的骨干，都是肯下力肯吃苦想在部队多干几年的农村兵，都是被预备着有事时朝前方送的。没事就得打发他们走。哪儿来的还得走回到哪儿去，就像划了一个圆圈。都说好马不吃回头草。狗屁！是泡屎也得回头吃。这就是当兵！都说农村富裕了。有多富？富裕的早走了，有点门道的也走了，想留人家还留不住。眼看兄弟们要走了，我怎么办？我只能眼巴巴地看着他们走，只能说几句鼓舞他们的话。但这么说时，我感到心酸，我不知道我的话对他们是否现实。我只能客观地说，这是他们命运转折的关口，是新的起点，他们需要有人鼓励。看他们那庄重的样子吧！他们站在队列前喊口令的时候，悲壮得就像要奔赴刑场一样。他们很多人没做过班长，连副班长也没做过，他们是第一次站在队列前。他们已经开始进入角色。我突然觉得一场梦刚醒，我又把他们推到了另一个梦里，没准我把他们的后半辈子给断送了。谁知道呢。

他们进入了角色。

我想让他们停下来也不敢了。

就让他们好好再做一梦吧。

我也像个兵一样站在队列里踢正步。

老兵们的口令喊着喊着不对劲了。

我他妈想哭，想扇自己。

可我忍住了。

连续踢了四天正步，每个复员的老兵嗓子都哑了，可他们的劲头一点也没减。但我实在不忍心再这么下去。我得让他们歇一歇了，我在全连的军人大会上宣布，禁止老兵们做好事。我说：都给我歇着。好好歇着！

让我说什么好呢？我敢保证那些老兵拉到战场上个个都是不惜命的角色。可遇到点便宜，遇到点利益又突然地就软蛋了。救济费和医疗费下来后，还没说怎么发就一下子乱了套，你长我短地争开了，一个比一个说得可怜，一个比一个叫得困难大，眼睛都红了。看架势为那点钱准备要拼命了。

别问那是多大个数目。

我说不出口。脸红！

放在那时候也不过是几条烟钱吧。

现在？扔在地上恐怕很多人都懒得捡！

有几个老兵传出话，要是救济费医疗费给少了就不走。刚听到这话时我真想发脾气，可想一想还是忍住了。我能理解。我不认为这是思想问题、品德问题。说到底是穷。也许是一种情绪，一种不能不走时突然想抓住点什么的心态。我把老兵们单独集合起来开会，把钱从司务长那儿领出来，一下子拍在桌子上。我想说几句难听的话，可一张嘴说出来却尽是软话。我发现对那些喊哑了嗓子的老兵们一句难听的话我也说不出口。

我说：我知道大家对部队有感情，知道来当场兵都不容易。现在要离开部队，心里难受。可怎么办？这兵咱能当一辈子？就不管爹妈了？不娶老婆生孩子过日子了？上级给每个要走的老同志一部分救济费、医疗费，平均下来每个人三十块。平均数是少了点，可人多哩。咱们国家穷有啥办法？大家不是每天都听广播么？老外欺负咱国家，大国家欺负，连他妈巴掌大的小国家也欺负，咱们喊抗议嗓子都喊破了，可有什么用？这么大个国家，这么多人，咱们丢人不丢人？窝囊不窝囊？光喊抗议，人家怕你个屌！咱国家要富裕，有钱造几艘航空母舰，多造几架飞机，咱还给他费那个口舌？先把他狗日的打趴下再讲道理！这三十块钱是人人有份，还是给最困难的同志，大伙自己掂量着办。别为这点钱心里不舒服，伤了战友间的感情。三张票子能管咱一辈子？可话说回来，几个三十凑一块，真给有难处的同志，也解决大问题，人家也一辈子念叨你。大伙的钱大伙拿主意吧，如果都觉得平均分了好，钱都在这儿，咱们马上分！

我想再自私的人也不好意思站起来要钱吧。我一个一个地看老兵们，像是在征求他们的意见。我把一片脑袋都看低下了。我不再提钱，我知道这时候该说什么。

我说：都快走了，平时大伙之间有些疙疙瘩瘩的事，这几天都抓紧结了它，别以后天南海北的想结也结不了，搁在心里难受一辈子。牙齿还咬舌头呢，都是毛毛糙糙的小伙子，还能没点磕磕碰碰的？老人们讲同船过渡八百年修行，大伙一起滚了好几年，一个锅里搅勺子，得多少年修行？部队称同志，叫战友，不允许称兄道弟，可细想想，和亲兄弟差多少？就这么几天时间了，大伙在一起好好掏掏心窝子。走的时候留个通信的地方，别让人家念你了，连个音讯也得不到。

我知道很多老兵为我的话动情了。有两个老兵起来去上厕所，好半天没进来，进来时眼圈还是红的。我也想哭，我不该在这时候说这些伤感的话。想想这些兵也真是，坚强起来铜铸铁打的一般，可又那么脆弱，心嫩得如蒲公英一般，经不住呵一口热气。

几天后的一个晚上，值班排长突然跑来找我，说是复员的老兵们集合在一起要去和另一个连队的老兵们打架。我和老邵和几个排长追去时，几十个老兵已经浩浩荡荡地出了营区。他们已经和对方约好了，到戈壁滩上去打。被我们拦住后，老邵让他们回去，没人理他，老兵们站在那儿动都不动。老邵做了半天工作，想搞清原因，老兵们乱哄哄地说了半天，越说越气愤，到最后老邵也没搞明白老兵们为什么要去打。我什么也不问，搞清为什么要去打不重要了。

也许什么都不为，就想去打一架。

我让老邵别问了。

我站在老兵们面前什么都不说。

我想用沉默让他们冷静下来。但已经冷静不下来了，就像是箭在弦上不得不发。对峙了很久，他们一点退回去的意思也没有。我终于沉不住气了，我说：对方是哪个单位的兵？

一个老兵站出来。

他说：连长，你什么也别问了。你对我们够意思，就是怕你知道，怕给你惹麻烦，连累你，所以我们才跟他们约好跑远点去打。好汉做事好汉当，没你的事。也没其他干部的事。你们就当不知道。连长，请你闪条道！

话说到了这份上，我还能说什么？

说什么恐怕也拦不住他们了。

我让老邵和几个排长都回去，我交待老邵不要朝上报告，回到连队不要声张，只当什么都没发生。

老邵被我搞糊涂了。

他说：老许，你要干吗？这可不是开玩笑！

我说：你们回去吧，没你们的事。

老邵不走。几个排长也不走。

我吼起来：滚，都给我滚！

老邵他们走了。我站在老兵们面前心里直打鼓。老兵们也被我搞糊涂了。

我说：在家是独子的给我站出来。

又说：填过党表还没转正的也站出来。

我又把一个瘦弱的小个子老兵拉了出来。我想老兵们该明白我的意思了。可他们不敢相信。太出乎他们的意料了。没容他们多想，我接着说，大伙瞒我，是怕连累我，这心意我领了。就凭这，我不能拦兄弟们。打一架不是什么大事，但难免有人失手，所以是独子的兄弟们就不要去了。没转正的兄弟们也忍一忍，别为这一架坏了前程。

我说：我就不去了，希望兄弟们体谅我。

我闪到了一边，让开了道。

我说：过去兄弟们抬举我，咱连的工作没落过人后。打架也得打出个名堂，别给我当连长的丢脸！别吃亏！话我先放在这儿，天大的事我担着，到时候谁他妈也别给我逞英雄。怎么着我也比你们经折腾，处分降职我照样是干部，照样拿工资。跟大部分兄弟一个样，我也是农民，能混到今天这地步我知足了。再严重些把连长给老子撸了，大不了跟兄弟们一般齐，回家种地！但有一条，要是打输了，要是有人交上手再犯软蛋，让其他兄弟吃了亏，别他妈回来见我。记住，不能输，但也别下黑手！别像女人一样抓脸，别轻易动人裆里的玩意，那不是咱男人的打法。好了，去吧。

现在想起来我还感到害怕，那一架真要打了，不知道会是什么后果。可那时我什么都顾不上，被他们的情绪感染了。我真想痛痛快快跟他们打那一架。不为别的，只为我那些兄弟们临走时落个痛快！我根本没考虑后果，就像一个过分宠爱孩子的母亲一样，我容忍不了他们吃亏，我得替他们找回公道。

我根本没料到会出现那样的情况。

领头的一个老兵，估计是他惹出的事吧，突然一膝跪在了我面前。

他说：连长，你够意思！

我费了很大的劲才把他拉起来。

他对其他老兵说：兄弟们，回！为连长，这一架咱不打了！

那天晚上，我和老兵们在戈壁滩上坐了很久。我们沉浸在黑夜里，听着从远处吹来的风声，都不说话。回到连里，我下令把几个老兵班都解散了，让老兵们回到各自的老班里去住最后一夜。第二天就要走，我让他们回班里和朝夕相处了几年的战友们好好道道别。另一层意思只有我清楚，最后一夜我不敢让老兵们单独呆在一起了。他们是火。但一放回班里，纵是有天大的火也会被战友们的依依惜别之情给浇灭了。我换上新军装，分别到各班去向老兵们道别。面对一个个向我流泪的老兵，我什么都不说，沉默地板着脸。我受不住那些眼泪。

我没流眼泪。

我是觉得我不配。

可是第二天和老兵们一起到团里向军旗告别时，我还是忍不住和他们一起流泪了。

我是真哭。泪很稠。

从脸上爬下来时流都流不动。

隔着泪看旗，像血。

铺天盖地的血！

我妈就是那时候病倒的。接到玉琴的电报我好一阵心慌。我知道，不到万不得已家里不会告诉我的。后来玉琴告诉我，我妈昏迷的那些天除了念叨我爹，就一直喊我的名字。稍微清醒一点的时候，她还交待二哥三哥他们，不要告诉我她病了。我爹死的时候，妈不让通知我是怕耽误我的前途。我有了前途，当上了连长，用不着为我的前途担心了。但妈还是不让告诉我。她是心疼我。她说一个家几口人，我就操碎了心，老四要操心一百多人，他怎么受得了？别给他添乱！她还说，我病了他回来，别的孩子的妈病了，他让人家孩子回不回？别做让人戳脊梁骨的事！但一到昏迷的时候，我妈又一遍遍地喊我。

她老人家想她最小的儿子。

我妈是喊着我的名字离开人世的。

玉琴发了两封电报后不敢发了。她怕我。另两封电报是老三发来的。那时候我要是赶回去，肯定能见上我妈最后一面。没准她老人家还能在这个世界上多留几天。

谁都有母亲。

我回去，没人戳我的脊要梁骨。

但我不能走，我为一个老兵留了下来。那天在向军旗最后告别的一瞬间，那个老兵倒了下去。那是一个没转成志愿兵被复员的战士。现在我还记得那个湖南老兵的模样，天生的一副红鼻子，什么时候看都像是刚哭过的样子，整天愁眉苦脸，很少说话。但那是个好兵，立过两次三等功，有一大叠受嘉奖的卡片。光是到医院为病人献血他就去过两次。两次都献成了。第三次是被我拦住的。但志愿兵却没转成，因为政治课考试没有过关。我们给他下的评语是政治思想过硬，他却政治考试不及格。我不知道这是不是矛盾，也没法向他解释表现和考试哪个更重要。我去找营和团里的领导，还带着他到一个团领导家里去过，为这个老兵我尽了我最大的努力。直到复员名单宣布后他还不死心，还在做最后的拼搏，到处找好事做。往年曾有过这样的事，某个已经转上的志愿兵，突然发现有问题，又空出来名额。但这一年没有。他在最后一刻终于失望了，挺不住了，一头栽倒在军旗前。

庆幸的是他在医院里醒过来了。

可是他不吃不喝，连一句话都不说，躺在床上，直愣愣的眼神看上去就像个要死的人一样。他的样子让我们几个干部都感到害怕。除了害怕。我还惭愧，我觉得对不住这个老实的好兵。我是真对不住他，在团里把考试卷发下来之前，我想办法弄几道题出来并不困难。早知道他考不及格，我真会去偷题的。我是真想留他。我要的是好兵、是骨干，我不在乎他知不知道什么是剩余价值，什么是形而上学。我不是个好连长，我竟然不摸他的底，竟然眼睁睁地看着他考砸了。

我不知道志愿兵对他意味着什么。

也不敢问他。但从他遭受的打击来看，显然是致命的，显然和他一生的命运有着重大的干系。那么虎彪彪的一个小伙子，眨眼之间就垮了，软得像泥巴一样了，从病床上下来站都站不住。两天之后他开始吃饭。听说我在病房里一直陪着他，他很羞愧的样子看了我一下轻声对我说：我没事的，我能回家了。说完之后他就闭上嘴巴，再不说话，眼神还是那么直愣愣地像要死的人一样。我更感到害怕了，提心吊胆地陪着他住在医院里，连上厕所我都陪着他。我是怕他出现意外，他眼里的那股死气实在是太重了。

我怕他寻死。

我得守着他，我不放心别人。他不愿意住在医院里，要走，要回家。我得留住他，他的身体太虚了，一副空架子，身体里面的东西像是被掏空了，就剩下结在心里的那块疙瘩了。就算身体没事了我也不能让他走，我得把他心里那块疙瘩给他解开。装着那块疙瘩走，恐怕一辈子再也解不开了。

我不让连队的人到医院里来。

但通讯员还是一趟一趟朝医院里跑，跑来送我的电报。看过电报我又让通信员拿回去。我没让那个老兵知道这事。他本来就要急着回家。他一天也不愿在部队呆，他感到伤心，愤怒，觉得部队最终辜负了他。老邵也来看我，商量着让我回去看看我妈。他一来，那个老兵就闭上眼睛，不看他。

老邵说：老许，赶快回去一趟吧。

我摇摇头，把他领到病房外面。

老邵说：你放心，连队有我们几个呢。

我说：我是不放心这孩子。

老邵说：要不我来陪他吧。

他又说：咱们已经尽力了，他自己没考好，还让我们怎么办？等身体好一点，连里派个人送他回去。为他一个人，把你一个连长耗在这儿，就算你家里没事，连里工作还干不干。

老邵说得没错，可我就是可怜这个孩子。按老邵说的派个人把他送回去，也行得通，也算我们尽到了责任。可以后呢？让他心里那块疙瘩装一辈子么？况且我还是不放心。我担心这个少言寡语的孩子万一会做出什么糊涂事来。我宁愿自己的担心是多余的，也不能有丝毫的大意。

他总算开始叹气了，一口接一口。

叹气就好，叹出来心里就舒畅了。

我躺在另一张病床上，什么都不说。

我默默地想我妈，我能听到我妈喊我的声音。母子连心，我怎么能听不到呢？每一声我都听到了。我妈说：孩子，妈想你。我说：妈，儿子也想你，等这孩子顺顺当当地走了，我就赶回去看您老人家，您得挺住。我听到了我妈像纺车一样的叹息声。

不知不觉的我泪流满面。那个老兵问我怎么了，我闭了一下眼睛算是回答他。我这才知道我流泪了。他可能误会了，以为我是在为他流泪。

他说：连长，你别为我这种人难过。

我没法为我的泪向他解释。其实我也说不清。我不仅想我妈。和他一起躺在那儿，我不由自主地想起王光，想起老安，想起我的三个哥哥，想起为我死去的爹。还想我自己，想福田福地和福山哥仨，我甚至想起了孟小虎。我泪如泉涌。我没法解释我的泪，对谁也解释不清。

误会就让他误会吧。

反正我的泪水里有他一份！

我对他说：都怪连长不好。

他说：我不怪你，你尽到心了。

我说：我没尽到心，我能给你偷题的。

他说：别说了。连长，你别说了。

就是那时候，通信员给我送来了我妈去世的电报。看到我躺在床上流泪，他愣了一会。他大概以为我是知道了。通信员向着我，同情我。他恨那个老兵，鄙视地用鼻子哼了一声，把那封电报拍在老兵面前的小桌上。

老兵莫名其妙地看通信员，看我，看电报。只看了那么一眼，呼地一下从床上跳下来，又慢慢出溜到地上，抱着头嚎啕大哭了。

我一下就明白了。

头上的天轰隆隆塌了下来。

我没哭。突然哭不出来了。

没有泪，什么都没有了！

我没看电报，看窗外。一片枯黄的树叶从树林里飘落下去。那是冬天的最后一片树叶。没了，落尽了。从此我没有妈了。一生一世都没有了。就那么悄无声息地我的根断了，永远断了！

我没有泪水，我哭不出来。

一个没有妈的人，泪水朝谁流去？

那个老兵临走之前，到连部陪我坐了整整一夜。我们埋着头，都不说话。我也要回去。连队支部研究给了我二百元救济。我说不要，他们坚持要给。我懒得再推辞了，我没有力气。司务长把二百元钱和救济申请表一起递给我，请我签字。我没签，我说把我的章取出来吧。他犹豫了一会找文书去取我的章。印章和印油都取来了，我拿着我的章反反复复地看。我没沾印油，把印章含在嘴里呵了半天热气，可我最终没用。我伸出左手蘸印油，在我应该签字的地方按了下去。我没抬眼，眼睛盯在我那根拇指上。但我知道司务长在摇头。我还听到他在叹气，很轻，透出对我的关怀和哀伤。他当然不懂，谁也不懂。只有我自己明白。这颗拇指的纹络像螺还是像簸箕，无法辨认了。但很特殊，印在哪儿我一眼就能认出来。小时候割猪草，镰刀在拇指肚上削掉了一块皮，先是我妈把指头含在嘴里吸，后来我爹用烟叶按上去。手好了，纹没了，留下了一点疤。这颗有疤的指头差不多是我命运的见证人，打第一次印在入伍登记表上，我就格外珍视它，也从不轻易动用它。后来我又把它印在入党登记表上，干部体检表上，每一次我这根指头都激动得打颤。惟有这一次它的颤抖不是因为激动。这二百块钱和我的命运没有关系，是因为我妈死了救济给我的。可我妈再也用不上了。这是属于我妈的钱，我不能用它。我把它给了那个老兵。他死活不要，他内疚得不行。我就告诉他，我说：要是知道我为什么没回去，我妈就不会怪我了。这钱也是我妈的，算他老人家的一点心意。

那个老兵什么也没再说，收下了钱。

我真是这么想的，我妈不会怪我。

那二百块钱，也只有这么用才合适。我为什么要用我那颗有疤的手指领出这点救济费，也就是这意思。

那个老兵走后的第三天吧，我也走了。万没想到的是他从湖南老家找到我家去了，去看我妈。他说不去看看我妈，他一辈子不会安生。那真是又倔又实在的孩子，他在我们县城买了一个有两人高的花圈，就那么举着一路找到了我们家。

这一辈子我最对不起的就是我爹妈。

我爹为我被一口酒呛死了。

我妈临死前那么叫我，我没让她看上一眼。

可想去想来，这件事我没做错。

我对不起我妈，我是她不孝的儿子。

可我对我的兵内心无愧。

我妈的死对我是个重大打击。回去奔丧的那个假期，我连玉琴的身子挨都没挨。重孝在身，寻欢做乐要遭天打五雷轰。第二年我没探家。回去就要和玉琴在一起，这是天经地义的事，可我实在不愿这样做。一年不是个短日子。人死不能复生，活着的还得过日子，得生孩子。我想得通这道理。我的年龄不小了，得有孩子，有儿子了。不孝有三无后为大，为我妈我也得有个儿子。可一回去就离我妈近了，我实在想不出，在到处都有我妈的影子和气息的老屋里，怎么和玉琴在一起。

就这么着，直到第三年春天，我才让玉琴到部队来探亲。别人的妻子来队是团聚，是欢聚，说白了就是来做那事的。

这不是丑事。

说白了也不是丑事。

可我不是。我让玉琴来就是想要儿子。久别胜新婚，尤其是在春天。可我的兴趣根本不在男欢女爱上。我像疯了一样做那件事时，想的就是让玉琴怀上我的种。怀儿子！每做一回事情，从始至终我都在心里喊儿子儿子儿子！我也让玉琴喊！

你别皱眉头。

我知道你听了不舒服。

可我就是这么做的，你得容我说真话。刚开始时，明明知道看不出什么来，可我天天都在瞅玉琴的肚子。直到玉琴告诉我她怀上了，我还不放心。在部队的医院得到证实后，我又担心不是儿子。不是重男轻女。我是要个儿子好当兵。当个真正纯种的兵，当个巴顿那样的军人！我为什么要在军营种上我的种这是个重要原因。

那时候还没有能看出肚里的孩子是男是女的机器。

我对玉琴说：回去请个瞎子算一算。

又说：不是儿子就做了他！

我恶狠狠地说出这话时，把玉琴吓坏了。

不久玉琴来信说，她请过三个算命的瞎子算过，都说她怀的是儿子。后来玉琴果然为我生了个儿子。玉琴怀孕时住在娘家。支书家条件好，我的儿子在娘肚子里就没亏着，生下来时足足的八斤二两。我心里的一块石头总算落了地。不过我又有了另一块心病。我的儿子没出生在军营，他生在我出生的山沟沟里。我真后悔没让玉琴来部队生孩子。我们那儿的女人生孩子都是用牙咬脐带。我的儿子一生下来就听的是鸡飞狗叫。要是在部队可就不一样了，听军号，听番号，听震天响的喊杀声，听枪托拍在胯上的咔嚓声，听他老子我吼出的“全连都有了！”我真浑，我怎么没早想到这些呢！我在军营种上了我的种，可我又让他生在了老家，我不知道这会不会影响我的儿子将来成为一个纯种的军人！

恐怕会多少打点折扣吧！

自从有了儿子我开始急了。

我又死死地盯住了一个新的目标。

我得让我的儿子早点到军营里来，越早越好！我不能让他在庄稼地里玩，不能让他逮蛐蛐玩，逮蚂昨玩。我要让他到我的身边来呼吸兵营的气息，喝牛奶，吃军用馒头，让他杂种从小就生出当将军的野心。那几年都像疯了，是人不是人都在喊“不想当将军的士兵不是好士兵！”这已经不是你有没有那个野心的问题了，问题是想不想当将军成了衡量你是不是个好军人的标准。我不是个爱冲动的人，可喊得连我都坐不住了。我知道自己不是个当将军的料。你看我这耳朵，瘦得像榆钱儿，我有自知之明。可我不能不为我的儿子着想。人就是这样，没当官的时候想当官，当上连长我得想点更高级的问题了。那时候我想的就是我的儿子有个好的基础，有个好的成长环境，能让他做个纯种的军人。他们不是喊“不想当将军的士兵不是好士兵”吗？说了半天还是从当士兵开始。妈的，我给他玩绝的，从种儿子的那天就开始！

我不是没认识到我的缺陷，我的局限。

我差不多已经摸到了拖在我屁股后的那条尾巴。

所以我要在军营种上我的种！

所以我要让我的儿子尽快到部队来。

要说对咱军队的使命感我说得过去了！

还要我怎么着？

我死死地盯住了副营职。多拿几块钱我不在乎，一官半职我也没放在眼里，问题是早一天到副营职，我的儿子就能早一天到军营来！八十年代晋升突然讲究起文凭了，我一点都不含糊，第一拨参加了集团军搞的自学中专考试，紧接着又参加了某政治学院搞的函授大专考试。为了那个副营职，我连脸都不要了，堂堂一连之长，玩起了小学生的把戏，作弊、照抄，给管函授的送东西，硬是把一张大专文凭搞到手。连二十六个英语字母都认不全，我竟然成了大专生！团机关要我我不去，师司令部调我去当作战参谋我也不去！机关的参谋干事升得慢，一去离副营就远了。再说我也不适合在机关，看看机关那些干部吧，有几个不是贼眉鼠眼？年纪轻轻的，一个个都秃顶了。我不是他们的对手，斗不过他们，一到机关我就毁了，我的儿子就得在老家多呆几年！再说，到机关，我到哪儿去找一连之长的感觉？当老大的感觉？没有这玩意儿，就像要了我的命！

不是吹牛，只用一半的心思我就把连长当得响当当呱呱叫。别看学函授我进不去，连队主官那一套可没有一样能难住我。

你数数连队的那些事吧？

我敢说没有几个连长能当到我这份上。

论军事技能，这是我的看家本领。

摸爬滚打全连没人能跟我比！

我敢站在全连兵们面前说：看我的！

说文的我也不含糊。

我这张嘴不输给那些半吊子指导员。

做起来也不输。

有谱的我会唱。

有眼的我会吹。

有弦的我会拉。

有样的我会做。

看看挂在我连部的那些锦旗吧。只要是营里、团里、师里朝连一级发的，有一多半在我的连部。再看着我的兵，光身上的膘也比其他连的兵要厚。我的篮球队没有好队员，营里团里组织篮球队从我们连扒拉不出一个来，可我们的篮球队打遍全团无敌手。我们没有高大中锋，没有神投手，我培养出来的全是推土机和坦克，这是别人送给我们的外号。难听是难听，可能赢球，半场不到，别人的高大冲锋和神投手都被我的推土机和坦克撞得稀里哗啦。

我要的是个士气！

要的是只赢不输的精神！

我还差什么？

副营职早就在向我招手了。

我就差那么一点时间。

差那么一个机会。

差那么一句关键人物说的话。

机会来了，又一次精简整编开始了。

已经是教导员的老白给我说了一句话。

别人精简整编下，我是上！

一九八六年我当上了副营长。

第一件大事我把玉琴和儿子接到了部队。儿子刚到部队那会儿没少挨我的打。他喝牛奶好吐，吃饭拖拖沓沓，看人时眼睛滴溜溜乱转，走路撅屁股，怎么看都是一坨土疙瘩模样。孩子就是服巴掌，扇着扇着就顺眼了。孩子的舌头软，没多久就在幼儿园学会了一口普通话，渐渐地笑话起我和他妈的土腔土调了。

有一天早晨，儿子一听到军号一骨碌爬起来，边打哈欠边穿衣服。玉琴逗儿子，用手在儿子圆丢丢小嘴上摸了一下，结果儿子的哈欠只打了一半。意犹未尽的儿子站在床上哭了一早晨，玉琴怎么哄也哄不住。

儿子说：你赔我的哈欠！

下操回来，儿子还站在床上哭。我火了，一巴掌抡起来。儿子第一次毫无惧色地看着我，仍然大声嚷着赔他的哈欠。

我的巴掌停在了半空中。

我觉得儿子有点意思了。

就那么突然地我感到自己活出了滋味。很足。我还是我，还是像以往一样和兵们一起摸爬滚打，还是不动声色，却暗中盯准了下一个目标。一切都还是老样子。可我心里清楚，我其实和以往活得大不一样了。我已经在心里不知不知觉地换了一副做人的样子。我一下子就觉得自己的底子厚了，本钱大了，根也比过去深了一截。朝上爬的心劲还是那么足，可我不那么慌慌张张了，变得从容起来，心里也更踏实了。我觉得我有了点大气，不再那么斤斤计较，不再对眼前的东西患得患失，有了点稳坐钓鱼台的那份心境。对升不升我还是看得很重，可和以前的看重不一样了。我第一次有了一个比较清晰的长远目标，奔着一辈子穿着军装再不脱掉，我得让我的儿子有个永远穿军装的老子。我得像棵树一样一直长在他的身边，给他遮片荫凉。我清楚我自己，出息不到哪儿去。和周围的干部比稍微快点，可三十多岁的副营能算快么？我把自己当块石头，给儿子铺铺路罢了。这么一想，我就从容了。所谓的大气就是从这儿长出来的吧。

我是大气么？

我忘了告诉你我儿子的名字。

单名一个军字。

没小名。我知道这名字很普通。但对我，这个军字意义就不同了。他是我对儿子的希望，我把儿子的一生都押在这个字上了。我这人迷信，总觉得人的一生和名字的关系太大了。尤其是军人。像古时候的项羽、吕布、岳飞。近的像叶挺、贺龙。瞧瞧人家这名字！连外国人也不含糊，巴顿！一听这名字就知道不是个做士兵的角色。玉琴也明白我的心思，可她宠孩子，背着我总小军小军地叫。但当着我不敢。我一直正正规规喊儿子的名字，连姓都不省掉，就像在队列前呼点士兵一样。比对待士兵还严格，和士兵我还称兄道弟呢。对儿子我不。我喊：许军！

儿子只敢答：到！

不这么答应我扇他。

我这口普通话半生不熟，南腔北调，话说快了急了就走板。白天我还能憋住，夜里说梦话就露馅，全是老家的土话。玉琴总笑我。碰到和玉琴做夫妻间那档子事，稍微尽兴时，哼哼叽叽地也走板。妈的，由不得自己。但即使在梦里，只要一喊儿子，我仍然是正正规规。

你明白我的那股劲么?

我是希望儿子能成为一个真正的军人！

好运气真是缠上了我，躲都没法躲，就像长在我的脚后跟上，走一步它跟一步。人说官运亨通，我是横通！怎么来怎么通，怎么顺。通顺得出乎我的意料，让我感到害怕。到后来连我自己都说不清到底是哪个贵人在暗处在帮我。难怪那些高官厚禄、大福大贵之人说难得糊涂了。

糊涂好！

我不想谁是我的贵人，也想不清。

我把所有人都当成我的贵人看。

从副营到正营，也就是一年吧。

从正营到副团一年多一点。

然后又是一个一年多一点，我呼地一下当上了团座！这是一九九〇年，我三十七岁还不满呢。三十七岁的团长！你别说过去，别跟那些战争年代的前辈们比。溥仪三岁就当皇帝，这怎么比？！我跟我周围的人比，七三年入伍的兵，九〇年还有副营的呢！正营是大多数，副团的是凤毛麟角，可我已经是个堂堂的团座了。三年多我来了一个三级跳，连停下来歇一歇的功夫都没有，脚尖刚点地就腾地一下又飞起来，腾云驾雾一样。难怪从古至今形容官运亨通的人叫飞黄腾，叫青云直上了。

我那会儿就是这感觉。

就像轻飘飘地在云彩上飞。

做梦都在飞。

官做到副营时，我琢磨的事和以前有点不同了。除了副班长，我没做过副职。我琢磨的倒不是怎么做，不用琢磨我也能做好。尾巴夹紧，闷着头把营长朝上拱就行。拱不上去就拱走！怎么做我心里有数。营长和老白不太对付，但老白是少数民族，多多少少占点便宜。另一个副营长早就虎视眈眈瞅着营长的位置了，已经拱走了我之前的一个副营长。赢是赢了，可他暴露了自己的底数。他又开始在拱营长，朝垮里拱。他已经看出营长没什么再上的希望，他甚至暗示我跟他一起拱。我装糊涂，一个转身躲了。摸清是啥阵势之后，我连营长的位置都不盯了。我只用耐心地等着就行。

不仗义的事，缺德的事我从来不干。

做官也得讲职业道德。

我有我的办法，我的原则。

分析形势是我的拿手绝活。

我的尾巴夹得很紧，躲得也很高明。

我从不朝团机关跑，也不在营部呆。我朝下边跑。这个连队住几天，那个连队住几天，和战士们一起摸爬滚打。我甚至留下了一些不当紧的破绽，比如和老兵们嘻嘻哈哈，称兄道弟，和他们抽烟不分你我。我的这些破绽还真卖着了。不久就有了说法，说我不稳重、不老练。言下之意我要是做营长还嫩了点。我知道这说法的出处。我一笑了之，依然我行我素。

我琢磨的是找一个将来能把我朝上拱的人。

我琢磨，这个人首先得有真本事，要仗义，要有文化，还得没什么根底，跟我一样的贫苦出身。最重要的是要有一番雄心壮志，至少能拱我个三年五年，甚至十年八年！

经过反复权衡，我看中了柴峰。

柴峰和我是同年兵，但不是老乡，河北沧州人。上过前线，然后进军校深造了两年，刚从逼连长升到连长。柴峰花点子不多，连长当得不那么显眼，但把部队带得实实在在。行家看门道，在他的连队呆了几天，我一下掂出了柴峰的分量。我还有点担心，放眼全团，将来能跟我许家忠抗衡的恐怕只有柴峰。

我得把柴峰弄到我的身边！

我考虑的已经不仅仅是他能拱我了。人无远虑必有近忧，我已经把柴峰当做了一个强有力的竞争对手。我要让他到我的身边来。我不是那种心狠手辣的人，也不是小肚鸡肠的鼠辈，我有我的做法，我的手段和别人都不一样。

我和柴峰很快就成了朋友，当然不是和王光那样的朋友。我和柴峰还真对脾气，几次话一聊彼此就不再是外人了。

他喊我老许。

我喊他老柴。

我常在星期天把柴峰喊到家里去包饺子，喝几盅，然后坐在门外摆几盘象棋。在大澡堂子里洗澡，我们互相搓背。其他干部们互相亲近，总怕别人知道，偷偷摸摸像贼。我和柴峰都不在乎，我们光明正大。我们在一起时都是堂堂正正的人，从不互相讨论别人。私话也说，说得还很深。我把恋着杨光的事都吐出来了。柴峰也告诉我他和老婆结婚之前和第一个对象睡过觉，发现有狐臭，找借口吹了。交情深到这份上，可柴峰从来不说让我拉他一把之类的话，我也不说，好像说出来掉价。在柴峰面前我觉得自己变得高尚起来了。

我不知道柴峰是不是对我留了一手。

我呢？我当然不能把底细全露出来。

柴峰把我的把戏识破了么？

识破了也没没关系，我没做对不起他的事。

我多虑了，柴峰根本没想那么多。后来，在我刚要提营长的一个星期天，柴峰又到我家去吃饺子时，告诉我他准备探家。那时我当营长已经定下来，谁接我当副营长有好几个人选，柴峰是一个，我和教导员老白都在为他使劲。谣传很多，他对自己好像没抱太大的希望，但我心里有数。

我说：等一等再走吧！

他说：这一阵子连队清闲。

我说：等一等把老婆孩子一起接过来。

柴峰的脸一下子就红了，干坐了一会，也不和我下棋了，好像突然做了什么错事。

他说：老许，咱俩交情是交情，工作是工作，你可别干婆婆妈妈的事，不然以后我没法到你这儿来吃饺子了。

我说：你太高看我，这事我能说上话?

我又说：我还不至于拍你的马屁吧?

我有意说得很轻松。柴峰相信了我，但还是很古怪地笑了笑。在他提副营长的问题上我的确真出了大力。我是未来的营长，我的话当然有分量。我还动员了老白。我完全是在按我的计划行事，也根本没打算告诉柴峰这些，我想都没想过让他感激我。我很婉转地透他点消息，让他等一等，是免得他多折腾一趟，多花一趟路费。我没料到他会想这么多，更没料到他真是这么堂堂正正。

看来在柴峰面前我得谨慎。

我怕他会看穿我。

还怕他看不起我。

但更不能让他离开我了。

我需要他!

我上一步我得让他跟上一步！我是内行，我懂柴峰有多重的分量。放在身边看起来危险，其实是最妥善的办法。不这样，我恐怕早晚有挡不住他的那一天。我既得让他朝上拱着我，还得朝下压着他。

这一拱一压学问大呢!

谁都知道我和柴峰关系好，谁都说我们是一对铁哥们。柴峰有意疏远我，可没用。纸里包不住火，谁都知道我在柴峰当副营长的问题上出了大力。连团长政委都在会上表扬我，说我不嫉贤妒能，是个伯乐。

我是伯乐！我发现了一匹能驮着我青云直上、飞黄腾达的千里马。

我不嫉贤护能么？真是笑话!

我和柴峰关系好么?

当然好!

可他竟然跟我拍桌子。是春天的时候。春天万物复苏，连猫呀狗的都浑身来劲，何况是人呢！何况是马驹子一样的兵们！带兵的人数这季节伤脑筋。我们营生产班的一个兵出了事。强奸。军里的生产基地和建设兵团的农场紧挨一起，各营都在生产基地有菜地，种菜的兵们都和农场的老百姓很熟。那个出事的兵还不满二十岁，第二年兵。女方是个二十三岁的大姑娘，是个痴呆，嫁不出去。父母是五十年代来支边的，山东人，和我们那个兵拉上了老乡，常让小老乡到家里去，好吃好喝地招待，亲得就像自己的孩子。后来兵一去，父母就下地，连其他的孩子都支走了，只留下兵和痴呆女儿在家里。那个兵根本不知道是阴谋，直到被痴呆姑娘的父母按在床上才醒悟。

那个兵被五花大绑送到了团里。

姑娘的父母却来找营领导，他们提出来，必须让我们的兵和他们的姑娘结婚才罢休。但那个兵死活也不答应，他愿意去坐牢。我第一次动手打了我的兵，一巴掌把他的嘴扇出了血。看着他一嘴的血一脸的泪我又有点心疼了。姑娘的父母明明设好了圈套，让我的兵去钻。要说有罪这狗父母才是罪魁祸首，说强奸真是冤枉了我的兵。他们的算盘打得太好了，瞄准那么精干的一个小伙子给他们的痴呆女儿做女婿。那个姑娘我见过，被他父母一起带到团招待所住着。这句难听话，恶心人。我的那个熊兵呢？还他妈像个孩子，白白净净，一张方方正正的脸，嘴唇上一圈茸茸的黑汗毛还没刮过呢。说实话，连我这个当营长的宁愿他去坐牢，也不愿让他和那个痴呆姑娘去结婚。

我想像不出我的这个兵怎么和那样的女人过一辈子。

可要真坐牢呢？这个还不满二十的孩子可就毁了！

我这个营、我们团也得跟着毁，只要一判刑，就是政治事故，营、团至少好几年翻不过身来。我倒无所谓，刚当营长，不出这事也得几年才能上去呢。再说事情虽然出在我当营长的时间上，可谁都明白该挨板子的应该是我的前任。

如果检讨深刻，我倒能扮演个勇于承担责任的角色。以我的脾气，我是不会推脱责任的。我害怕营里栽这一跟头么？真不怕！没这个跟头，倒显不出本事。有这个跟头跌下来，倒给了我这个新上任的营长一个打翻身仗的好机会。我要是能把一个灰头土脑的营重新带上去那是什么光景？我有这把握！

可是我不得不为我那个兵着想了。

更重要的是我还得为团首长们着想。从大的说这叫政治头脑。从小里说，我这叫拍马屁。要是真能把这事抹平，我这个马屁就拍大了！

说到底我也是个拍马屁的货！

我得把这事给抹平！

我没跟团首长们报告我的想法。用不着说，我心里清楚。说出来我就是傻蛋了。报告了也没用，谁也不会做这个主。我只跟老白商量了一下，他同意我的办法。他能不同意么？他已经当了好几年的教导员，老营长走了，板子打下来，挨得最重的就是他。

但我说：老白你只当不知道!

老白说：那怎么能行!

我说：我刚上来，没关系。

他说：那也不能把责任全推到你头上。

我说：你现在正是关键的时候。

他说：要不咱开个营党委会。

我摇摇头否定了。

我说：为这点事，犯不着都陪进去。

我把那个兵从团临时看守所提出来，营里都没让他回，安排了一名排长连夜送他回老家。在戈壁滩上，我狠狠地揍了他。然后我告诉他，必须顺顺当当地回家。我交待押送他的排长，送到县武装部，再亲自交到父母的手上。对他父母也不许说出一个字。就说是退伍。

那个兵愣了好一阵，给我跪下了。

他本来是想给我敬礼的，但没敢。

他知道他不配。

第二天我回家埋头睡了一天，谁都找不到我。第三天我去向团首长报告我把那个兵“开除军籍，押送回家了”！我让团首长们吃了一惊。团长训我，政委批我，两个人拍桌子瞪眼地骂了我半天。

都在我的意料之中。

我说：这事是我一个人干的。

我又说：把姑娘的父母交给我吧。

我突然对团长和政委说：兵跑了!

他们看着我，不说话。

然后，我去对姑娘的父母说：兵跑掉了!

就这么把事情了了。

我没亏他们，给了他们几千块钱。

这对狗父母，拿了钱摇摇摆摆地就走了。

你想不出他们对我说什么。

他们说：营长，有合适的兵帮我们姑娘介绍一个。

还说：我们承包了二十亩西瓜。

真让我恶心，我怕他们再说下去。

我说：放心吧，今年我们买你们的西瓜！

那天，刚打发走这对狗父母，柴峰就来找我。他把通信员支走了，砰地碰上门，看着我就像不认识了一样，半天不说话。

我说老柴你怎么了？

柴峰说：你怎么能这么干！

我还以为他是怪我独自冒着风险干了这件事呢，心里还挺感动。我说：我是一营之长，没必要把你们都扯进去。

柴峰看着我怪笑了一下。

我知道我想错了。

他说：你这是犯罪！

我不理他。

他说：你还像个共产党的营长吗？

这句话让我受不了了。

我说：那你说怎么办？让那孩子去坐牢？去和那个呆子结婚？

柴峰吼起来：他活该，他自做自受！

我说：我不能看着我的兵一辈子给毁了！

柴峰一巴掌拍在桌子上。

我们就那么站着。我看着柴峰的嘴唇打哆嗦。我不知道他是不是想骂我，可是他说不出话来。他的眼里不那么愤怒了，是伤心吧，他伤心什么呢？我还看出了一点瞧不起我的意思。我没跟他计较，也没法计较，跟我拍桌子我也忍了。

我打开门走出去。

柴峰在我背后说：你这个责任担得真好！

我的脊背凉嗖嗖的。

他这句话才真戳对了地方，让我感到无地自容。我想到的，柴峰也想到了。我那么快就从营长升到团参谋长肯定也在他的意料之中。但我后来下那么大的功夫让柴峰由副营长到副参谋长，继续做我的助手恐怕出乎他的意料了。

柴峰是真没想到。

更没想到我为什么这样做。

他只想到了我的宽宏大度。

但我没让他当营长。

我让他做我的助手！

后来我当团长，柴峰是副团长。

连参谋长我都不让他当。

不能让他唱主角，小主角也不行。不能让他离开我有单独施展才能的机会，我必须把他紧紧地拢在我的身边。但我不亏待他。柴峰做副手也很出色。他的出色谁都看出来了，连战士们都议论柴峰是个有本事的人物。但在全团有本事的能人里，他永远排在我的后边。都说除了许家忠就是柴峰！另一句话是没有许家忠就没有柴峰！

这就对了！

只有我知道这不公平。

柴峰心里也不服吧？可他说不出口。

我有点怕柴峰。他就像一副嚼口勒在我嘴里，让我不舒服。怕一个下级，怕一个助手，这叫什么事？可我需要这副嚼口，我只好戴着它。我从来不怕上级，对付他们比对付柴峰省心。对他们你只要多为他们想着点你就知道该怎么做了。

后来能升那么快，我真是没料到。刚当上团长那会儿我可真是春风得意。开始我还夹着尾巴，夹着夹着就觉得没什么意思，挺别扭。索性放开了，倒自自然然，一下子就有了一团之长的感觉。

自己不把自己当团长，别人还把你当个团长么？政委的资格老，我敬着他。尤其是用干部上，政委说了算。那么说了算了几次以后，下面干部们一下子看出了名堂。团长政委的办公室紧挨在一起，我习惯开着门，敞亮，心情舒畅，给人一种光明磊落的感觉。隔壁的门关着，不那么严实，留二指宽的一道缝，很含蓄。可关着的门却热热闹闹，我敞着的门反倒冷冷清清了。政委这人客气，逢基层的连长指导员、营长教导员们来，走的时候一律送到门口客气一番。客气完了也就罢了，可那些干部们偏偏还要跟我客气，就那么站在门口，问我：团长，你有事吗？这是什么话，我这个团长成什么玩意了？那是跟我客气么？

我看是在讽刺我，逗我玩呢！连保密员那样的小兵都看出了名堂，送给我看的文件，没有一份政委没画过圈。隔壁老是有敲门声，从早敲到晚，很轻，像是怕吓着了政委。敲得我不舒服，烦，听着听着就坐不住了。当上团长后，我搬进了有前后小院的平房，还是和政委家挨着，还是敞着院门的我这边冷冷清清，还是闭着门的那边热热闹闹。再送客的不是政委，是政委夫人。开院门的也是她，一开院门就听到她的大嗓门说：你看你，客气啥！串门的小伙子们把政委夫人喊阿姨。碰到玉琴却喊嫂子。其实政委夫人比玉琴大不了几岁，看上去比玉琴倒显得年轻。你说这叫什么事，连我都跟着矮了一辈。政委抽的是红塔山，翻盖的。我抽红雪莲。政委的女儿喝健力宝，喝可乐，在小院里叭叭地把易拉罐当响炮踩。我儿子喝什么？白开水，像饮牛一样，玉琴一晾就是一大瓷缸，还供不上儿子喝。政委每次到上边去开会，一大早小车就停在家门口。遇到我，得到办公楼门口去坐。乱七八糟的这些事，多啦。我不大在乎，这么年轻当团长，我知足！我也不习惯接收干部战士送我的东西。我烦这一套，这种变相喝兵血的事我许家忠从来不干。可是我受不了了。

我受不了别人不把我当成团长看！

你就是个团长，干吗不把自己当团长？

我一遍遍在心里这么问自己。

我对玉琴说：别他妈没点团长老婆的样子！

玉琴被我吼糊涂了。

她说：你不是说咱们要谦虚一些么？

我说：不该谦虚的，别瞎鸡巴谦虚！

其实我是在吼自己。

我凭什么要夹着尾巴当团长！

我知道这是劣根性。可就是管不住自己。

我首先把管理股长给撸了。在团机关，管了两年吃喝拉杂，这小子肥得不得了，而且嚣张得不行，感觉就像是团首长一样。跟我和政委站在一起时，我还是立正的军人姿势呢，他倒敢手叉在腰里。我没整过人，可我一点都不外行。那年转志愿兵之前，管理股长把团机关的几个志愿兵东一个西一个塞到各营去，空出位置准备转新的。他这点把戏我一眼就看穿了。我等着他。我在团党委会上轻描淡写地讲各营连选改志愿兵要把严关，少转机关的勤杂兵，多转基层的训练骨干。过去也这么讲，做起来就是另一回事了。没人认这个真，所以我的话也就像放了个屁一样。我要的就是这效果。我一点也没预料错，连管理股长要几个名额我都搞准了。到临转志愿兵的时候，他一下上报了八个。乖乖，占了全团的三分之一。有收发员、放映员、炊事员、司机、还有生产班种菜的。我是真火了。下边的兵们讲，转一个志愿兵得两千块，这太夸张。具体得多少，我说不准，几条红塔山恐怕得要吧！一条红塔山多少钱？战士的津贴费才多少？那个王八蛋股长也真狠，他竟然把八个战士捏在手里了。我没急着把火发出来，我还是在团党委会上轻描淡写地说把转志愿兵的事议一议。我首先把上级拨给全团的名额公开了。一听说团部要转八个，营长教导员们的眉头就皱起来，都提意见，发牢骚，嚷开了。我火上浇油。我说：团部的志愿兵骨干都充实给你们了，团机关当然得转新的。

那时候我这个团长算什么？哪个营长不敢面对面跟我顶？我的话一出口，一个营长就骂开了。

他说：你们团部下去那些兵，还叫骨干？是老爷！一个个狗仗人势，连我们营干部都不尿，妈的，我们好好地给你们养着呢，你们要看他们是骨干，我们马上退回来！

我说：那你们要他们干吗？

他说：你们硬塞，我们不要能行吗！

我征求政委的意见，我说：政委，我有个想法，今年团机关一个不转，名额全给基层。基层也不要转勤杂兵，全部转训练骨干，转特殊岗位的技术尖子们，你看怎么样？

政委同意得很痛快。

全团的干部都是他说了算，为八个兵他还能不让我团长说了算一回么？何况那八个兵跟他一点关系都没有。

政委说：我完全同意团长的意见。

政委一点也没想到我在打管理股长的主意。我绕了这么大的圈子，从这点针尖大的小事上动手，他怎么能想到呢。连管理股长也没想到我要整他。他一下子傻了，来找我。

他说有一个司机，老团长有交待。

我说：老团长的兵当然得照顾。

他说收发员请政委爱人说过话。

我说：那就转！

他吞吞吐吐说不下去了。

他竟然威胁我这个团长。

他说：团长，只给俩名额，我没法干工作。

我一点都不生气，我在他面前就像个窝囊废一样。我领他去找政委。

我说：政委，这两个还是转了吧？

政委说：老团长的面子得照顾，我老婆的话别理她，部队的事老娘们儿不能瞎掺合！

我说：收发员这个兵工作也不错，转吧。

我当着政委的面，又对管理股长说：再给一个机动名额，你支配吧，再多可真没法对下面交待了。

他无话可说。

后来，另外五个兵闹翻了，联名把管理股长给告了。收了人家的礼，给人家许了愿，事却没办成，能不告他么！直到这时候，我才把一腔怒火发出来，毫不客气地撸了他的股长，降一职下到营里去当助理员。

我和政委依然是好搭挡。

可是政委自己不好意思了。他那根线上的人出了事，打了他的脸。政委一下子在我面前硬不起来了。再提拔干部，提一对，他总给我留一个。我不要。我只提标准，正正规规让干部部门去考察。我不搞这一套。我是想通了。哪个干部是你的？都是共产党的人！

我不喜欢整人，更不愿撸人的职，谁过得都不容易。可遇到管理股长这种喝兵血的干部，遇到一个我收拾一个。也是他撞到了我的枪口上。这一枪我还真撸出点威风。我从别人的眼里看出来一点我团长的样子了，不过还差得远呢，我要把我的团带得嗷嗷直叫，带得无坚不摧，战无不胜。那样的话，我才能真正品出团长的滋味，才能接近我的下一个目标。

我知道下一个目标不那么容易接近了。

但我信心十足。

还是那句话，我知道该怎么干！

那件事我酝酿了很久，当参谋长时就想干。可那时候干了算什么？再说也不能干，真在那时候露了锋芒，说不定这个团长就不是我的了。

我们居住在一个多民族地区，紧邻我们团的那个乡就有五个民族，还有建设兵团的一个农场。我们是军民共建文明的老先进了，级别很高，五花八门的锦旗奖状数不清。能和睦相处几十年是真不容易。不过近些年可是越来越难处了，再想拿那面锦旗光出力不行，还得出血！行情看涨，眼看就要出不起了。修桥、修路、建工厂、盖学校这些硬件不用说，得掏钱。追到门上来要。真是债倒好说，还能厚着脸皮拖一拖，这事你拖了试一试！最要命的是地方经济那一块，有这一条，要帮助地方发展经济，怎么帮？我们只好帮着吃西瓜，吃苹果，吃蔬菜。这倒没什么，大不了嘴和肚子吃亏，只当孝敬给咱们的爹妈了，谁让咱们是子弟兵呢！问题是得有个分寸，在部队驻地周围，有那么一些地痞一类的家伙，常找借口揩部队的油水。我不能让你把部队给我朝垮里整，不能让你骑在我兵营的脖子上拉屎拉尿欺人太甚。

我说得可能重了点。我这人爱讲实话。

也怪我们。我们把那些人宠坏了，惯坏了。

不信，你去看看？

看他们哪一家睡的不是部队的木板床？哪家屋里没有一堆军用品？发洪水，我们前脚去抗洪，跟脚就有人钻进营房偷东西，房门都给你卸了。卡车坏在路上，油给你放了，车箱板砸了回家当柴烧。我刚当兵时，划作军事禁区的地方只拦道铁丝网，后来不行了，砌围墙。我们团方圆那么大，用了一年多才把围墙砌起来。四个大门，每个门住一个班人手还少了点。有的老百姓喜欢吃兵营里的自来水，拉水的毛驴车横冲直撞往里闯。哨兵一拦就打架。打完架躺在你门口就不走，不赔礼、不道歉、不给点东西安慰就朝死里躺，朝师里军里闹，你怕不怕？咱们倒好，逢战士打架就给处分，那些围墙一年四季都在补。我亲眼见过他们扒围墙的阵势，绳子套在围墙跺上，用牛拉，一倒就是几丈长的大豁口。扒围墙干吗？从东边要到西边去放羊，说你的围墙挡了着道。羊群在军营里乱窜，你动一根羊毛试试看？团里放电影，半下午时操场里男男女女就坐满了，满场都是毛驴叫。本团的家属们倒不敢去看电影了，害怕。喝得醉醺醺的小伙子屁股上都别着半尺长的刀子呢。我当参谋长时，我的一个军务参谋就差一点被捅死。

遇到这情况的不是我们一个团。

这是我们整个集团军的一个大难题。

我得啃啃这块硬骨头。

我说酝酿了很久的那件事，就是指这个。

就差那么一件小事当引子。

是夏天，西瓜将熟未熟的时候。那天，团党委正在开会，办公楼门前突然闹开了，一个四十多岁的男人卧在地上滚，哭着叫着要见团领导。说有两个兵偷他的西瓜，还打了他，并且把几亩地的西瓜全给他砸烂了。是个汉族男人，听口音是中原人，一看那副贼眉鼠眼的样子就不是个好货。

我说：你站起来说话。

他说：腿给打坏了，我站不起来。

我心里乐了，说：那就在地上先躺着吧。

他说：首长，你可要给我做主啊，我一家老小盼了一年到头就指望这几亩瓜活命呢。你们是解放军，怎么像国民党一样狠，我这条腿残废了，我一家人还怎么活？首长，你不把凶手找出来，不给我个公道，我全家都不活了！

我看都不再看他，让柴峰把全团紧急集合起来。政委小声问我要干什么，我不理他。没人知道我要干什么。紧急集合号一吹，部队很快集合在操场上。那个男人也不哭了，从地上坐起来，哼哼叽叽地揉着腿，眼睛一眨一眨地看着我。全团的几千人也看着我。我对向我报告完毕的柴峰副团长一挥手，下达了命令。

我说：把躺在地上的人抬过来！

我指了指我和部队之间的空地，几个兵很轻地把那个人放下了。我不满地皱了皱眉头，我是嫌他们的动作太轻。那个人连哼都不再哼。我不看他。我扫视着我的部队，目光在我的兵们的脸上停了足足有五分钟。

我说：谁打的人，出列！

没人出列，又等了有两分钟。

两个兵低着头走了出来，他们一定吓坏了。他们的样子很让我失望，这两个软蛋！我单独给他们下达了口令，一嗓子先把他们喊精神了，然后才问他们是几营几连的兵，叫什么。我没问他们怎么跑到老百姓的瓜地里去了，也没问他们为什么偷人家的西瓜还要打人。他们想解释，有点委屈的样子，可是我什么都不问。我一张嘴就骂了起来。

我说：妈的，两个笨蛋！全团的脸都让你们丢尽了，也丢我团长的人！

我问他们是怎么打的。

一个说不是他们先动的手。

另一个说西瓜是那个人自己砸的。

我让他们闭嘴。我吼了起来。

我说：妈的，你们还有脸说！

我指了指地上的那个人，说：就这么个东西，两个人你们都收拾不了他！竟然还让他能走到老子的营区里来！

那两个兵眨巴着眼睛看我。像没听明白。地上的那个人更没弄明白我的意思，嘟嘟哝哝地连喊了我几声首长，像是要提醒我什么。政委肯定以为我疯了，很响亮地咳嗽了一声。我不理他。连柴峰也在一边很重地清了一下嗓子。我看了柴峰一眼，我是告诉他我很清醒。

我说：都给我听着，今后遇到这种地痞无赖，首先打断他的狗腿！谁要是让他跨进营区半步，老子收拾他！

这时候我这出了我的绝招儿。

我猛然吼道：全团都有了！

我没法形容我那一嗓子。

但我感受到了它的力量。

听那声响吧，几千人的脚跟碰在一起。

咚！

我感到浑身的血都凝到了头顶。我说：我们是人民的子弟兵，是民族的大孝之子！我们把人民当父母！可是这种地痞无赖他不配！

然后我命令那两个兵把那个无赖抬出营区，扔回他的瓜地！他这才明白了，杀猪一样叫起来。但叫了几声就叫不出了。那两个兵没抬他，一个提起来放到另一个人的肩上，像扛着一个软溜溜的麻袋扛走了。

我不知道这样做对不对。

我只知道部队的士气一下高昂了起来。

我的兵看他们团长的目光不一样了！

连柴峰也不得不佩服我。

政委担心事闹大了，要赔几亩西瓜钱。

我说：他做梦！

接下来的事不用我操心，兵们知道该怎么做。紧接着的几个晚上，我连续安排在大操场上放电影，半下午就开始在广播里一遍一遍地广播。部队放好电影。老百姓们蜂涌而来，电影不能不让他们看。但得给我规规矩矩地看。站在他们该站的地方。毛驴车一律不让进营区，有硬闹的，先扣驴车！那几个晚上，我下令全团家属孩子们一个也不准上电影场。我让整个特务连担任执勤，有随地大小便的，不管男女老少，逮住一个用几个兵架出去一个。有一个大声喊叫，我就下令停电影，一个不剩全轰出去。当然有拔刀子闹事的，但放开手脚动真格的，他谁是我特务连的对手？

几场电影下来，都老实了，规矩了。

小偷小摸，扒围墙的，我是真收拾！

窜进营区的羊，逮住一只打死一只！

我连根羊毛都不赔！

我专门拖了一辆报废的卡车停在营区外的公路上，我让他们拆，拆得光剩一条龙架的时候，我把乡里边的头头脑脑都请去看，我还拍照片，拍录像送到县里请他们看。毁坏军事设施可不是闹着玩的。但我不朝法律上搞，县、乡也不想把事搞大了。我自己解决。我用几辆卡车满载特务连的兵，一家伙开到拆我车的那家去。我把他的家给抄了！我不让我的兵动手，让他自己抄。他的东西我一根针也不要，只抄我的军用品。东西真不少，光马扎就有十几把。搬着搬着，他把自己的羊圈和鸡棚都拆光了。除了几间土坯房和大大小小的一群孩子，没什么东西不是我的军用品！连他和孩子们身上的衣服都是。

衣服我没让他脱。

抄出来的那些军用品我一把火点了！

你猜怎么着？再有车在路上抛锚，只要司机在车厢上号上九团两个字，碰都没人敢碰了。也真怪，从此之后，和老百姓闹纠纷的事，全集团军就数我九团少。战士在外面打架斗殴的事也少了。爱民助民的事我可不含糊。老百姓的麦子、葵花熟了，我全团拉过去，帮着收，帮着种。这是眼见的活，用不着人家来求援。我用钢管接了一条自来水线，一直通到村子中央。哪家有难处，只要我知道了，我全力帮。老百姓是衣食父母，什么时候咱都得敬着，问题是怎么个敬法。得互相敬，得敬到点子上。事久见人心，周围的群众，不管哪个民族，没有不夸我九团的。其实我整治了个别地痞无赖，连老百姓都拍手称快。

九团的兵没人敢欺负！

连公路沿线的饭店老板都不敢黑我的兵。

我的兵都喜欢说：我是九团的！

不信你问问，方圆几百里谁不知道我九团！

谁不知道九团有个许团长！

我的兵一谈到他们的团长眼睛都发亮。

我让我的兵感到自豪了。

妈的，不知道他们都给我瞎吹了什么。

关于我的神乎其神的故事可真不少。

整治那个无赖算一个。

抄家也算一个。

连后来的新兵都讲得活灵活现。

还有更神的呢，说老百姓的毛驴见到我都规规矩矩，不敢乱叫唤！

不过，有一件事倒是真的。有的老百姓去看电影，不是冲着电影去，是冲我和我九团的部队才去的。一些专门放映的教育部队的老电影，老百姓不爱看，但他们还是大老远跑去。干吗？听我喊部队放凳子！

别说他们，连部队的家属们都看不够。

几千人的动作齐得像刀切一样。

几千把马扎落地：嚓！

就那么一下。然后嗡嗡的声音传很远。

是地在嗡嗡地响。

就来看这个。

部队一坐下，他们走了。

我不知道这是不是战斗力。和平时期，战斗力这东西不好衡量。我和柴峰探讨过，他也说不大明白。但他肯定我们九团在集团军是最棒的。不过他不赞成我的带兵方法。他说我的那些招儿只适合带中国的部队，只能带农民组成的部队。真是废话，我一个中国的团长，难道还要去带外国的部队？让外国的团长来带我这些兵他试试！我不管用什么招儿，能把部队带成这样，不简单。

柴峰说我误会了他的意思。他是说我那一套迎合了战士们身上某种落后的东西，只能得逞一时，带不出现代化的部队来。我不和他争论。现代化怎么了？现代化也是中国的现代化，吓不住我！

柴峰竟然说我像个山大王！

他还说我那一套顶多只适合带一个团。

这话我可不愿听。

他问我：一个师你这样带试试看！

他说：老许，你不妨把自己放在更高的位置上想一想，想想你那一套还灵不灵。 有道理，我还真得这么想一想。

越想越不服。

师长军长我又不是不认识。

真给我一个师，试试？

可惜，没给我这机会。

没给！

一九九三年秋天，集团军搞训练改革，专门成立了一个被称为“磨刀石”的“蓝”军团。我们不止一次地去参观过，“蓝”军的武器和各种先进设施现代化得让我们这些“红”军感到眼红，感到心虚。“磨刀石”说白了还是个陪练的角色，是供我们磨刀用的。问题是练法和过去大不一样了，不再是以往那种一冲就上、一打就胜的“红”军必胜的游戏了，除了打的是不带弹头的空爆弹之外，一切都是真刀真枪。

我的九团被第一个拉上去磨刀！

如果按序列，第一个轮不到九团。

我一下掂出了我和我九团的分量。

这对我不能不说是个绝好的机会。

“蓝”军团长是集团军新崛起的所谓少壮派代表。的确够少壮的，还不满三十岁，八五年毕业的军校生。我曾听他讲过课，讲海湾战争。“沙漠风暴”听他讲得就好像是他指挥的一样。集团军的一个个团长们被他贬得一钱不值。“红”、“蓝”军战术对抗之前，我和他碰过一面，那小子一张嘴连招呼不打就损我。

他说：许团长，拿你开刀不好意思。

他的张狂让我讨厌，可我对他笑了。

他说：你是在想骄兵必败吧？

我说：我在想你别把那么好的武器糟踏了。

这一次该他笑了，哈哈大笑。他说：不过，我得感谢你，你将开创“红”军失败的先例。我真的很感谢你，很多人总是转变不了这观念。

他不笑了，竟是一副很沉重的神态。

我比他更沉重。虽然这只是一次模拟实战的训练，虽然我也像他一样渴望改变以往那种传统的训练模式。那种模式就像一出古装戏一样，红脸白脸。我已经看烦了。我是上过战场的人，我比他更懂得没有“红”军必胜这道理，是得改变这观念。可这种事第一个放到我头上我受不了。真让我许家忠的九团来开创“红”军吃败仗的历史？我不能输，也输不起。我懂集团军首长挑选我九团第一个磨刀的意思。严格地说，这是一次小规模的演习，没有经过事先导演的演习。九团战功赫赫，作风顽强，是集团军的脸面，王牌，训练水平差不多代表了集团军的最高标准。不可能让九团去做靶子，从骨子里首长们还是希望“红”军能够战胜装备优良的“蓝”军，我能体察到首长们这种微妙的心态。某种程度上这是对集团军训练水平和部队素质的一次严峻考核。

首长们也是在考自己。

当然更是在考我和那个“蓝”军团长。

我在想，这次赢了我会怎么样！

对抗的原则是“红”军攻占“蓝”军坚守的阵地。从战斗动员开始，一切都进入了监控网络，我们和对方的一举一动都将生动地显示在首长们面前的大屏幕上。

我很在意这一点。

后来的事实证明，“蓝”军团长也很在意。

我的战斗动员精彩极了。我站在英雄九团那面猎猎飘扬的军旗下豪情万丈，慷慨陈词。我调动了我的全部情感，我能感受到我那些兄弟们沸腾的热血。他们走进了渴望中的战争。

我们对“蓝”军几乎一无所知。直到“作战”命令下达之后，集团军才送来了一张蓝军防御阵地的地图。柴峰和几个参谋以最快的速度制作出了作战地域的巨型沙盘。快得让我吃惊。那个巨大的沙盘简直称得上是一副杰作。起伏的山峦，纵横交错的雅丹土丘，以及连绵不断的堑壕工事都逼真地跃然其上。放眼全团，唯有柴峰才有如此身手。

看来，几年前选择他的确是我的深谋远虑。

我把副团长柴峰调换到了参谋长的位置上。在这场和蓝军的真正较量中，那个参谋长根本帮不了我。

但我能看出来柴峰的悲观。

尽管悲观，柴峰还是尽了他最大的努力。

或许他早就清醒地意识到了最后的结局。

我也尽了我的全力。

后来的一切都是我没料到的。

包括集团军首长在内，都没料到红军会败得那么惨。或许只有蓝军团长那个小伙子料到了。他的虚虚实实的防御战术成功了，我们根本还没到达他那坚固而又严密的防御阵地就已经全军覆没。

我至今还记得他那双锐利的眼睛。

血红血红，我在真正的战场上见到过。

那双眼睛让我明白了他为什么会胜利。

还明白了他胜利之后的那种沉重。

我不服！

我对他吼：你们没按规定坚守在阵地上！

他看了我好久，沉重得什么都没说。

那一刻我真是无地自容。

我竟然有脸说出这种话。

更要命的是后来的一段时间，作为红蓝军的双方指挥员我还不得不和他坐在一起总结那次战斗。参加总结的还有集团军的所有团以上军事指挥官们。

我丢尽了脸。好在不需要我再去描述我失败的过程。计算机监控网络把战场上的交战双方的一切活动。包括作战指挥、战斗进程、武器损失、兵员伤亡、人员定位等等，全部复述了出来。

一目了然我连一点狡辩的余地都没有。

给我致命一击的是，蓝军并没有动用那些先进的武器，这也是蓝军最为得意的。连集团军首长都没料到他们来了这一手！我哑口无言，我厚着脸皮像死人一样盯着屏幕。屏幕上的我简直像个小丑一样。

我声嘶力竭地叫着冲！给我冲！

我背着手或叉着腰走来走去。

我装模作样地在地图前指指点点。

我故作镇静地在那儿摆大将风度。

我拍着战士的肩膀喊着：兄弟们！

我看到那么多人都在脸红。

屏幕上蓝军团长竟在那儿摆围棋。

屏幕下的蓝军团长滔滔不绝。

他说：大家请注意，请听红军指挥员战斗动员时的用语。一会儿弟兄们，一会儿兄弟们。可以说从这儿开始，他已经败给了蓝军。在现代战争中，这种帮会式的哥们义气带兵的指挥官注定要失败。一支训练有素、意志顽强的部队只有靠健康的内部关系，靠凝聚力和崇高的信仰激发起来的勇敢精神，才能所向披靡，无往而不胜。

他就像赞扬别人一样赞扬自己。

他说：请看蓝军指挥官是怎样充分应用现代信息手段的。蓝军在极短的时间内，通过各种手段掌握了红军从团到连各级指挥官的个人档案，包括个人出身、家庭背景、婚姻状况以及个人嗜好、性格特点等等。没有这些怎么会有所谓兵来将挡、水来土挡的针锋相对？不仅掌握对方，我蓝军的各级指挥官也都有详尽的个人档案，没有这种知己知彼，就不可能百战百胜！这次我们敢大胆采用第二套作战方案，很重要的一点就是建立在对红军主要指挥官的分析上。

我想看看他怎么分析我。

屏幕上是他操作微机的特写。

然后我看他敲出来的我的档案。

许家忠：农民。性格特点：有勇无谋。

这个小杂种，他把我损到家了。我觉得自己就像一张刚被剥下来的狗皮，晾在众人面前。不过我不得不佩服他，做人或许太尖刻了一点，但他是真诚的。他对整个战斗的分析都是实事，也都有道理。他也有佩服我们的地方。当柴峰制作的那副巨大的沙盘出现在画面上的时候，他一下跳了起来。

他叫道：了不起，凭借一张地图跟我们自己做的沙盘一模一样！奇才！

他对军长说：军长，能否把柴峰同志调给我当副手？

这小子好大的口气，说这话时他竟然看都不看柴峰。

他竟然也捧了我一句。他说：临阵换将，兵家之大忌。但红军指挥官打破常规，这个将换得有魄力！

我真惭愧。

做梦也没想到我会输得这么惨。可我还是不服。我不是不服那个小伙子，我不服的是这么轻而易举稀里糊涂地就输了。

你明白我的意思么？

你说得真轻松：这没什么。

真想通了是没什么。

可那会儿我就是想不通。

那年冬天，我救了一名新兵，是手榴弹实弹科目训练时救的。每个连队实弹训练我都去了。按说没这个必要，用不着当团长的亲自陪着每个兵投弹。可我想去陪着！我站在那儿看着每一个兵取弹、拧盖、捅破防潮纸、手指套上环，扔出去。然后我和我的兵一起跳进掩体、卧倒。再爬起来，再看。

那是个刚下到连队的新兵，看样子是个挺聪明的孩子。我说别紧张，他还回头冲我笑了一笑，一点也不紧张。但出手就是一个冲天炮。我没想什么，连犹豫也没犹豫一下就朝那个兵扑过去，压倒在他身上。

我以为自己会死的。但没死。手榴弹越做越精巧，威力也越来越小。要是前几年那样的手榴弹，可能我就完蛋了。战士们纷纷跑过来时，那个兵正在我身下朝上拱。

我一下就笑了，跳起来。

我朗声说：妈的，吓我一大跳。

其实我受的伤真不轻，身上蹦进去好几块弹片。我很快就从医院里出来了，我不愿呆在那种死气沉沉的地方。我回到了我的兵们中间。我依然是个好团长！我成了英雄。

我喜欢那成片的崇敬的目光围着我。

我一遍遍问自己：和那个蓝军团长比，他有我这种不怕死的精神么？

他有我这种临畏不惧的勇气么？

他能像我这样用生命爱护自己的士兵么？

可问着问着我悲哀起来了。我只剩下了这么一点点本钱。我这才明白我为什么要每天跑到实弹训练场了，我好像在盼着有那么一个让我表现的机会。我想干吗？豁出命就是为了证明我那点不怕死的劲头么？

我的壮举安慰不了我，也帮不了我了。它仅能换回一点我这个团长的威信罢了。我用差点牺牲的生命赢得了我的兵们的崇敬。但仅仅是崇敬。不是崇拜。决不是！我分辨得出来。我更懂得这两者之间的区别意味着什么。

悲从中来。

这句话真好。

我可怜自己。

一九九三年春节，我带着玉琴和儿子探了一次家。说起来寒碜，我二哥带了一副扁担到火车站去接我。玉琴的爹不当支书了，如果还在位，他肯定能派一辆排子车去接我们。村里的排子车不外借，接我这个团长也不借。租，一天十块钱。来接我，再回去，得两天。二哥舍不得花这二十块。

我没通知刘社会。他发了，有车。可冬天我们那儿的路跑不了车。是晚上，我从车窗里看到了站台上的二哥。就那么一眼扫到二哥的扁担，团长的感觉一下就没有了。二哥袖着手抱着扁担，东张西望地找我们，扁担上挂着的草绳子荡来荡去。世道真是变了，县城竟然也有了那多高级的小车。站台上也有，接一个什么科长，我听见有人科长科长地叫。看到那家伙腆着肚子钻进小车里，我有种酸溜溜的感觉。

科长！县里的科长算什么东西？

相当一个营长罢了！

我呢？我相当县太爷！

儿子以为那车是给我们坐的，下了火车就往小车跟前跑，玉琴追过去把他拉了回来。这小子看我要威风看惯了，眼里根本没有别人。

他说：爸爸，命令他们下来！

关车门的人看了我一眼。

王八蛋，他竟然对我耸了耸肩膀。笑我？

车走了，儿子东张西望，皱着小眉头。

他问：我们的车呢？

我真想扇他。

我摸了摸肩上的几颗豆，想抠下来！

多亏是晚上。穿过县城的街道时，到处是拉客住店的小姑娘。玉琴跟我商量说要不就住下，第二天走。我二哥问我能不能报销住宿费，能报销住下来也行。

我说：早点回家！

我说得气哼哼的，我二哥和玉琴大概都听出来了。但他们弄不明白我为什么发火。玉琴他们到部队后我还没探过家。爹妈都不在了，根儿没了，不那么想探家。可我无数遍想过探家的事。憋到这个团长才回来，憋了一肚子自豪，说衣锦还乡不过分吧？就是县长县委书记来接我也不过分。怎么想都不过分！可就是没想到是这么一副狼狈样子。我二哥竟然问我能不能报销住宿费？我真不知道怎么回答他。亏他还当过兵，连团长这俩字有多重他都掂不出了！玉琴还想住一夜，等到白天走！让我这个团长大白天去丢人现眼么！

其实想通了也没什么。离开我的一亩三分地，我什么都不是。走路回家没什么可丢人的。可我就是想不通。心里难受，不平衡，觉得在儿子面前就突然矮了一大截。

那天夜里，我们深一脚浅一脚往回赶。我真怕天亮前赶不到家，让人看到我。我挑着大包小包，我二哥背着我儿子，玉琴跟在后面一路小跑。我连停下来歇一歇都没有。

当时我就想，下一年我还得回来一趟！

我后悔没有记住那辆小车的牌号。

那个小科长，还有那个对我耸肩膀的杂种，他们真该到我的部队去看看，去见识见识我这个团长是怎么当的！

我承认，我是不如那个蓝军团长。可我到底还是个响当当的团长。我发誓要让他们看看！

第二年的十月底，我又一次回家。老婆孩子没回。我没坐火车，也没人去接我。是两辆高级小车把我送到县里的。那一年我主动要求接兵，任新兵团团长。兵源一半在河南，一半在我们省。我们省的那一半兵源七调八调的我最后都调整到我们那个地区。我和新兵团政委分工，他的大本营扎在郑州，我自然负责我们省那一半。

我的大本营扎在地区。

我要在我们县接二百多新兵！

三分之一的名额我安排在县里。

我以接兵团团长的身份踏上了家乡的土地。

地区陪同我视察接兵点的官员是民政局长和武装部长。我自己还带了人马：两名上尉军官和一名中士士兵。这三人都是我从本团挑选的。要个有个。要样有样。那个精神，那个英俊，让陪同我的地方官员们看着都眼馋。做的更不含糊，三个人一左一右，后边还跟着。尤其是中士，寸步不离，我上厕所他都跟着。

在他们团长的家乡，他们知道该怎么做！

我和书记、县长平起平坐，不卑不亢。

书记说：许团长，你是我们县的骄傲啊。

我说：书记这话羞煞我也。

人有精神，连说话都来水平。

我连之乎者也都出来了。

县长说：老许，我们可是早就听说你了。

我说：惭愧！惭愧！

我和县长书记谈笑风生。喝酒的时候，几巡一过，我的三个兵齐刷刷地站在我后边了。别人敬酒，我刚一端杯，他们就接过去要替我喝。这个说，团长，我来！那个说，团长，嫂子交待我们，不让你多喝。我发了火，一顿酒蛊，三个人规规矩矩地什么也不敢说了。这就是团长！县长怎么了？书记怎么了？他们有这个谱么！让他们的部下跟我的兵比一比！我的兵可不像他们的部下点头哈腰。我的兵用标准的立正姿势跟我说话，喊报告、打敬礼。我那个中士就像我的贴身警卫。而且像个大首长的警卫，知道必要的时候在客人面前跟首长要点小脾气。

他说：团长，喝醉了晚上我可不管你！

我说：怎么，在我老家你还欺负我？

这小子真给我长脸，连我都没想到的事他想到了。他抱着酒瓶子挨个给县里的那帮头头脑脑们斟满酒放在那儿，然后自己端一杯酒先站在我面前。

他说：团长，到你老家来了。这杯酒，我代表全团你的兵，敬给你的两位老人。他把那杯酒洒在了地上。小伙子的眼圈红了。我还真有点受不了这个。虽说有点为我长脸的意思，可我的兵佩服我，敬重我倒是真心的。我差点流了泪。然后小伙子才和那帮人喝。喝了一圈，说了一圈话，替我说。

他说我代表全团士兵敬团长老家的首长们。

他说我们全团士兵感谢团长老家的各位首长。

他说我们全团士兵请首长们对团长家多关照。

我的兵把我家的那些官僚们都给震了。

第二天，我没让别人陪，带着我的三个兵，坐一辆小车回了老家。全村的人都惊动了。我给父母去上坟烧纸时，他们三个也跟了去。他们帮着烧纸。我跪在父母坟上的时候，他们脱帽肃立在我身后。

我的泪水哗哗地朝外流。

要说光宗耀祖，衣锦还乡，我算可以了！

我在心里说：爹妈你们看到了吗？我鼻涕一把泪一把给坟中的大哥打敬礼。

那一年我从县里带走了两百兵小伙子。后门兵有一些，和县里科局长以上沾亲带故的就有二十多。我二嫂三嫂娘家的亲戚朋友，只要够岁数想当兵的都去了。仅刘社会的关系就有四个。那段时间，我真是风光透了。只要认识我，和我们家和玉琴家沾亲带故的都来找我。到处都有人在打听许团长住在哪儿。我喜欢晚饭后带着我的两个上尉和一个中士散步。我背着手很悠闲的样子极从容地走着，他们三个寸步不离地跟着我。到处都是恭敬我的目光。我的心都要飞起来了，我觉得整个县城差不多都成了我的。

我还差什么？我只差骑着一匹高头大马了！

我顺手牵羊就为我二哥三哥的孩子在县城安排了工作。我没让他们当兵，他们不是那块料。那些科局长以上的干部们把他们的或亲朋好友的孩子交给我，然后就争先恐后地为我效劳。送礼的不少，但我一分钱的东西也不收。我许家忠不要这个！不要钱！想要的我已经得到了！

刘社会安排了一次战友聚会。没到齐，去了一百多。刘社会把县委宾馆的大餐厅包了下来。那小子花钱让我这个团长都开了眼界，那顿饭吃了他一万多块，吃得他眉开眼笑。他说他一直都想找这个机会，让战友们聚一聚，但吆喝不起来。

他说：妈的，还是你这个团长行。一说你回来，说是你召集的，战友们都来了。

其实很多战友我连面都没见过。聚会那天，饭吃到一半，突然一个餐桌上上来了一大盆猪肉炖粉条。这个菜是刘社会特意要的。

那盆菜端上来后刘社会坐在那儿半天没动，紧跟着眼圈红了。只有我明白，他还在为我们穿上军装后的第一顿饭耿耿于怀。

那顿猪肉炖粉条我们没吃上。

现在他终于自己给自己补上了。

他说：我在哪儿吃饭都要这个菜，可就是吃不出味，好像一辈子就缺这点东西了。妈的，这下好了，是这味道!

他不歇气地吃了三大碗。

吃得泪流满面。

他说：要是福田哥仨在就好了。

他没提国庆。国庆没去参加聚会。

刘社会和国庆成了死对头。

为生意上的事。两人都在粮食局。粮食局不景气的时候，刘社会承包了一个粮油门市部，当经理。国庆承包的是副食品门市部，也当经理。两人的生意都越做越大。刘社会说他不是做生意，是拼命，他当年在战场上那种你死我活的狠劲用上了。他用最好的米最好的面朝每个单位的食堂送，什么时候都比别人的粮价低，就这么先把县城的那些小粮店全挤垮了。然后又朝市里挤。他说他不把生意场上的人当对手，是当敌人，挤垮一个俘虏一个，吃掉一个，全成了他的分店。吃着吃着吃到了国庆头上。就这么一对战场上的生死战友成了商场上的死对头。

刘社会的钱多得用不完。

有自己的小轿车，有好几套住房。

他还办善事，给希望工程捐款。

可他还是把国庆给挤垮吃掉了。

他给我讲他是怎么把国庆挤垮的。

他讲得惊心动魄，我听得毛骨悚然。

国庆背了一屁股债，跑了。

刘社会说：债我给他还，老婆孩子我帮他养。我不在乎钱。

我说：那你是何必呢？

他说：你不懂。

我是不懂生意。可我怎么也想不明白，战场上能共生死，生意场上怎么就不能有钱共同赚、有饭共同吃呢？难道还有比生死更重要的东西么？刘社会按说也是个仗义人，重战友情，他花一万多请战友们聚一次，他哭着吃猪肉粉条，为国庆还债，帮国庆养家糊口。他说不在乎钱。我能看出来，他是真不在乎。可到底是为什么呢？我对刘社会说话，向来不客气。

我说：你少一颗蛋，没孩子，是不是像过去的太监，变态了。

他摇摇头，说：不是！

他说：家忠，你不懂。我也不明白，我生不由己。妈的，生意场上的事说不明白。我真不是为这颗蛋变态。我连队长那个老杂种都原谅了，他死后我还给了个花圈。我爹问我要钱，我从不打嗑巴，伸手就是一叠，不数。可我爹要是生意场上的对手，我能张嘴就把他吃掉。你说这是怎么回事？

我说不出。无论如何我还是不明白。

我也不明白我自己。

我说刘社会变态，我是不是变态？

我跑回老家要团长的威风。

我费尽心机从老家接走两百个新兵。

我也不是为钱。我连一根针都不要人家的。

我还倒赔钱，我尽买好烟给人抽。

我这是为什么？

我能说明白么？

战友聚会的那天晚上，我没回宾馆，去了刘社会的一处住房。那是他养小蜜的地方。他把小蜜赶走了。一张床，我们都没睡。我们睡在地板上，挨得很紧，就像在新兵连时睡通铺一样。拉熄灯之后，刘社会吹起了口哨儿。吹的是军歌，一支接一支。从口哨声里，我听出刘社会又哭了。

刘社会说：家忠，部队就剩下你，咱们那拨兵就看你的了。干，好好干，猛往上干！我给你撑着，需要钱趟路子，十万八万你说！你得给咱们那拨兵争个光，争口气。家忠，就看你的了！

就看我的！

就看我的了！

后来的事情，你都知道。我在法庭上都说了。法庭把我说的话整理出来后，作为文件下发，教育部队。

我在法庭上说的都是心里话，我没必要撒谎。多判几年少判几年我不大在乎。我已经毁了，完蛋了。痛痛快快说出心里话，舒服。我从来没有现在这么轻松过。琢磨人是我的强项，判刑之前我在看守所呆了三个月。那段时间我天天琢磨自己。琢磨自己比琢磨别人难。就像自己看不到自己的后脑勺。三个月，我才把自己琢磨透。

对，升不上去是直接原因。

我当了六年团长。

当得我自己脸上都挂不住了。问题是我还得摆架子，要威风，我还得让我的部队尊敬我，崇拜我。习惯了，没有这些我受不了。我还得让我的部队嗷嗷叫。我团里的孩子们去上学，坐的大轿车是集团军最棒的。团里的家属队没活干，挣钱少，我让她们没完没了地刷树，想办法发钱。年年春节要搞文化活动，我成立了一个威风锣鼓队，让家属们都参加，连临时来队家属也有份，练一个晚上的锣鼓发三十块钱。给干部们也发，名堂多了。发了钱谁不高兴？谁不尊重我？我一手遮天，谁不怕我？让人怕就得搞顺我者昌，逆我者亡。就得拉帮结派。柴峰想调，我不同意。要求转业好几年我不让他走。我越留他，别人越说我和他关系好。到九五年，柴峰真不想走的时候，我却让他转业了。我问他：老柴，你不是想走么？

我整人的手段怎么样？！

我不想整人。我是需要整人。

我要威风，要形象，要在全团说一不二。

你让我怎么办？那两百名老家的战士，一多半弄到了我的团。那是我的许家军！他们在看着我呢。他们看着我，就等于我老家的父老乡亲们在看着我。你让我在他们面前丢人么？这个人我丢不起！我还是集团军最牛 × 的团长！

可这一次我输了。柴峰不走，他说他要为九团留下来！我这个团长没能力把一个副团长打发走。我没这么大的权力。柴峰的能力，柴峰的人品上面都清楚。那年冬天，柴峰作为优秀干部被选拔到我军的最高军事学府去深造。临走之前，他跟我有过一次谈话。他只说了半句。

他说：你把个人毁了是小事！

我明白他说出来的半句是什么。他心疼部队，心疼九团。他是怕九团毁在我手上。有那么一会我真出了一身冷汗。我毕竟对九团有感情。那时候回头也许还来得及。可是我昏了。人往高处走不容易，朝下出溜可是太快了。我就那么一溜烟地朝下滑。

我坐的车是最好的。

我的办公楼全集团军最漂亮。

钱从哪儿来？瞧你这话问的！这年月有人还愁没钱么？手下的几千兵是干吗的？吃军粮，拿军饷，一本万利，干什么不赚钱？我有一座公开的煤窑，一支公开的捕鱼队，一支不公开的运输队。我还有养猪场、养鸡场、养鹿场和一个有十几架塑料大棚的菜场。这几个场我都承包出去了，地方人当老板，干活的兵是我的许家军！财源滚滚，你说我的钱从哪儿来！

仅维修办公楼我就花了上百万。办公楼门口的那两个大红灯笼，我订做的，好几千。只要有机会，是节假日我就让挂出来。我是想让它给我来个福星高照。照着我官运亨通。可是白挂了！我眼巴巴地看着别人上。那么多比我年轻得多的干部呼啦啦地往上冲，喊着号子，脚步隆隆地冲到我前头了。我却只有原地踏步的份。眼看着比我年轻的当副师长、当师长。不是一个两个，是一拨一拨地上。眼看着没我这么老的团长了。已经没有了！

原地踏步也罢了，还让我向后转！

什么话我听不出？师长问我老家有没有路子，我一下就明白了。也明白我该干些什么了。

七万！就那么几个月的功夫。

我本来还想多搞点的，没时间了。

七万能干什么？

我咬牙切齿地干！

我凭什么不干？

总得让我占上一头吧！

我那时就这么想的，我真是昏头了。

以我的出身，当个团长该知足了。以前我真这么想过。可那是以前，那是没到让我走的时候。那是顺当的时候的胡思乱想。知足？我凭什么要知足？什么是足？！

临出事之前我回家一趟。趟路子，用钱。我顺带把爹妈的坟修好了，合在一起的大坟，有一间房那么大，花岗岩铺的座，大理石封顶。方圆几十里堪称一绝。可我一分钱没花，还赚了！听说我要给爹妈修坟，我那二百许家军的亲人们差不多都去了，有钱的出钱，没钱的出力，光鞭炮都放了几百挂。

权真是个好东西！

可权利眼看着没我的份了。

钱也是好东西。以前我还真没在意，忽视了。我在地区里趟路子时，好几斤鹿茸送出去，作用不大，人家不缺这个。我这个堂堂的团长热脸贴人家的冷屁股。可钱一拍上去，别说屁股连他妈的脸都给我热起来。他的权，我的钱，哗啦啦地碰到了一块。真好听！

有一件事我在法庭上说得很含糊。

一笔带过，没详细说。

我只说开始贪图享乐了。

那个乐字是什么？

除了女人还能是什么？

我把前面提到的老家王五的女人给搞了。那个女人可真行，在农村磨了那么多年，竟没见老，倒越磨越有姿色了。男人出去打工，在南方给人养虾，在外搞活经济，她在家对外开放。男人把钱寄回来，她出钱请人种地。村里人都说，王五的地和女人都让人种了。开始我还不信，后来有一天碰到她，我就那么对她笑了笑，她就跟我去了县城。我还假模假式呢，也有点真不敢，还想起了兔子不吃窝边草这句古话，想起王五也是可怜人。总之事到临头不想干了，干不下去。我不懂女人，她却把我看透了。看来干这事也得琢磨人。她几句话就把我放倒了。她说我不图你钱，不图你是个大团长，我图你是个真男人。队长弄过我，工作队的同志弄过我，弄我的人不少，可没有一个是让我心甘情愿给他的人。你当兵走那年站在那儿让队长骂，我当时就看出点名堂，就料想你是个做人上人的男人！

我不知道她这是不是真话，可我听着舒服。

我觉得我就像个没几天日子的人了。

我凭什么不干？

一横心，我就干了。

偷着吃的东西就是香。我躺在那儿品，越品越不是滋味。越品越觉得半辈子男人当得真冤枉。越觉得我这个团长真是白当了。

我在刘社会那儿住了几天。他从他公司的小姐中安排了一个伺候我。我还装傻。我说这不是搞灯红酒绿，搞三陪么？刘社会笑我外行，说什么三陪，他妈的全陪！

我半推半就，没拒绝。

我这才明白什么叫灯红酒绿了。

酒真是绿的。放蛇胆，加绿色素。

几十块一杯，我和那女人都放量喝。

我把眼睛都喝绿了！

浑身都绿了！

然后，我就到这儿来啦。

罪有应得。我一点都不感到冤枉。

我不为玉琴和儿子担心，部队把他们母子照顾得很好。儿子许军快十四岁，个头比他妈还高。玉琴垮不了，别看她哭哭啼啼，她撑得住。儿子也垮不了，知子莫如父。我被带走的时候他咬着牙看我，连眼泪都没掉一滴。我不知道我的事会不会影响儿子当兵。在哪儿跌倒的从哪儿爬起来，这话对我没用了。我只希望能让我儿子从我跌倒的地方替我爬起来。

我只有这点愿望了。

让我担心的倒是福田。玉琴来信说，我出事后不久福田突然到家里去看他们。福田一直在部队附近的盲流村，帮人种葵花，挣了钱以战友的名义给巧儿她们寄去。福田还打算回我们当年打仗的地方去。去把埋在那边的枪找到，挖出来，背回来。他把枪埋在一棵又大又怪的树旁边。他还把那棵树的样子画给玉琴看，他很有把握把枪找到。我相信福田忘不了那地方。可我想像不出他怎么越过边界去把那些枪挖出来，背回来。即使背回来又能怎么样呢？不过我真钦佩他。以我看，福田倒是个了不起的军人。就在不久前我还做了个梦，梦到福田背着几支枪从那边回来时被地雷炸死了。

最让我牵挂的还是我的团。说起来真怪，都到了这个份上我还在为我的团操心。不操心别的，是操心有那么多人怀念我。逮捕我之前，我最后还厚着脸皮站在全团面前喊了一回口令。

我喊：全团都有了！

就这么一句。然后我就站在那儿。我没脸再喊，也喊不下去了。那时全团已经知道了我的事，很多人都哭了。不是我的许家军，他们是蔫了，如丧考妣的神态，不知所云的神态，树倒猢狲散的神态，他们不敢哭。生怕我的事连累他们呢。敢哭么？我不牵挂他们，不为他们操心，不值得。我是操心那些为我掉泪的人，操心整个团。当时我还得意，还感动。可静下心来琢磨，我越来越不安。

你明白我的意思么？

那么多人怀念我可不是好事！

说明他们还想我这样的人当团长。

我明白他们怀念我身上的什么。

他们怀念的仅仅是我么？

唉——部队！

我的部队！

就讲到这儿吧。我知道你要干什么。我不反对。也许你做的是件有意义的事，你看我这一头头发，全灰了。到这儿来才变灰的。没准过了这个秋天你再来，它们就全白了。不伤心不后悔是假的，我恨不得把自己给宰了。死的事不是没想过，真要做没人拦得住我。可死了，我这一堆臭肉连狗都不会吃。我得活着。活着让人研究研究，当成一段历史来研究。我走到今天这一步不是偶然的，研究透了对咱的部队有好处。为这点用处我得活着。要是允许的话，我真想把自己装在铁笼子里到处去展览展览，让别人看看我这么个东西。我都想好了，我卧在铁笼子里什么都不说，就那么卧着，蜷着。蜷成一个问号的模样，让人都想想我用身体蜷成的这个问号。因此，能成全你做成这件事我很高兴。我只希望你别把我和王五的女人那件事捅出去，还有那个我不知道姓名的姑娘。

我就这点要求。

我是怕玉琴伤心。

谢谢你，我会注意我的身体的。这儿很好，监狱远不像你们想象的那么可怕。自由是相对的，除了睡的地方挤点，我觉得我现在比任何时候都自由。你看看这天，多么高远，多么清新干净。这真是个净化灵魂的好地方。还有这遍地的金黄的葵花，我对它们充满感情。这才是我应该呆的地方。我觉得我已经伺弄他们几十年，几百年，几千年了。

有一句话说出来也许你不信，人如果真有来世，下一辈子我还要当兵。你别问为什么，我说不清，真说不清。

谢谢你没在我面前穿军装。

谢谢。请再给我掐片油葵叶子。